中国的读者们：
　这本是我的代表作，
　祝君阅读愉快！

　　相泽沙呼

心灵侦探 城塚翡翠

medium

〔日〕相泽沙呼 著

罗亚星 译

人民文学出版社
PEOPLE'S LITERATURE PUBLISHING HOUSE

著作权合同登记:图字 01-2021-0180 号

图书在版编目(CIP)数据

心灵侦探城塚翡翠/(日)相泽沙呼著;罗亚星译
. —北京:人民文学出版社,2021(2023.3 重印)
(黑猫文库)
ISBN 978-7-02-016824-8

Ⅰ.①心… Ⅱ.①相… ②罗… Ⅲ.①长篇小说-日
本-现代 Ⅳ.①I313.45

中国版本图书馆 CIP 数据核字(2020)第 253129 号

责任编辑 卜艳冰 王皎娇
装帧设计 钱 珺

出版发行 人民文学出版社
社 址 北京市朝内大街 166 号
邮政编码 100705

印 制 凸版艺彩(东莞)印刷有限公司
经 销 全国新华书店等

字 数 232 千字
开 本 889 毫米×1092 毫米 1/32
印 张 11.375
版 次 2021 年 4 月北京第 1 版
印 次 2023 年 3 月第 4 次印刷

书 号 978-7-02-016824-8
定 价 89.00 元

如有印装质量问题,请与本社图书销售中心调换。电话:010 - 65233595

目录

楔　子

　　一场无法避免的死亡，正在造访的路上。

　　"老师，请你务必找到杀死我女儿的凶手。"

　　说罢这句话，那名妇人仰起脸。香月史郎看着她的双眼，不禁感到了命运——一场无法避免的死亡，随着脚步声响，已然来到了左近。

　　那名妇人的目光里，除了无处安放的悲哀，还藏着愤怒。

　　这是一间香月常来的咖啡馆，二人正坐在靠里的卡座。桌子上放着的，是她尽自己所能收集到的一系列事件的资料。

　　这些正是最近几年轰动了整个日本关东地区的连环抛尸案的资料。

　　仅就目前掌握的情况，凶手已经杀害了八名女子。然而他没有留下任何线索，警方的侦查陷入了困境。尽管细致而乏味的搜查工作仍然在进行之中，然而侦查人员无不流露出无奈的神色，有的还喃喃地说，这凶手简直如同亡灵，甚至像死神一般。没错——正如带来死亡的亡灵，无踪无影，狡狯至极，不露声色地悄悄靠近受害者，留下死亡的阴影——仿佛自另一个世界降临。

　　谁能抓得住这样的凶手？

　　"我……"香月斟字酌句地说，"我不是警察，也不是侦探，只不过是个穷码字的罢了。"

妇人紧盯着香月，带着一点挑衅的意味：

"老师，你身边是不是有一位能通灵的高人？"

听闻此言，香月一惊。

"我听人说了。最近一段时间，老师和那位一起解决了好几个案子。之前在新闻里闹得沸沸扬扬的女高中生连续绞杀事件，也是听了那位高人的建议，最终解决的——"

她提及的那个案子因为种种理由，受到媒体的广泛瞩目。大概就是因为这个，香月和通灵人士一起破了案的传言，在网络上闹得远近皆知。

而这个传言，确是真实不虚。

这段时间以来，香月史郎和一个叫城塚翡翠的灵媒女孩子一起破了各式各样的案件。

不错——借助灵媒的力量。

大多数的媒体文章里，都对这个来路不明的灵媒持批判的态度。这也是没办法的事——利用灵媒的力量来破案，无异于痴人说梦。然而香月面前的这位妇人，把这样的梦话当成了她唯一指望得上的稻草。

这位妇人是幸运的。因为传闻不是痴人说梦，而是摸得着的现实。

"能让我考虑考虑吗？她有做得到的事情，也有做不到的事情。"香月说。

城塚翡翠并非无所不能。她的能力有种种限制条件，隐含了一些包括她自己都没有察觉的规律，所以必须一面对其进行分析，一面找寻帮助侦查工作的方式。

举例而言，翡翠可以召唤死者的魂魄。但是因杀人事件或突发事故而冤死的鬼魂，若没搞清当事人死亡的正确地点，是无法召唤的。翡翠直到最近，才发觉这个规律。在此之前，连她自己都弄不明白，为何有些鬼魂可以被召唤出来，而有些则不行。

同时，即便她通过灵视能力锁定了凶手，这也不能成为定罪证据。过去他们也遇到过不少案例，明明知道凶手是谁，却举不出证据，愤恨不已。

正因为这样，才需要对灵视获得的信息进行分析，将其导出为可以被刑侦科学所用的理论——这便是一直以来香月史郎扮演的角色。

香月说稍晚些将给予她正式答复后，便起身送那位妇人离开了。他步出咖啡店，在冬季寒冷的天空下独自踱步。

是不是要接这个案子？必须慎重考虑。只有一件事是确定的：做出这个选择，就意味着死神将会造访城塚翡翠。

香月口中呼出一阵白气，脑海里浮现出城塚翡翠说过的一段话。

那时还是炎炎夏日。

翡翠沉浸在游乐场的喧嚣之中，嬉闹兴奋如孩童一般。忽然之间，她收起笑颜，说了这么一番话，令香月记忆犹新。

"老师，我觉得自己不会平平常常地死去。"

"那是什么意思呢？"香月问道。

"我有预感。可能是因为我受咒诅的血统。我能感觉到，无法避免的死亡，已经近在眼前。"

灵媒姑娘垂下翠绿的眼眸。

香月看见那娇小的肩膀，好像因恐惧而震颤不已。

他只能说：不会的，你想多了。但是翡翠坚决地摇了摇头。

"我的预感是绝对准确的。"

她的眉梢下垂，仿佛有些悲哀，可马上就笑了起来，好似接受这样的命运是理所当然一般。

翡翠所预感到的死亡，正是这一桩案子吧。

与连环杀人魔对垒而遭遇的死亡。

就算那是绝对准确，难以逆转的事实好了。但香月总觉得，应当做出努力，让她远离危险。看着压抑着不安与恐惧勉强露出笑容、惹人怜爱的翡翠，香月萌生出一股抑制不住的冲动。

香月的想法当然是规避危险，将自己与她的关系尽可能地延续。可是，翡翠的预感准确无误一事，也是摆在面前不争的事实。

香月在空无一人的公园里踱着步，努力思考有没有一种可能性可以规避这一切。

城塚翡翠，你的能力可以搜寻到杀人魔的踪迹吗？

这是一切问题的关键所在。

不管具备多么强大的超能力，对于具体案件，她还是会显示出擅长或不擅长的偏向。就拿这个连环抛尸案来说，至今都还没能确定被害人的死亡现场。这么一来，翡翠便无法对死者进行降灵，难以从她们的口中获得证言。

不难想象，对于连警方力量都没能判断清楚的杀人现场，他们光凭一己之力是没有希望弄清的。

　　既然连死亡地点也不明确，恐怕整个案子对于翡翠来说就更是一道难题。

　　假如无法判定凶手，那么让翡翠参与这件事就毫无必要。

　　假装漠不关心，抱着这样的安心感，就这样将两个人的关系维持下去，不也挺好吗？

　　然而，对于凶手这样一个精于消灭证据的人，也许可以说，城塚翡翠的超能力，是他唯一的威胁。

　　究竟翡翠的能力是否足以锁定凶手？要回答这个问题，必须对她能力的特性与心性反复琢磨。即便单种能力无法解决问题，但如果可以把多种能力交叉运用，说不定可以从某些意想不到的手段出发，最终锁定凶手。

　　香月为了整理思绪，回想起了他与翡翠相遇时，碰上的第一个案子……

第一章　哭丧妇杀人事件

人死了以后，魂魄会怎么样呢？

不知怎么，这个念头蓦然浮现在脑际。是不是因为刚刚来这里的路上顺道去扫了墓，抑或是接下来要办的事情，让人产生了这样的联想？香月史郎走下电车，一阵初夏的暑热扑面而来，他用手背拭去了额头的汗珠。

事情的起因，缘自香月一周前接到的一通电话。

"学长，我有件奇怪的事情想麻烦你。"

电话那头是仓持结花，香月大学时代的学妹。但严格说来，结花入学时香月已经毕业了，所以他们两人在学期间并没有交流。认识的契机，是香月参加的摄影同好会——他毕业后有时还会被邀请参加活动，所以两人熟识了。在香月看来，结花就好像是自己的小妹妹一样。

"奇怪的事情？说来听听。"

"嗯，那个……学长能不能陪我去见一个通灵的人呀？"

"通灵的人……你是说那种能看见鬼魂，然后还能帮你驱邪，有神奇能力的人吗？"

"显然是啦，要不然还有什么能叫通灵？"

结花在电话那头吃吃地笑了起来，大概是觉得这个问题太滑稽了。

接着，结花讲述了事情的来龙去脉。

大约在一个月之前的休息日，结花和朋友出来玩，趁着酒兴，两人一起去找命理师算自己的运势。不料，那个命理师对结花说了一些意想不到的话。

"说是有一个女人在看着我，还在哭。"

据命理师说，这到底是好的灵，还是会害人的灵，她也无从分辨。一开始，结花也没把这话太往心里去——她自己属于对灵异事物比较敏感的体质，虽然这话也让她心里发毛，但还没有到深信不疑，将其照单全收的地步。

然而几天之后，她开始做一些奇异的梦。

"准确地说我也不知道是不是梦啦，就是睡得好好的忽然一睁眼，感觉自己的意识很清楚，但身体动弹不得，心里有点害怕……然后，就觉得好像有人站在我床边，吓死我了！正好在视线的边缘，所以看不清楚，但感觉好像是个女的，然后还在抽抽嗒嗒地……哭。"

这样的经历反复出现了好几回。

结花毕竟是怕了，于是她又去拜访了那个命理师。但是，那个命理师说，她的能力止于"看见"不干净的东西，但并没有能力"处理"。于是，她向结花推荐了一位人选。

"准确来说，她介绍的好像不是灵能力者，而是叫'灵媒'。据说也不收咨询费什么的，所以我想，去听听也无妨吧……但还是有点心里没底。比如说，不知道会不会让我买奇怪的陶罐啊符

咒 ① 啥的。"

这话结花虽然是笑着说的，但确实，如果有人陪着一起去，心里也会踏实些吧。

于是香月立马应承了下来，才有了今天这次碰面。

车站距离香月的住处并不远，却是头一次在这里下车。此地处于城市腹心，以幽静的高级住宅区而闻名，估计是不少人的理想居住地。香月也是个好静的人，但自忖这一带的居住成本可不是自己那点收入能负担得起的。

今天是工作日，车站前人影疏落。香月沐浴在初夏的阳光里，没一会儿就到了约定的时间，只见结花出现在了检票口。她注意到了香月，仰起头，一脸喜色。

"啊，学长！"结花小跑过来，微微鞠了一躬，"真是好久不见了。"

变漂亮了啊——这是久别重逢之后，香月对结花的第一印象。他第一次见到结花时，她才十九岁，所以香月总是不由自主地把她当小妹妹看。可今天一见之下，不禁觉得应该有所改观才是。

"哎呀，越长越好看了嘛！不愧是上班族了。"

被由衷地夸奖了一句，结花忸怩地笑了，捅了一下香月的胳膊肘。

两人从车站出发，边走边聊，简单交流了一下各自的近况。结花看了智能手机的导航，说那位灵媒居住的公寓需要徒步十五

---

① 日本某些以超能力为卖点的骗局中，让受骗人以高价购买陶罐是一种较为常见的手法。

分钟。

两人虽然通过社交媒体互动颇多，但面对面聊起来，还是有说不完的话。结花在一旁边走边说，时不时发出清脆愉悦的笑声。

她现在在一家大商场的导购台工作，今年正是开始工作的第二年，妆容和穿衣搭配也有了变化，开始走成熟路线了。香月觉得结花的手提包和她很配，夸了一句，她有点不好意思地说，这是用工资里攒下的钱买给自己的奖励。

结花低头看着地图，忽然停步，扯住了险些要走过去的香月的袖子。眼前是一幢称得上塔楼的高层建筑，目测超过四十层的楼顶直刺蓝天。刚刚路过的是一片普通住宅区，虽然也有一些高层公寓，但这一幢无疑是其中最显眼的。

"是这里？"

"唔……"结花也显得有点意外，愣在原地，"名字是对的呢。"

香月也颇为讶异，但还是拉着结花走进了大楼的入口。大堂宽阔深邃，掩映在玻璃幕墙背后。香月平素很少有机会造访这类高级公寓，不免有些晕头转向。大堂里能看见几位好像管家似的人物，但结花已经在入口处的操作盘上输入了房间号码，按响了通话按钮。

"请问是哪位？"一个年轻的女声。

"不好意思，我叫仓持，约了三点钟的面谈。"

结花口齿清晰地自报家门，听起来好像换了一个人似的。

"啊，对对，这里登记过，欢迎你，请进。"

玻璃门徐徐打开，香月和结花步入了大堂。

"真厉害，好像换了个人似的！"

被香月逗了一句，结花怪不好意思地鼓起了腮帮子。

大堂的氛围和宾馆很类似——除了没人之外。大理石铺就的地面上响起皮靴的脚步声。结花站在几台电梯面前，按下了按钮。

两人步入电梯，发现电梯系统已经被设置为直通住户，目的地按钮已经亮起。这对香月而言也很新鲜。

"学长，你是不信这些东西的吧？"

"你是说灵异现象，还是说住在这里的灵媒？"

"我就是在想，你作为一个推理小说家，应该是对这类事情持否定态度的吧？"

"嗯——怎么说呢。一说到灵能力者，还有灵媒之类的，总觉得有点故弄玄虚吧。但是对于鬼魂啊，灵异现象，也不能说全盘否定，我觉得能抱有'存在死后的世界'这样一个梦想也挺好的。"香月答道。

话虽如此，香月自己算是对灵异现象挺感兴趣的一类人，这些都是可以成为写作素材的，所以他专门找过收集怪谈和奇闻逸事的作家谈天，听听这方面的故事。也许在他的心底里，还存了一个念头，希望用常理无法解释的事情真实存在。

没错，希望存在那么一个死后的世界，这个愿望无可厚非。

自己现在还会去墓前敬献花朵，也一定是这个内心愿望的外在表现——香月想。

电梯停在了接近顶层的楼层。穿过装饰有观叶植物的电梯厅，两人走进了装修风格相当时髦的走廊。走到目的地的房间门口，按下门铃，很快门开了。

开门的是一位看起来不到三十岁的年轻女子，神态开朗。她毫不迟疑地打开门，将两人请进了屋，露出温和的微笑。她的穿着并不华美，衣服和首饰不经意地透出清爽但不失高贵的气质。

"你就是仓持小姐吧？快请进。"

两人微微颔首，走进了房门，在玄关脱了鞋，换上了一双非常舒适的拖鞋之后，两人被引到了一个好像客厅的房间。这里比香月的住处大得多，但可能是装修的因素，看起来并不奢华。摆放着的家具都是古色古香的，看起来好像是电影或电视剧里会出现的那种英国乡村风格。

"实在抱歉，现在老师还在接待前一位客人，没结束呢。请二位坐一会儿，稍等片刻哦。"

那位女子自我介绍说姓千和崎，并不是通灵者，而是在这里做助手一类的工作。房间正中摆了一张圆形的几案，旁边围了三张椅子。千和崎请香月他们落座，然后离开了房间。

"没事的，"香月对看起来略显紧张的结花说，"又不会被吃掉，只要不买陶罐就好了！"

"那可说不准哦，"结花露出顽皮的神情，说道，"你不觉得这里可能住了个坏巫婆吗？说不定真的会被吃掉呢。"

稍过片刻，房间尽头的门打开了。一位四十多岁、面目憔悴的妇人从里面走了出来。她好像刚哭完，双眼略带红肿，手中捏着手绢。

"谢谢你。"

妇人朝房里鞠了一躬，关上了房门。大概她就是前一位客人。千和崎过去和她说了些什么，但只听见那位妇人不绝于口的感谢之辞。千和崎大概是送她出去了，两人一道消失在走廊处。又过了片刻，见千和崎回来，香月问道：

"刚刚那位是？"

"我也不是很清楚，好像是为了过世的丈夫来跟老师请教的。看她出来的样子，应该是得到了答案吧。"

千和崎并不多话，伸出手向尽头的房门示意。

"请吧，老师在恭候二位。"

香月看了结花一眼，只见她略显紧张地清清嗓子，片刻后静静起身。香月先行一步，领着她走向房门。

香月的手搭上门把手，轻轻打开门。

室内相当幽暗。

没有光线。然后他意识到，是一道深色的帘子遮在了眼前。帘子映着从香月他们背后照进来的光，显出凹凹凸凸的纹理。

帘子上有一条不起眼的狭缝，这道缝隙就是通往室内的路径。

"请把门带上，进来吧。"

帘子背后传来安详的声音。

是个年轻女子的声音。

两人从帘子里钻过去，进入室内。

照亮室内的，是火焰的光芒——圆桌上的一盏蜡烛，正神秘地摇曳着。墙壁上没有窗，只有几座烛台上点着灯火，忽明忽暗。

房间深处有一张巴洛克风格的椅子，落座其上的女子正静静地注视着香月二人。

那位女子美得不可方物。

她的脸庞如洋娃娃一般精致完美，在晦暗的房间里也能看得出那苍白的肤色，更为她增添了一种非生物的印象。黑色长发靠近发梢的地方略带拳曲，呈柔和的波浪形。黑发反射着烛焰的光线，一根根都散发着毛发表层的光泽，似乎仅有这一点，算得上她属于生命体的证据。

"你是仓持结花小姐吧？你可以叫我翡翠。"

灵媒的声音没有起伏。虽然遣词造句很礼貌，但其表情如同洋娃娃一样缺乏变化，半明半暗中的眼神还是冷冰冰的。

她穿着一件装饰有显眼蝴蝶结的衬衣，和一条深色的高腰裙，这风格也和洋娃娃毫无二致。很年轻，大概二十岁左右？虽然外表看起来是少女，但其散发出的神秘气息，以及哲学家一般、如同在思索深邃问题的神态，又绝非少女所有。

她长了一张日本人的脸，但有可能带了一点北欧裔的血统。那修剪得整整齐齐的刘海下面，一双碧玉色的美目正凝视着香月二人。

"请坐。"

自称翡翠的灵媒招呼完，结花才回过神来，在沙发上坐下了。

"这一位是——"

"我是她的朋友，鄙姓香月。今天我是陪她来的，没关系吧？"

"没关系的。"

灵媒姑娘似乎对此毫不在意，点了点头。

于是香月也跟着结花一起坐在了沙发上。

"请问今天你想问的是？"

被翡翠问及，结花怯生生地开始讲述。

讲述的内容，跟香月事先知晓的并无出入。

结花讲得有点磕磕绊绊，过程中翡翠一直凝视着她。间或微微颔首，但身体保持着纹丝不动。香月不禁思考，这种非生物的印象，部分是来自她深色的眼影、幽暗的房间，但更多的是因为她的举止吧。

"那个……是不是真的有什么不干净的东西缠上我了啊……"

"仓持小姐，你从事的是在大庭广众之下进行的工作吧？"

"啊？"

"你从事的，是不是经常会被人搭话，受到别人的求助这一类的工作？比方说，购物中心、大商场的导购，等等。"

"那个，你怎么……"

"只是感觉到了而已。"

香月也吃惊不小。他瞥了一眼目瞪口呆的结花，将视线投向了翡翠。

"因为这一类人比较容易被灵力靠近、凭依。可能是因为日常工作中做的都是回应请求、导引他人的工作，所以容易吸引灵力前来。"

"这……也就是说，我是在工作地点被鬼给缠上了？是这个意思吗？"

"那我还不知道，"翡翠静静地摇摇头，然后眯缝起眼睛，身体稍稍前倾，"只能说，我感觉不到现在有什么东西缠在你身上。"

"那又怎么讲？"

"不管那东西是好是坏，假如说有什么东西缠上你了，我应该是能感觉得出来……"

说这话时，翡翠的表情略有变化，修得整整齐齐的眉毛微微皱起，双目再次疑惑地眯了起来。她站起身，然后朝自己的椅子示意：

"仓持小姐，能请你坐在这里吗？"

"嗯？啊，好的……"

"我想确认一下，看你对外界的影响有多敏感。"

结花一脸困惑，但还是依言坐上了椅子。

翡翠站在椅子旁，俯视着坐下的结花，说道：

"请放松身体，全身松弛下来。收紧下巴，闭上眼睛，好像睡觉一样……没关系，不用害怕。我在，香月先生也在，我们都看着你呢。"

"嗯。"

"双手放在膝盖上……掌心向上摊开，呼吸放轻松……"

结花按照翡翠的话，坐在椅子上阖上双眼，一开始略显紧张，但渐渐地，看得出她身体松弛了下来。

"接下来，我要绕着仓持小姐走圈。你可能会留意到脚步声或气息，那不是妖怪哦，是我而已，请别担心。"

"好的。"

可能是这句嘱咐比较顽皮，结花虽然闭着眼，还是流露出一丝笑意。

如事先说好的，翡翠开始绕着椅子走动起来。她走得很缓慢，而目光则好像盯着什么一样，一直朝向结花的方位。

接着，她伸出手掌，挡在自己和结花中间，绝非能触碰得到的距离，一直隔着一小段。与此同时，她的手掌在结花周围的空气里轻拂，仿佛在探摸什么似的。

"那个——"

结花突然出声了。

"你感觉到什么了吗?"

"那个……"

"没关系，你稍稍忍耐一会儿，眼睛不要睁开。"

话虽如此，但翡翠的声音依旧是冷冰冰的，好像反而助长了结花的不安。

"学长。"

结花用充满求助的语气说道。她闭着双目，将脸转向了香月的方位。

"没事的，怎么了?"

"不，那个……是不是有人在碰我?"

"没有啊，完全没有……"

"但是，那个，我的肩膀，还有手……"

香月盯着结花的手。她的双手依旧保持掌心向上，平摊在膝上，一直在香月的视线范围内，很显然，没有人碰过她的手。她说被人碰了，那绝对是不可能发生的事。

"好，你可以睁眼了。"

结花睁开眼睛。混杂着恐惧与迷惑的双眼，望着香月。

"我刚刚测试了一下，看看仓持小姐到底有多容易受到这类力量的影响。果然，我觉得你是属于比较敏感的体质。"

"刚刚是谁摸我的手了？"

"是我，"翡翠的表情略带阴郁，"但是，我并没有和你进行物理接触……"

香月探出身子，问道：

"也就是说，你刚刚是用类似气场，或者说灵力对她进行了接触？"

"对，"翡翠点点头，望了香月一眼，"我个人不是很喜欢这类词……但是这么理解，也没有问题。这是因人而异的，有的人毫无知觉，有的人有清晰的触感，程度差异极大。从过往经验来看，相对而言后者会更多地找我求助。"

翡翠侧着脑袋，似乎陷入了思考。不一会儿，她接着说道：

"这只不过表示你属于敏感体质罢了，仓持小姐本人并没有其他问题。但若说什么都不用做，也是过于武断了，有可能只是我没看见而已。现在面临的实际问题——毕竟是做了那样的梦，还有就是你居住的地方会不会有什么问题——"

"地缚灵什么的？"

"还有，用容易理解的话来说，就是风水的影响。你联系我的时候，千和崎小姐是不是拜托你拍了几张房间的照片？"

"对的，我用智能手机拍了几张，可以吗？"

"可以给我看看吗？作为参考。"

"好的。"

结花边说边掏出了手机。翡翠接过手机，开始浏览起来。结花站在她的身边，不时地做补充说明。大体上是诸如工作太忙啦，没有时间整理房间，所以乱七八糟的很难为情啦，这一类的话。

"那个——有什么值得注意的地方吗？"

"不，我看不出什么毛病。"翡翠把手机还给了她。接着，她将微微弯曲的食指抵住下唇，思忖了片刻："对不起。请到外间稍等片刻，可以吗？"

"啊，好的……"

虽然感到有点诧异，香月还是和结花一同退出了房间。结花在香月耳边低声说：

"……这姑娘好年轻啊。"

"确实，我也吃了一惊，而且是个美女呢。"

"那个嘛——肯定是化妆的效果啦。"

结花喃喃道，哼了一声。

不一会儿，千和崎出现了。两人告诉她，翡翠让他们在外边等着，她也颇为讶异，不过接着便说，我去给你们做冰咖啡吧。

两人在客厅的圆几旁落座，不一会儿，千和崎伴着好闻的咖啡香气走了进来。

香月喝了一口。咖啡不仅气味芬芳，而且尽管是黑咖啡，却有一丝淡淡的甜味，很容易入口。

"呀，这个可真好喝啊！"

看来结花的感想和他一样。

"真的吗？那太好了，"千和崎笑着说，"我最近正潜心研究滤纸冲泡呢。"

"是滤纸手冲吗？我也是呢，沉迷于自己冲冰咖啡！"

结花闻言两眼发光，没想到在这里也碰到了兴趣相投的人。

"这么一说，好像你在上大学的时候就挺喜欢研究这个的吧？"

"我上学的时候在咖啡馆打过工，那时学了点滤纸手冲的技法，然后就着迷了。冰咖啡的话，如果用快速冰镇的手法来做，会特别好喝。但一次只做一杯的量有点困难……我其实对咖啡因有点敏感，但老是做多，喝不完剩下。做好了摆着口味会变差，可又没有趁手的容器。"

"哇，你好像比我了解得多多了！"千和崎说，"我今年才开始自己手冲……也是尝试了好多次，每次冲出来的味道都不一样，最近一段时间，好喝的次数才渐渐多了起来……但是每次喝的时候都加好多奶，搞得咖啡的原味一点都喝不出来了，真是的。"

千和崎忿忿不平地说，笑了起来，这时铃响了。铃声是从翡翠的房间里传来的。千和崎立刻起身，消失在了门扉背后。不一会儿，又回到了客厅。

"老师有请。香月先生，请你单独进去。"

"我？"

香月与结花面面相觑，大惑不解。香月自己也弄不明白被单独召唤的理由，但还是只身走进了幽暗的房间里。只见翡翠还是

19

坐在刚才那张巴洛克风格的椅子上。她摆一摆手，示意香月落座。

"为什么叫我？"

香月疑惑地问道。

翡翠略一侧脸，静静地答道：

"因为你并不相信我。"

被摇曳的烛焰照亮的双眸里，带着一丝好像是失望的神情。

"我有什么必要相信你呢？"

"为了仓持小姐，恐怕有这个必要。"

"请问这话是什么意思？"

"要怎么样你才能相信我的能力呢？"

翡翠的双眉之间，起了一点代表迷惘的皱纹。

"这样吧……就像刚刚猜仓持小姐职业一样，你能猜中我的职业吗？"

"这个……"

香月察觉到，翡翠美丽的容颜好像因为窘迫而稍有变形。

"做不到吗？"

翡翠垂下眼帘，但马上又扬起了脸，好像下了决心似的说道：

"明白了，我试试看。"

立刻，房间里的空气似乎为之一变。

现在的翡翠全身好像笼罩在一股无生命的可怕气氛中。

简直像是死人的灵魂附体在一个洋娃娃身上……

让人产生可怕错觉的死寂里，唯有翠绿的双眸反射着火焰的光彩。

"你和仓持小姐截然相反，做的是比较内向的工作。"

"……算是吧，相对而言的话……"

"是一种比较特别的工作。我能感觉到一种，将身体内部的东西向外释放时的气味。"

气味？

不，她猜不到的，香月想。

但当他听到翡翠的下一句话时，全身起了鸡皮疙瘩。

"是艺术方面。绘画，或是作曲……不，漫画家？啊……作家……你是不是小说家？"

"你怎么……会知道？"

"只是感觉罢了，"翡翠的表情平静无波，说道，"一般而言，我不会做类似表演的。但是今天，我有必要让香月先生多多少少相信一点我的话。"

"那又是为什么呢？"

"我有一事相求。请你对仓持小姐多加注意。"

"那是为什么……难道是说，她所处的环境出了什么问题？"

"我希望是杞人忧天。但是……有一种不妙的预感。我没有确凿的证据，也不想让她平白无故担忧，所以犹豫是否该告诉她。"

"嗯——不妙的预感。这话可相当模棱两可啊。"

"请不要把灵能力者想得那么神通广大。"

"原来如此……我明白了，我会留心她的。"

"还有就是，我想找个机会，看清楚那东西的真面目。"

"机会？"

翡翠站起身，向着帘子的方向伸手示意，大概是表示出去再说。香月点点头，和她一起回到了客厅。客厅里，充满了结花与千和崎明朗的笑声。

与之相对照的，翡翠从幽暗中进到亮堂堂的客厅里，表情却略带沉郁。

"仓持小姐，最近一段时间……你有没有见过，地板上出现不知什么时候弄上去的水滴？"

"啊？"

一问之下，结花的脸瞬间僵住了。

"那个……这和我问的事情之间是有什么关系吗？"

"是出现过水滴吗？"

"是的……"

"那么，如果可以的话，我想近期去拜访一下仓持小姐的家。我想尽量亲身感受一下那个地方的氛围。说不定，这么一来可以解除你的烦恼。如果还是担心，可以邀请香月先生一同前往，你看怎么样？"

结花看起来有点担心，望向香月。香月点点头。

"唔……好的，我知道了。"

结花点了点头。看来她是被水滴的事情吓了一跳，变得犹疑不定。

于是三人商量了一下前往结花家的时间。据翡翠说，安排早晨的时间段，有助于排查夜间发生的现象。最后，约定下个礼拜五的早上八点，在离结花所住的公寓最近的车站碰头。虽然是工

22

作日，但结花盯着粉色的行事历好一会儿，说只有那天是休息而且没有别的安排。那天下午香月有事，但上午毫无问题。

于是，这一天的拜访便正式结束了。

结花提了一句咨询费的事，翡翠摇摇头，说：

"我是不会收取费用的。"

千和崎站在翡翠背后，笑着说：

"老师可是不必工作也可以活得很好的千金大小姐哦。"

翡翠大概不太愿意别人提起这事，她略微转身，避开了香月他们的视线。似乎是有点害羞，香月觉得这是他第一次看见翡翠流露出人类天性的表情。

往回走的路上，香月向结花要了之前给翡翠看的照片来看。那些照片从不同的角度拍下了每个房间的内部。刚刚结花有些难为情的理由也昭然若揭：室内确实有为了拍照而匆忙收拾了一下的痕迹。然而，照片中看不出什么可疑之处，也没有任何照片拍到地板上有水滴。

香月翻检着照片，一下子翻过了头，手机屏幕上出现了一张结花与朋友亲昵的合照——另一位姑娘一头及肩黑发，戴着红色的钛合金框眼镜，表情略严肃。这个人，香月也是认识的。

"这是……舞衣？是叫这个名字吧？"

"哎呀，不要乱翻啦！不许看其他照片。"

香月将手机还给结花，说道：

"你是和朋友一起去见命理师的对吗？说的那个朋友就是舞衣喽？"

"嗯，对的。"

"你们现在关系还是挺不错的嘛。"

"是呀，我们上周还一起去了咖啡馆，刚才那张就是那时候拍的。"

"去见命理师的时候，你有没有提过自己的工作？"

"没有，"结花摇摇头，"噢，你是说……假如说那时我向命理师提过自己的工作，那个女孩子——翡翠，有可能从命理师那儿获得了信息，才猜中我的职业，对吗？"

"对。不管怎么说，毕竟是介绍来的，互相肯定是有联系的嘛。但你这么一说，嗯，原来没有提过啊……"

"其实当时有事相询的是舞衣啦，我就是陪着去的。而且当时谈的都是有关恋爱的事情，根本没有聊到工作。"

"是吗？你有没有在网上发过什么关于自己的内容？"

"当然没有。那女孩子是有点真本事的吧？你觉得她到底是什么来历？也不知道多大，看起来和我年纪也差不多……"

香月没有回答，陷入了沉默。关于翡翠连他的职业都猜中了的事情，他没有向结花提起。不得不承认，这事让他有点难以释怀。

"今天真是太谢谢了。"

两人走到车站，结花向香月深深行了一礼。她还特意提出，机会难得不如一起去吃个饭？可惜香月手头还剩了一大堆临近截稿的工作，只得忍痛谢绝了这个极富诱惑力的提议。

结花回程要坐的线路与香月不同，两人即将奔向各自的目的地。

"不必客气，倒是因为你，我才有了难得的经历。"

"学长你是什么想法？我是因为……自己身边发生了一些奇奇怪怪的事情，所以就好像，怎么说，像落水人抓稻草一样……感觉只能依靠翡翠小姐的力量了……你从第三者的角度来看，是不是觉得都是唬弄人的？"

"讲老实话，我也不知道，"香月摇摇头，"但你被灵的力量所困扰是事实。而我能不能帮忙解决呢？显然是不能的……所以，目前还是相信灵媒老师吧。反正目前她也没让我们买陶罐，对不对？"

"嗯，倒也是。真是不好意思，下礼拜还得麻烦你一次，拜托了！"

结花又深施一礼。

香月开玩笑般地耸耸肩：

"真是没想到，会在这种情况下拜访女孩子的家哦。"

"我得好好收拾一下……不知道有没有时间呢。"结花说。

言罢她又莞尔一笑：

"对了，到时候欢迎品尝我冲的冰咖啡，很好喝的哦。"

"非常期待。"

这时，电车来了，两人就此道别。

然而，这是香月最后一次见到仓持结花的笑脸。

*

香月做了一个梦。

梦中的自己很幼小。

辗转反侧，一睁开眼，身旁坐了一个女人。

他朦朦胧胧地觉得，那是在守护自己的人。

女人的面容，好像浸在逆光之中，看不分明。

但是他的心底，好像清楚那是谁。

他伸出一只手，想要呼唤她，却发不出声音。

终于，他察觉了：她在哭泣。

女人俯视着自己，流着眼泪。

她为什么在哭泣？

她为什么要叹息？

仿佛是为了即将降临的不幸而悲伤……

香月醒了。

*

周五早晨。今天便是事先约定的日子了。

香月史郎走在车站站台上，抬腕确认了一下：七点五十分。距离约好的时间还有十分钟。最近真的很少和人约这么早的时间碰面了。虽然已经进入六月，但今天相当凉爽——可能从昨夜开始便是如此——香月记得自己差点要着凉，半夜爬起来关上了窗户。因为气温高不成低不就，挑选出门的衣服也成了一件难事。

他穿过闸机，环视四周。这个时间段，周围大多是早班通勤的人，没看到结花的身影。忽地，有一群男女吸引了他的目光——在售票机附近，有三个男的围着一个年轻女子，好像是街头搭讪？这么一大清早的？但从飘入耳中的话语听来，几个男人是玩了通宵，正在回家路上。而女子是个引人注目的美人，不幸被他们缠上了。几个男人喋喋不休地问那女孩的名字，邀她去卡拉OK，聒噪得不行。

被堵在中间的女子露出狼狈之色，畏畏缩缩。

怎么办才好？香月挠挠头。

但他在隔了一段距离的地方观察了一会儿，忽然发现：

被困住的年轻女子，正是那位灵媒。

他之所以一开始没认出来，大约是因为她一脸困窘的表情。

那副表情里，曾经在幽暗房间里的神秘感与冷酷感荡然无存。

代替洋娃娃般面无表情的，是因困窘而纠结起的眉毛，以及面色苍白、讷讷而狼狈的神情，正好比一只羔羊落入狼口。

简直像换了个人。

然而，那令人过目不忘的翠绿双眸，香月是不会认错的。

他上前一步，正想出声阻止。

有一个男人强行扯住了翡翠的上臂，讪笑着。翡翠一脸无奈之色，但表情立刻变成了惊异。她眯了一下眼说：

"堕胎……"

几个男人不明所以，惊疑不已。

翡翠好像打定了主意，咬紧双唇，瞪视着那个男人。

接着她甩掉了男人的手，深深呼了一口气，大声喝道：

"你背后有流产的胎儿……不，不止！你最近是不是祸害了别的女人？"她的两颊因怒火变得绯红，向着几个男人叫道，"是一个这边有颗痣、短头发的女人！是因为你才死了，对不对！你是不是还想故伎重演？你这个……你这个……烂人！"

小姑娘的气势和快言快语之下，几个男人不由得面面相觑。就连本想上前相助的香月，脚步都被翡翠的气焰阻住了。

"喂，喂……怎么回事？你认识她？"

"怎、怎么可能啊。"

"那她怎么知道'凉子'的事情……"

"我怎么知道！咳，大概是脑子有毛病吧！"

几个男人嘴里不干不净地从翡翠身边退开了。

以激愤的姿态击退了男人纠缠的翡翠，伸出一只手在胸前握成拳头，长出一口气。周围的通勤乘客也因为这一阵骚动而驻足，忽而又好像时钟的指针一般，恢复了走动。

"翡翠小姐。"

香月看着仍然激愤不已、拳头紧握的翡翠喊道。

灵媒姑娘这才回过神，回首张望。接着，她面色一阵潮红，两只翠色的眸子骨溜溜地转动了起来。

"哎，哎呀……那个……刚刚，你是不是，都看见了？"

翡翠不敢直视香月的眼睛，心神不宁地摸着长发，问道。

"啊，是啊，我刚刚想给你解围来着，但好像没这个必要啦。"

翡翠低下头，默不作声。

"我有点意外。和上次见面相比，你给人的印象实在是太不一样了。本来觉得你应该更加神秘，更加不可思议一点……"

香月这么一说，翡翠耸起双肩，整个人显得更娇小了。

"那……那个……这事能向仓持小姐保密吗？"

今天的她，和上次明显不同。不同之处当然不仅限于说话的语调。先前神秘而幽暗的印象，可能大部分来自房间的照明与妆容吧——今天她的妆更自然、明亮一些。但是，她本身如娃娃般的美貌与翠绿的双眸并无变化，大概本色如此。姣好的面容比想象中还要无邪，修长的身材如模特一般。她今天穿了一件胸口装饰着细丝带的藏青色连衣裙，提了一只手袋，和一把深色的阳伞。

"这么说，那天的神秘氛围是演出来的？"

"唔……怎么说呢，是小真——千和崎给我想的办法，"翡翠怯生生地抬眼望着香月，"千和崎说，平时的我看起来轻飘飘的，不大靠得住，又没有威严……难得有这样的才能，但这样难以服人，所以要想办法弄点气氛出来……那个，我们绝对，不是，想要骗人……"

"今天化的妆也不大一样呢。"

"画着那么浓的眼影，我可不敢上电车……"

翡翠脸颊飞红，小声说道。

香月越想越觉得好玩，禁不住笑了出来。现在的翡翠因为困窘而眉头微蹙，眼神显得柔和了许多，看起来和她的年龄相衬——甚至像是一个无邪的少女，一个纯真可爱而富有魅力的女生。

"我会向结花——仓持小姐保守这个秘密。不过我觉得翡翠小姐你像这样保持本色，其实更动人，更让人有好感呢。"

"是、是吗……?"

翡翠抬眼一扫，但又好像想起了什么，背过脸去。她抚着长发的发梢，说道：

"不……这个，毕竟还是工作……在仓持小姐来之前，我得变回去。"

"不不，我觉得她也不会在意的吧。"

香月笑起来，翡翠好像有点赌气似的，把嘴巴抿了起来。

没想到香月看到了灵媒的本色。确实，提起"灵媒师"，总是让人联想起严肃的老人形象，而面对这个轻飘飘、全身散发着柔和感觉的小姑娘，来咨询问事的人也许会大失所望吧。

他抬手看看表：约定的时间已经过了。

然而，结花却全然不见人影。

两人等结花时，翡翠一直默默伫立在闸机旁边，可能是在集中注意力，重新酿造出冷若冰霜的感觉。香月望向翡翠时，被她用气鼓鼓的表情狠狠瞪了一眼，那意思仿佛是说：现在别搭理我。关于刚刚她与那群男人的对话，香月其实有一肚子问题想问，但他现在更在意的是为什么结花还没有来。

"好慢啊，我打电话问问。"

翡翠略一颔首，香月拨打了结花的手机。

没人接。

听筒里有铃声，但没有人接。五分钟前发送的信息，也依然保持着"未读"状态。说不定是还没起床?

"那个……怎么了?"

翡翠靠近香月，歪着脑袋问道。

"啊，没什么，结花没接电话。是不是在睡懒觉？但她一般可不会睡懒觉的。"

"你知不知道仓持小姐家的具体地址？"

"这个……啊，我说不定有的。"

香月想起来，每年结花都会给他寄贺年明信片，那上面写着地址，自己应该保存在某个云盘上了。他登陆了云盘，将那上面的数据直接转发到了地图软件里。

两人觉得在车站傻等也不是办法，决定朝结花的公寓走去。路上香月又打了几通电话，还是没有人接。翡翠正集中精神，想要恢复自己的神秘感和威严，一言不发，所以二人一路无话。半路上，翡翠在一处平地一绊，"哎呀"惊叫了一声，险些摔倒。香月慌忙扶了她一把，这才没摔着。翡翠小脸通红，垂首用低若蚊鸣的声音说道："请不要告诉仓持小姐……"

看来，对这位灵媒姑娘的印象，有必要做大幅修正了。

走走停停，两人到了结花的公寓楼前。

公寓是一栋四层楼的建筑，比预想中大，看起来房租不便宜，作为独居用的公寓来说略显奢侈。这么一说，结花似乎提起过，她家的亲戚里有人是经营房地产的，说不定她是通过那层关系选择了住处。

结花的房间在二楼。公寓没有电梯。香月经楼梯走上二楼，眼前就是目的地了。他见翡翠也到了二楼，便按响了门铃。

等了片刻，无人应答。

31

"就算是睡懒觉……也有点奇怪啊。莫非她弄错日子了？"

然而，这也不大可能。结花是那种会把日程细细记在行事历上的人。

翡翠默不作声，盯着门扉。

翠绿的双眸倏地眯了起来。

"香月老师。"

"怎么？"

翡翠没有看香月，只是定定地凝视着门扉。

不。与其说是盯着门扉，更像是注视着门扉背后的什么东西……

突然，翡翠流露出了急切的神情。

"快开门。如果打不开，最好叫物业管理员来。"

"是有什么……"

"快！"

香月急忙把手搭上了门把手。

门开了。

"没上锁……"

香月走进门内。小小的玄关摆着几双高跟鞋，通往客厅的门半掩着。香月脱了鞋，走上玄关。

"结花？"

香月喊道，同时推开内间的门，向里面望去。

鼻腔里钻进了一股咖啡的气味。

接着映入眼帘的事物夺走了他全部的注意力，几乎令他忘记了呼吸。

客厅的左手边是开放式厨房。厨房台子上有一个空的咖啡壶，旁边的玻璃杯上安置着的是过滤器。操作台对面可以看见一张四人餐桌，面朝东墙摆放的两张椅子上堆满了杂物，和结花之前出示的照片毫无二致，没有收拾整理的迹象。通向阳台的南窗开着，窗帘随风摇曳。窗户旁，背靠东墙的双人沙发和电视之间，隔了一张圆形茶几。屋子里只有圆形茶几下面铺了一张地毯。

而仓持结花，则倒在了房间的正中央，正处于四人餐桌和圆形茶几的中间。

"结花——！"

香月靠近她的身体，在旁边跪了下来。

他伸手碰了碰结花纹丝不动的身体。

是冷的。

死亡的气味。

那是总出现在梦中的，困扰香月的气味。

他回过头，只见翡翠正伫立在自己身后，俯视着结花的身体，表情愕然，面无血色。

"别看了。"

香月好不容易说出这几个字。

"是……过世了吗？"

香月点点头。

除此之外，他不知该如何反应。

出什么事了？

这到底是……怎么了？

翡翠掏出智能手机，正在拨号。从说话的内容判断，应该是在报警。虽然声音颤抖，但她似乎比香月更冷静一些。

"对，已经，死了。那个，唔，地址是——"

翡翠望向香月。他从脑海中搜寻出刚刚查询到的公寓地址，告诉了她。

随后，香月环视了四周。

通向阳台的窗户，连纱窗都开着。

将目光投向结花的身体。她头发上粘着已经干掉的血。餐桌的一角，也留有血迹。她的手袋落在身体的右侧，敞开的钱包、手机、行事历散落出来。椅背上挂了一件外套，结花身上穿着的是看起来价格不菲的衬衣与裙子。她的脚上穿了丝袜，脸上的妆还没有卸，看起来是下班回家不久的样子。倒地的结花睁着眼，面部以一个不大自然的角度歪向左侧，仿佛是在努力想要看清什么东西一样。

香月站起身，避开结花的身体，走到客厅另一侧。结花身体左边的地板上，散落着打破的玻璃杯碎片，可能是从餐桌上掉落下来的。很明显，是和什么人扭打的痕迹。香月靠近阳台。这里的窗大敞着，难道说……也就是说，是不是有什么人从这个地方……

"香月老师……从窗户那里，能看见墓地一类的地方吗？"

翡翠冷不丁地问了一句。

她仍旧站在客厅的入口处，并未挪动位置。

香月觉得有点奇怪，但还是从开着的窗户望向外面。

窗外是一片旧旧的住宅。稍远处，可以看见一些好像卒塔婆①似的东西。因为距离较远，所以不凝神细看是不会留意到的。可能是一座寺院吧。

翡翠是怎么知道的？

她甚至没有踏足客厅，站在那个位置，是看不见窗外的景色的。

对了……

她能"看见"普通人看不见的东西。

香月离开了窗畔。还是不要破坏现场为好。

"你在找什么？"

"啊？"

香月以为她是在问自己，不由得答道。

但一回头，却发现翡翠根本没在看自己。

她用空洞的眼神，望着虚空中的一个点。

不知为何，香月觉得这一幕相当骇人，不禁打了个冷颤。

"翡翠小姐？"

翡翠忽然一个踉跄。

是不是贫血了？香月慌忙来到近前，扶住她。

翡翠跪倒在地，双目紧闭，发出轻微的呻吟。

---

① "卒塔婆"，来自梵语，本指供奉舍利的佛塔。日本的坟墓后方的"卒塔婆"则是用长条形木板制成，模拟佛塔的形象，每年祭扫时会换新。

"你没事吧？"

"香月老师。"

翡翠呻吟着说出几个字。

"凶手是个女人……"

"什么……？"

"啊……"

再怎么问，翡翠也没有更多的回答了，只是用仿佛觅到目标的眼神，盯着地板上的一个点，怯怯地喘着气。她的目光所及，正是倒在地上的结花尸体头部附近：那里落着一点东西。香月一开始注视尸体的时候也看到了那东西，但是并没有深想那代表了何种意义。

"哭丧妇……"

那看起来，仿佛是一滴泪痕。

一滴水，一小滴透明的水。

*

自案件发生，已经过了好几天。

香月史郎坐在星巴克赶稿。他坐在靠窗的吧台，打开笔记本电脑，绞尽脑汁接着写已经拖了些时日的小说。

但是无论如何都无法集中精力。

占据他内心的是一团火焰般的愤怒——对凶手的愤怒。这个杀人者，抹去了仓持结花在他未来人生里的位置。

是的，这是杀人案。

翡翠报警后，和香月一起在辖区警署接受了问询。刚开始，刑警很明显地流露出非常怀疑的态度。这也不能怪他们。一个推理小说家，和一个灵媒师，这两个怪里怪气的职业好巧不巧凑在了一块儿，还是第一发现人。所以，虽然问询不是强制的，但香月还是尽量配合警方，以打消对方怀疑的目光。过程中，对方在没有取得许可的状况下要求香月提交一份DNA样本，这令他吃惊不小：有这个必要吗？考虑到假如拒绝提交，反倒会显得心里有鬼，万一被跟踪啊监视之类的就更麻烦了，没法子，香月还是答应了。

结花的死亡时间似乎是遗体发现前夜的二十点至二十四点之间。很快，香月的不在场证明便确立了。那时候他和熟识的作家朋友们在居酒屋喝酒，店铺的监控录像可以证明那时的状态。于是，警方终于肯让香月走人了。当时翡翠已经走了许久，而香月之后再也没见过她。因为，只有结花知道翡翠的联系方式。

香月一直没弄明白，那天翡翠口中话语的意思。

"凶手是个女人……"

那到底是什么意思呢?

"嘿，大作家。"

一个大个子男人在他身边落座。

"钟场先生。"

"怎么说呢，还请节哀顺变。听说是你大学学妹?"

姓钟场的男人长着一副让人望而生畏的面孔，双目炯炯有神，那锐利的目光在香月身上一扫而过。

钟场正和，警视厅搜查一科的警部。他和香月的交情，源自几年前的一个案子。

那个案子里，杀人凶手重现了一本推理小说的案情。而那本推理小说，正是香月笔下的作品。钟场警部和注意到案情和小说雷同的警察一道拜访了香月。

和虚构作品里面的那种"协助办案"不同，钟场并没有对推理小说家出类拔萃的推理能力寄予厚望，而是单纯地想要询问，香月有没有遇到过特别热情的粉丝，或是跟踪狂，以获得一点凶手的线索。显然，香月对此毫无头绪，一头雾水。

但那个案件因为香月一句意外的发言，看到了破案的希望。

那其实是一个偶然的发现。香月本身并不具备推理小说里名侦探那样的推理能力。他对自身的评价是，自己仅仅是对犯罪者心理的洞察和描写能力有一定的自信。可是，钟场却把那误认成是推理小说家才能迸发出的灵光一现。

在此之后，钟场每每碰上陷入难局的案件，便找到香月寻求参考意见。这里面当然也有未能解决的案件，但是也有一些案子是依照香月的建议破案的。

毋庸置疑，警方是不能向普通人透露案件信息的。有好几次，这一联系差点被媒体记者察觉，所以他们一直保持非公开的接触，钟场对香月的造访也是专门安排在工作时间以外。

"这次，大作家是想知道关于什么的信息？"

钟场两眼眺望着窗外的景色，将咖啡杯凑近嘴边。

"能不能请你说说能透露的情况？"

香月注视着笔记本电脑的屏幕说道。

停顿了片刻，钟场开始讲述业已查明的案情概况。

经过法医解剖，仓持结花的死亡时间推测为二十二点三十分到二十四点之间——这一时间范围比香月一开始被问询时更精确了。死因是后脑部的内陷骨折，据推断，结花应该是和什么人发生了扭打，摔倒时撞到桌角。身体其他部位没有外伤。衣裳虽然零乱，但并无性侵迹象。

"我们的推测是这样的：被害人在那天二十二点左右结束工作——这是有其他同事作证的。之后乘上电车，二十二点三十分左右到家。但这个时间仅仅是推定，假设她下班后直接回家，公司到家所需的时间是三十分钟，仅此而已。如果有车站和邻近的监控摄像头拍到她了，也许可以锁定时间，但不巧，都没拍到。总之，二十二点三十分，她回家之后，非常不幸地和一个闯空门的贼打了照面。"

"闯空门？"

"对。靠阳台一侧的窗户是开着的，应该是从那儿进来的。窗户没有被撬的痕迹，可能是忘了上锁。室内没有痕迹，但阳台附近的下水管上，有什么人踩下的脚印。脚印只有一点点能辨识，难以据此判断鞋子的厂商。据说，那一带正好是闯空门案件的高发地，搜查三科① 正盯上了一个叫'立松五郎'的惯偷。而被害

---

① 警视厅搜查一科主要负责侦查杀人等暴力犯罪，二科负责侦查经济犯罪，三科负责侦查偷窃等犯罪，四科负责侦查黑社会（暴力团）犯罪。

人的住所，正好是这家伙可能瞄上的目标，这种脱鞋之后再进屋的谨慎手法，也符合立松的风格。因为还没有确切证据，就叫飞贼好了——这个飞贼于当晚二十二点三十分左右看见仓持结花的屋子没亮灯，以为没人在家，于是顺着排水管爬上二楼，闯入室内。碰巧被害人没锁窗户，所以他也没有使用工具。然后他在室内翻找财物的时候，不巧被害人回来了。她走进漆黑一片的客厅，脱了外套往椅背上一挂，打开电灯，便和在暗中大气不敢出的飞贼四目相对了……"

"于是两人便当场扭打起来？"

"我猜飞贼并没有杀人的心。对方是个弱女子，与其跳阳台逃跑，不如一把推开对方夺门而出比较顺当——估计是这么想的。但是被害人运气太差，一头撞到了桌子角上。撞的地方也太不巧了啊。凶手落荒而逃，但还是没忘了把钱包里的现金和卡掏走。"

"现金被盗了？"

"不知道被盗的具体数目。里面是空的，只剩下打折券和一些零钱。"

"有指纹吗？"

"对，留有几个不属于仓持结花的指纹。但是里面没有出现前科犯的指纹。被害人有时会邀请朋友来家里玩，还会过夜，所以有可能是朋友的。同时，正门内侧把手上的指纹被抹了。不是被擦得干干净净的那种，而是好像有人戴着手套转动了把手，从而把之前的指纹都抹去了。"

"如果是闯空门的话，为了不留指纹而戴手套——这么想来确实顺理成章，"香月托着下巴，低声说，"对了，有一只玻璃杯碎了吧。你觉得是在和凶手扭打的时候摔碎的吗？"

"似乎是这样。那里面装的是咖啡，桌子下面的地板上有碎玻璃和泼洒出来的类似咖啡的液体痕迹。法医解剖的结果，被害人胃部没有咖啡成分，所以应该是前一天没喝完的咖啡杯放在了桌上。泡咖啡的器具、吃剩的饭菜和用过的杯子什么的都没收拾，堆在厨房。看起来，这姑娘是不大擅长洗洗涮涮啊。"

"唔，冰咖啡啊……"

香月回想起最后一次见面时结花的笑颜，胸中充满了苦涩。

到时候欢迎品尝我冲的冰咖啡，很好喝的哦——

"这么说来，嫌疑人岂不是肯定是那个叫立松五郎的人了？"

"是啊，但是现在只是嫌疑而已，没有物证。我们在排查周边的监控录像，盘问目击信息，但目前什么都没发现。不过，如果我们能抓到他入侵或盗窃的现行，就可以调查他了。目前只能期待在审问中他自供罪行。我们正与搜查三科通力合作，确认他的行踪。"

"只能干等着，真是让人恼火啊……没有其他的嫌疑人了吗？"

"别急。不用你说，我们对被害人的社会关系也进行了排查。"

在排查中，发现了一个叫西村玖翔的男子。他供职于一家知名的婚庆策划公司，似乎在一周前开始对仓持结花进行了热烈的追求。

"在被害人家的垃圾桶里，我们找到了那家伙热情洋溢的情书。看内容有点近乎跟踪狂了，但那人的指纹与我们发现的指纹不符，而且他说连被害人家住哪里都不知道。目前没有证据，但他也没有不在场证明，说可疑也是挺可疑的。"

"如果这人是凶手的话，案情会是怎么样的呢？"

"这个嘛，肯定是他在推测的死亡时间段内跑到了被害人的住处去堵她喽。见面后发生争吵，男人发作起来将被害人推倒，结果一看失手杀了人吓得不轻，于是将现场伪装成入室抢劫，打开窗户，取走了现金和信用卡……这样很合理吧？"

"这么一来，怎么解释排水管上的脚印呢？"

"那个脚印很可能与本案无关。比如说，有可能是立松五郎以前攀爬到其他楼层时留下的，因为住户没有发现，所以也没有报案。"

"但还有一些疑点啊。她的推测死亡时间是晚上二十二点三十分到二十四点之间，对吧？一个独居的女性，怎么会让纠缠自己的男人进家门呢？"

"唔，确实，但也有可能是他强行闯进去的嘛。"

"如果是强行闯入，被害人应该会发出喊叫吧？但似乎没有相关的证言。"

"是的。没有证言表明当晚有可疑的惨叫或异响。但那公寓的隔音做得还可以，她的隔壁又是一间空屋，所以周围邻居没听见声音也不奇怪。"

"但是，如果是有人强行闯进家里，玄关应该更凌乱一些才对。如果我记得没错，她的高跟鞋在门口摆得整整齐齐的。而且，她的脑袋撞上的桌角，是靠近客厅中央的那一个，她是头冲着玄关仰面躺倒。所以我觉得还是从房间里边，也就是被从窗户侵入的人推倒的可能性比较高。"

"嗯，但是也可能西村的态度有所改变呀，表示了悔改，被害人原谅了他，觉得让他进屋谈一谈也无妨——这个可能性也不是没有。这么一来，就和现场的状况没有什么矛盾了。打碎的玻璃杯说不定就是为了招待客人而拿出来的。动机也有了，疑点很充分。"

"她和西村是怎么认识的？"

"好像是通过共同的朋友，一个叫小林舞衣的女性，是西村的同事，和仓持结花上的是同一所大学。"

"啊……是她啊。"

香月听到这个名字，脑海中浮现出一张脸。不久之前，他还见过她的照片。

"哦对了，大作家你和仓持结花也是同一所大学的对吧，所以你也认识这个姓小林的？"

"嗯，和结花一样，都是摄影同好会的。"

"原来如此。这个姓小林的女的，事发当天二十二点二十三分给仓持结花打了个电话，所以我们才追溯到她，问了些情况。"

"电话？"

"说是她约了下个月想去被害人家里玩，打电话是为了确认具体时间。她俩好像挺亲密的，据说有时候会过来过夜。算是只有两个人的女子会？据她说，她们每个月一次会聚到一起通宵看国外的电视剧。小林说打电话的时候，被害人没有表露出任何异常。"

"这么说，是小林小姐将结花介绍给了自己的同事？"

"准确说是男女联谊啦。一个多月以前，小林舞衣策划了一场联谊，被害人和西村便在会上认识了。于是乎，西村开始追求被害人，希望能交往。"

"说到交往……结花现在没有男朋友吗？"

"仅就我们调查的范围而言，没有任何迹象。她虽然是一个人住，但家具置备得异常齐全，所以我们也查了查是不是有人同居。你是什么看法？"

"确实，我也没听她提过这方面的事。但就算有，我也不会觉得惊讶。"

"我们也没听说被害人有任何招人嫉恨一类的事，从她日常的交际以及动机追查，线索也就这些了。啊，对了，那个叫城塚的小姑娘——"

"城塚？"

"那个和你一起发现尸体的小姑娘啊。自称是灵能力者的。"

"噢……原来她姓城塚啊。"

"对，城塚翡翠。搞什么，你连人家名字都不知道？"

"我只知道名字叫翡翠，那天是我们第二次碰面。她在接受问询的时候说什么了吗？"

钟场耸耸肩：

"说第一次见面是工作——也就是你和仓持结花一起拜访城塚翡翠工作地点的时候……她'看到'了一些不太干净的东西。"

"不太干净的东西……"

"她说因为不想吓到当事人，又没有证据，为了做详细调查，于是约了日子去被害人的住所。据她讲，如果弄不好会危及生命什么的。"

"危及生命？她是这么说的吗？"

"对。但她觉得没人会相信，所以没有和你们讲，光是向大作家你忠告了一句，说要注意……"

"啊……是的，她叮嘱我要对结花多加留意……"

"剩下的内容就和你的证词一样了。客人没有现身，所以和作家老师一起朝客人的住处走去。站在门外的时候，说是又有了感觉，就是那种不干净的东西。"

香月不由得想起了当时翡翠脸上迫切的神情。

"钟场先生，你觉得这个女孩子可信吗？"

"肯定是胡诌。事后诸葛亮，什么话都好讲。估计就是靠这么几手，从有钱人那儿骗了不少钱吧。长得那么漂亮，不要说老年人，年轻男人也会上钩的。"

"唔，我也觉得是这样。"

"反过来想也可以。会不会是为了让自己的预知、预言成功兑现，杀害了被害人——"

"这个——"

"我们也查了下。但是，城塚本人有不在场证明。她和一个姓千和崎的家政服务员住在一起，千和崎可以证明，案发的那段时间她们两个是在一起的。而且她们居住的塔楼里到处都是监控：

电梯、大楼入口、紧急出口、停车场……进出时必然会被拍到。我们查了录像,案发当天十六点左右,城塚与千和崎一起回家,而城塚直到次日,都没有进出过大楼。"

"这么说的话,目前最有可能成立的,就是入室盗窃犯立松杀人的假说了。"

"对,他落网只是时间问题。我不是不理解你的心情,但这个案子不需要劳烦你出手。只要抓到盗窃的现行犯,然后审问,应该可以让他吐露这个案子的真相。"

的确,这个案子似乎马上就能解决。

可是,香月却暗自觉得,仅仅盯着立松五郎还有些不够。

立松五郎当然很可疑,但西村玖翔也值得怀疑。

到底是谁杀了结花?

对了——

"你们搜查的线索里面……有没有女性的嫌疑人?有没有可能是女性犯案?"

对香月的这个提问,钟场一脸诧异。

"没有,刚才提到的小林舞衣,公司的朋友,学生时代的同学……与被害人交往密切的女性友人虽然多,但好像没有任何人提到她有招人嫉恨的事情。她是个很讨人喜欢的女孩子。你问这话是什么意思?"

"没什么。"

香月陷入了沉默。他回想起了那天,扶住踉跄的灵媒时,从她口中说出来的几个字。那天警察赶到之前,香月问了好几次那句话的意思，但翡翠只是低头嗫嚅："我觉得可能是错觉。"

哭丧妇……

那究竟是什么意思？

香月的脑海里掠过翡翠的双眸，在黑暗中妖魅地闪烁。

城塚翡翠。

那个灵媒所看到的，到底是什么呢？

*

几天之后，香月以一种意外的方式和翡翠联络上了。

香月有一个网站，用于发布自己所写的小说的一些信息。翡翠从那上面找到香月的联系方式，给他发了一封邮件。内容说，有事情想当面谈。于是香月和她约定，在自己常去的咖啡馆碰面。那里是他码字的地方。

离约定时间还有十分钟，翡翠到了。

今天她穿了一件领口带蝴蝶结的白衬衣，一条藏青底色、带绣花的裙子。妆容是以亮橙色打底，自然大方，整齐的刘海下的一双翠目里，好像藏着一丝紧张的神色。

香月伸手示意她坐在对面，问道：

"这里好找吗？"

"还可以，这家店真不错啊。"

她环顾四周答道，但表情还是有点僵硬。

"这里的咖啡很好喝。他们也卖咖啡豆，如果给千和崎小姐捎一些回去做礼物，她应该会很开心。"

翡翠看着菜单，犹豫了一会儿，最后点了特色咖啡。

"那个……首先，请允许我向香月老师道个歉。"

翠绿的双眸微微湿润，直视着香月。

"我好像不记得你做了什么需要向我道歉的事呀。"

"是关于仓持小姐的。那时候，我应该将'看见'她之后的感觉直言以告的。至少，应该对老师你……更准确地，告诉你。"

"翡翠小姐你——果然还是'看见'了一些东西？"

"是的。"

她低下头，刘海低垂，几乎遮住了她的表情。

"我预见到仓持小姐有性命之危……但是，我自己对这件事并无确信，所以觉得你们也不会相信……于是没有对二位细说。但是，现在事竟至此……"

"哭丧妇，到底是什么意思？"

香月终于忍不住，抛出了在脑中盘桓多日的疑问。

翡翠抬起头，双眸游移不定，露出犹豫之色。

她可能是在担忧，香月到底会不会相信自己所说的话。

"老师你——知不知道叫'班西'的妖精的故事？"

"好像是爱尔兰的妖精吧？传说，班西一旦开始哭泣，就会有人死去——"

"她们也被称为哭丧妇，古时候，有一种人会在葬礼上被雇来，为死者号哭。在民俗学上，有一种解释说这样的旧俗在流传中渐渐变成了这个妖精的传说……但我觉得，这个因果是不是反了呢？"

"反了？"

"老师，我第一次发现自己的能力，是在八岁的时候。在那以后，我一直在努力摸索自己感受到的东西究竟是什么。关于这种能力，没有人可以帮我答疑解惑。没有教科书，也没有专业参考书。所以，我自己对它进行了琢磨钻研。自我开始这份工作，开始为形形色色的人看事，差不多有十年了。"

香月回望着翡翠的双眼，想要努力看清她想解释清楚的真意。

"有一天，我突然发觉，有好几个人咨询的内容有相通之处——都是关于哭泣的女性的灵。有些是出现在枕畔，有些是出现在梦中，虽然有些细微差异，但想咨询的都是关于一个哭泣的女人盯着自己的事。"

香月感到后脊梁起了一阵寒意。

"也就是说，和结花——仓持小姐类似的案例，你之前也接触过？"

"是的。仅就我直接经手的而言，一共有四例。这四个案例的共通点还有，所有的客户都在一年内死去了。"

"怎么会有这种事？"

哭丧妇的灵。

被它凝视过的人，一年之内必有杀身之祸——

这不得不让人觉得莫名可怕，毛骨悚然。

"而我是最近才注意到其中的联系。一般来说，完成了客户的委托之后，我们之间不会再有联系，所以我花了相当一段时间才发现请教过哭泣女人的几个客户居然都死掉了……"

"那几位的死因分别是什么呢？"

"有两位是病故，"翡翠低着头，露出苦涩的表情，"还有一位，是因为夫妻之间起了争执，被丈夫杀死了，两年前还上了新闻。还有一个是自杀……据说生前被抑郁症所恼。"

她的双唇间吐出一声苦恼的叹息。

"回头看看那些咨询内容，我注意到其中有两个人提到了来源不明的水滴。据说自己家的地板上会出现一些水滴，但那究竟是从哪里泼洒出来的液体，自己却完全摸不着头脑。另外两个人的案例里面则没有提及，要么是自己没注意到，要么是觉得这和灵的出现没有关系，所以没说……"

"而结花的身体旁边……也有一滴水滴。"

"对。几个人的谈话里共通的水滴，都是以那样的形式……据说就好像泪痕一样，并不起眼。"

"所以当时你才会觉得是哭丧妇——"

翡翠微微颔首。

"回到我刚刚和你说的班西的传说……很神奇的是，关于哭丧妇的习俗在全球各地都有，而且是从信息难以互通的古代开始，就在世界各地出现了。"

"荣格的集体潜意识论吧，这可能是从人类共通的潜意识底层里相关原型产生的联想。如果这个假设成立，世界各地的人类抱有同样的想象，似乎也不能算特别神奇……"

香月喃喃自语道，但紧接着，一道凉意又掠过了脊背。

要是哭丧妇并非出自想象，而是真实存在的呢？

结花目睹了哭泣的女人之后，死了——这是他亲眼所见。

"自古以来，某类对灵感应力比较强的人，在死前讲述自己看到了哭丧妇……然后这又是人类集体所观察到的现象……哭丧妇的传说应运而生？这种可能性也不是没有……"

但这样一想，禁不住让人产生一丝淡淡的恶寒。

结花是被这种可怕的妖异附身才死去的吗？

"我是这么解释的。没有人知道真正的答案，没有人能证明，没有任何人可以请教。归根结底，这种事情旁人看来简直是荒唐透顶……包括我在内，一般而言，大家都会觉得我是个脑子有问题的女人。"

香月在翡翠的双眼里看见了苦恼的神色。

这不难想象。她没有对仓持结花透露有关哭丧妇的事情，因为毕竟连自己都没有确证，如果是杞人忧天，只会让结花徒增烦恼。被灵所扰的结花还有一点相信的可能性，但香月只会更怀疑自己吧。

故此，翡翠噤口不言。

结果，结花死了。

翡翠对此后悔不已。

"我没有说出口，真是万分抱歉——"

所以，她才前来道歉。

"我一直以为只是偶然，自己想多了……就算不是偶然吧，我也没有想到仓持小姐会那么快去世……我想，假如到她家去，说不定能想到什么解决办法……"

翡翠低着头，娇小的双肩微微颤抖。

"请抬起头来，我觉得这是没办法的。"

翡翠叹了一口气，抬起了头。湿润的双眼带着疑惑看向香月。

"你是说，你相信我的话？"

"对，我相信你。"

她圆瞪着双眼，然后大大地喘了一口气，好像是胸口的一块石头落了地。翡翠像下定什么决心似的，双唇紧抿，再次直视着香月。

"香月老师，我有一事相求。"

"什么事？"

"关于你的事，我稍微查了一下。你曾经协助警方解决了好几起案件，是吧？"

"啊……那些都不算什么，可以说是多个偶然交叉的结果，我没帮上忙的案件其实占多数。"

"即便如此，我觉得那也是很了不起的才能，一般人可是办不到的。"

香月被那翠绿色的大眼睛定定盯住，竟有些心潮澎湃。被丽人以这样的眼神恳求，他甚至感到仿佛十几岁少年的羞涩涌上面颊。

翡翠上身前倾，说道：

"拜托你了。请你借助我的力量，查出到底是谁杀了仓持小姐——"

*

刚刚点的咖啡到了。香月史郎端起杯子，喝了一口。

接着，他望向翡翠，她正一脸无奈地看着自己。刚才，他答应了她的请求，而翡翠的脸上焕发出了她那个年纪女孩子应有的神采。但是当香月陷入思索时，她的表情又变得不安起来。

城塚翡翠。

利用她的能力，抓住杀害仓持结花的凶手——

"那个……老师？"

"啊，不好意思。我在想到底要怎么办才好。"

香月搁下咖啡杯，观察着翡翠的表情，问道：

"你看到结花遗体时说凶手是个女人，没错吧？那句话究竟是什么意思呢？"

该不会是说，哭丧妇杀了人，所以凶手是个女人？

"有时候我会有种感觉……"

翡翠踌躇了片刻，低下头说道：

"比较常见的情况是，我走在路上，不明就里地经过一些死亡事故发生现场。我会突然感到眩晕，意识游离开来……接着，脑海里浮现出一些模模糊糊的景象。我觉得，那多半是人在将死之际……看到的景象。"

"难道说……那时候，你在脑海里看到了结花死前看到的景象？"

"我觉得……应该是吧，"翡翠点点头，但看起来不是很肯定，"我看到的，多半不是特别清晰的图像。就好像做梦的时候，梦里的事物清晰可见，但梦一醒就很快被忘却……这个经历你也有吧？就是类似这样的感觉，景色很快就变得像雾里看花一样……

最后连自己都不是很确定到底有没有看见。说不定只是出于我自己的想象，或者说是妄想，错觉……"

"所以，你当时看见了什么？"

翡翠不安地回答道——对方是否会相信自己的话，她好像还是心里没底——

"好像是一个女性的侧脸。我倒在地上，那个人蹲在我的身旁，俯着脸……真的是，很模糊的景象，我现在只能想起来这么多了。我见到仓持小姐遗体的时候，脑子里满是这个景象，仓促之间便觉得凶手是个女人，不好意思，我实在没什么自信……那个也许不是凶手，而是就像仓持小姐说的，是那个哭丧妇……"

"死前看到的景象……是不是就好像附身于死者的感觉？"

"也许是吧。千和崎小姐把这个描述为灵魂的共振，"翡翠带着悲伤的表情，"据说，我一旦碰上这样的事情，就会说出一些奇怪的话——但我自己并不记得。这种事情多了，从小父母就一直觉得我有病……"

"对了，那时候你说：'你在找什么？'我当时以为你在和我说话，但觉得语气很奇怪。那个莫非是结花想说的话？"

"我说了那种话……？"

"我听到的是：'你在找什么？'"

"你在找什么……"

翡翠一脸迷惑，把这句话重复了一遍。

看起来好像是全无记忆。

这么说，难道是结花的话？

如果真的如此，那又是什么意思呢？

回想起来，死去的结花眼睛是睁开的，这点也一直让香月耿耿于怀。

那双眼睛是在盯着什么吗？如果她不是立刻死亡，倒在地板上之后她看见了什么，让她有如此疑问？她看到的，是不是翡翠所见的女子侧脸呢？是"她"蹲在濒临死亡的结花身边，找寻着什么吗？

如果杀人凶手是闯空门的贼，那么找寻值钱的东西也不足为奇。她的身旁掉落着手袋，而钱包里的现金和卡类都被抽走了。啊，不对——

手袋是在她的身边没错，但是在她的身体右侧，然而她面朝的是左侧。这样岂不是应该看不见在手袋里掏摸的凶手？那她能看见什么呢？她身体左侧，似乎只有打破的玻璃杯碎片，其他并无什么让人印象深刻的事物。

不。是不是在结花注视着的时候，"那个东西"还在呢？

会不会是凶手把"那个东西"拿走了？

假如有那么个闯空门的会感兴趣的东西，正好在她的视线范围之内——

不对。翡翠刚刚说了，她看见的是个女子的身影，而被盯上的闯空门嫌疑人立松五郎是个男的。如果嫌犯是女性，那么首先应该被怀疑的显然是以小林舞衣为代表的结花的女性朋友们。但是结花的女性朋友人数虽多，但目前还没有找到任何杀人动机。

凶手是在搜寻什么呢？如果凶手将"那个东西"从现场带走

了，那么是不是有可能，凶手就是为了"那个东西"而杀了结花呢？

可能是香月陷入沉默的时间太久了，他蓦然一抬头，发现翡翠正用不安的目光注视着自己。修剪得整整齐齐的眉毛垂了下来，化成一个"八"字，仿佛特别苦恼。

这样冥思苦想可不行，只是在原地兜圈子罢了。

香月向翡翠问了另一个问题。

"除了刚才说的，你还有什么别的能力吗？比方说，你准确猜出了我和结花是干什么工作的，到底是怎么做到的呢？"

"嗯，这个呢……是气味。"

翡翠答道，手指在桌上不安分地扭动着。

"气味？"

"我不是说真正的味道。是那个，灵魂的气味……是不是可以这么说？气味只是一个比喻，不是真正的嗅觉。准确来说是通过第六感察觉出来的……"翡翠说着，向着早就冷掉的咖啡里倒入牛奶和砂糖，"但是，如果想让别人明白这个事情，还是用气味来打比方最恰当。发出这种气味的……有点像是人的灵魂……不好意思，我自己是这么理解的，但并没有证据。"

翡翠一面搅拌着咖啡，一面带着抱歉的表情说。

"不仅仅是活人，这种所谓灵魂的事物，有的时候也可以用眼睛看见，但大多数情况下，都是以气味的形式被感知的。灵魂散发出来的气味……然后根据气味，我可以了解那个人心里的情绪，平时的生活方式，这种大方向性的东西。而你们的工作，我是通过经验来类推的。如果气味和我过去碰到过的人类似，那就说明生活方式近似，工作也很有可能一致，这是我的经验。当然也有猜错的时候。我以前接受过一位作家的采访，香月老师你的气味和那位作家有些近似，所以我大胆猜测了一下……"

接下来，翡翠将"气味"的灵视原原本本地解释给香月听了。

要想分辨气味，必须直接与对方会面。如果有两个气质类似的人在场，其气味会混同起来，让她分不清是谁散发出来的。同时，分辨气味必须集中注意力，翡翠在非常放松的状态下，信息可靠度会有所提升。当她处于幽暗之中，由于外界的其他信息都被阻断，所以更容易集中精神。原来她将工作环境布置成那样，并不完全是为了营造神秘气氛。

气味代表了一个人的健康状态和精神状况。是不是虚弱，是不是生病，是不是激动，是不是害怕，是不是在说谎，是不是抱有罪恶感……翡翠能通过气味知悉这些情况，但并不能判别具体的信息。

"比方说，你可以知道一个人有罪恶感，但是搞不清是因为偷情产生的罪恶感，还是杀人导致的罪恶感……这么说对吗？"

"这个多少可以判断得出来……也不是这么说，毕竟我遇到偷情的机会多一些，还没有机会碰见杀人犯……"

原来如此。看来这样的判断，也是要依赖本人的经验啊。

此外，翡翠还说了一些关于"精神散发的气味"的有趣之处。

她说，人的精神假如受到了他人的影响——不管是有意识的还是无意识的——是会有所感知的。比方说，人物 A 被人物 B 深深地爱恋着。在这种情况下，翡翠也可以知晓有人对人物 A 倾注了爱意，即使人物 A 本身不知道这份爱意的存在，但爱会造成某种影响。

"这种能力或许能派上用场呢，若有人在毫不知情的情况下被某个人痛恨着，那你也能感知？"

"嗯，大概可以。我觉得，这就好似某种祝福或是诅咒，如果是憎恶，这种诅咒就会侵蚀对象的精神，留下影响。我在灵视的时候，仿佛能看见那种伤痕……大致就是这样的感觉。当然，如果不集中注意力，就很难感受得到。"

她的能力虽然称不上神通广大，但也是难以置信的力量了。

不过，要怎么样才能让翡翠所说的灵视能力为破案助力呢？

是不是可以让杀害仓持结花的嫌疑人——立松五郎、西村玖翔，还有结花的女性友人——逐一与翡翠会面？嫌疑人杀害结花后会抱有负罪感，以及害怕被逮捕的强烈恐惧——翡翠应该可以分辨出这样的气味。

可是，这个方式存在两个问题。

其一，嫌疑人并不抱有负罪感的情况。假设此人天赋异禀，既没有负罪感，也没有恐惧感，那翡翠岂不是束手无策？其二，则更是难解：假设此人对杀人一事抱有愧疚感，而翡翠也通过灵视发现了这一点——然后呢？

这不能构成任何证据。

即便通过灵视知道了某个人是凶手，也不能对其进行逮捕。在缩小嫌疑人范围的意义上来说，或许有些用，但如果考虑到第一点，反而有可能限制搜查。

"我明白了。按照气味这条路来追，恐怕有点难度。"

"对不起……我很想为仓持小姐做些事情，但我没有什么聪明才智能帮忙抓凶手……其实，我连推理小说都不太能读得下去……"

香月看着翡翠，她满脸抱歉地将咖啡杯端到嘴边，有点没精打采。

"我觉得，可以稍微从别的角度来思考一下。"

最值得思考的是翡翠看见的女子影像，以及结花留下的话语含义——但这两个疑问，目前还在原地打转，毫无头绪。那何不从别的疑点入手，看看能得到什么样的结果。

"从别的角度？"

"嗯。我指的是——哭丧妇。一开始听你讲到这事的时候我就有点疑惑，所以我想尽量将这个地方梳理得明白一些。"

"你指的是哪个部分呢？"

"对灵异事件强求其逻辑性也挺滑稽的——但是，是先有鸡，还是先有蛋？结花她是因为被哭丧妇哭了才死的，还是哭丧妇因为她将要死去，所以才哭的？我想解决的就是这个疑问。"

*

翡翠有好一会儿一语未发，张口结舌地瞪着香月。

"不知为何，我就是很在意这一点。翡翠小姐，你是怎么看的呢？"

"你是问，仓持小姐是不是被哭丧妇的诅咒杀死的，对吗？"翡翠睁大眼睛，"我从来也不认为，哭丧妇能用诅咒杀人。"

"你这样认为，有什么理由吗？"

"这个……有这么几点理由……用语言来说明自己模模糊糊感觉到的东西，还真是难啊。"

翡翠换了一个陷入沉思的姿势。

"我可以通过'气味'来感受灵的存在。我在走进那个房间的时候，也感知到了灵的存在。但那不是什么坏东西。我感受不到它要伤害人，诅咒人的恶意。仅仅感到它抱持着哀伤，还有无力感。如果我能再去一次，说不定可以了解得更深入一点……"

"换句话说，如果结花是因为被哭丧妇哭了才死的，那哭丧妇应该是有恶意的，然而现实是，翡翠小姐你并没感受到它的恶意，对吗？"

"是的。还有一点就是，根据我的经验，幽灵对人造成伤害这种事，是不可能发生的。顶多可以将人的精神逼入困境，让人身体衰弱——这已经是极限了。仓持小姐，是被人类杀害的。"

"会不会有什么人被哭丧妇附体，然后被指使着杀了结花？"

"老师，你电影看多了，"翡翠不满地噘起小嘴，"我不能说完全没有可能，但那样的话，灵体应该会有恶意呀。"

"话说，你能不能通过灵视预见未来呢？"

"你是说，我通过这个中了彩票，于是发财了？"

翡翠仿佛赌气似的噘起了嘴。香月笑了。

"并不是这样的吧？"

此言一出，翡翠长长的眼睫毛垂了下来，表情一下子变得非常寂寥。

"我所能看到的未来，只有我自己的死期罢了。"

"死期？"

她刚刚那一瞬的表情立刻消失得无影无踪，好像香月看到的是自己的错觉。下一个瞬间，翡翠又恢复了温柔的笑容。

"很遗憾，对于未来的事情，我一点都不知道。"

"这样啊，"香月略有些讶异，但还是接着刚才的话说了下去，"似乎没听说过会有幽灵来告诉人类未来的事情，对吧。比如幽灵前来告诉人类彩票中奖号码之类的。"

"那是自然的。"

"那么，就产生了一个新的疑问：哭丧妇，又是怎么预知未来的呢？"

翡翠轻轻地"啊"了一声。

"确实啊。好奇怪，为什么呢？"

"幽灵难道是一种超越了时间的存在吗？"

"我不这么想——当然，仅仅是据我所知。灵——也就是人的意识，在死后应该是处于停滞的状态。"

"停滞？"

"死去的那一瞬间，断绝的意识，会以那样的形态在人世间漂泊。大概就是那种感觉。"

香月歪着脑袋，没太听明白。然而翡翠也并没有对此进行深入的说明。她是从自己长年的经验出发而产生的理解，对别人说明大概相当困难。

"总而言之，假如灵体没有预知未来的能力，那么，就与哭丧妇预知了结花的死形成了矛盾。于是，我思考了一番，关于翡翠小姐你听闻的四个死亡事件——都是与哭丧妇相关的，有两个是病死，一个是自杀，还有一个是他杀，对吧？假如说，哭丧妇……也有和你差不多的可以嗅到灵魂气味的能力呢？"

"啊……"翡翠好像理解了香月的问题，"是的，有可能就是这么回事。也就是说哭丧妇和我一样，也能闻到气味啊。这样，它们就能看出人生病的状况，或者是精神受折磨的状况……"

"……这样下去就会死掉，造成无法挽回的结果。但死者又不能干预生者，所以，哭丧妇为之落泪……所以，如果这不是预知，而是推论，就讲得通了？"

"但是，如果是那样，仓持小姐又属于哪一种呢？她没有生病，也不是自杀。啊，不对，之前找我咨询的人里边，有一例是他杀。"

"所以，我才问到你说起的诅咒。假如结花被某人恨得非杀之而后快，那么这恨意一定会侵蚀她的精神，从而通过'气味'的形式展露出来，不是吗？而哭丧妇，正是嗅到了这一点。"

"继续这样下去，会被人杀死。可是，哭丧妇只能眼睁睁地看着却无能为力。"

假如这个设定成立，那么就与立松五郎行凶说形成了矛盾。

因为，如果是立松五郎在闯空门时杀死了结花，那仅仅是一个偶然，而非经年累月的恨意导致。所以，哭丧妇是无法预知这件事的。同时，这个玄妙的理论，也否定了西村玖翔行凶的可能——因为西村玖翔追求结花并且遭到拒绝之事，发生在她被害的一周之前。然而，结花早在拒绝西村之前，就被哭丧妇的梦魇所困扰了。西村不可能在向结花表白之前就对她抱有杀意。

当然，以上都是香月的胡思乱想。

但不知为何，这些思绪在他的脑海中挥之不去。

如果这两个人都不是真凶，那么翡翠看见的女子到底是谁？

正在这时，香月的电话响了。

他向翡翠打了个招呼，接通电话。

他隐隐有一点预感。

电话是钟场警部打来的。

"老师，有一个遗憾的消息，我觉得最好和你说一声。"

"难道是关于立松和西村的事？"

"哦？你直觉很准嘛。对，比较遗憾，这两人是清白的，他们在犯罪时间都有不在场证明——"

那是昨晚的事。

搜查三科的埋伏终于奏效，将立松五郎作为入室盗窃的现行犯逮捕了。在追查其他罪行时，发现仓持结花被害当晚，立松拥有无可置疑的不在场证明。那天晚上，他在常去的酒吧里喝到不省人事。店铺的监控录像上，将喝得烂醉如泥、在店里睡到次日早晨的立松拍得清清楚楚。而对于排水管上的鞋印，立松是这么解释的：他的确侵入过那栋公寓的阳台，但那是杀人事件发生的几天前，正当他想破窗而入的时候，听见巡逻车的警笛声，于是害怕了，最终没有下手就逃走了。所以脚印与杀人事件并无干系。

另一方面，案发时间西村玖翔正在光顾一家非法营业的性交易场所，不在场证明成立。当事人一开始没和警方说实话，发现自己被当成了杀人嫌疑犯之后才迟迟坦白。此事也从附近的监控录像得到了证实。

听完钟场的简报，香月挂断电话。

他将手机收起来，向翡翠大致说明：警方按照闯空门犯案这条线来进行侦查，但碰了壁。毕竟是警方的信息，钟场是出于信任才透露的，所以香月也不能向外人说太多。

"原来是这样啊，"翡翠的表情看起来有点失望，"本想使用自己的能力，但好像又没帮上什么忙，真是对不住……"

"不不，至少这个结果和刚刚我们讨论的哭丧妇的逻辑并不矛盾。杀害结花的，一定是痛恨她的人。也正因为这样，哭丧妇才能预知她的死亡。"

"但是，这也只是不矛盾而已啊，并不保证是真相，"翡翠耸起肩膀，"关于哭丧妇本身，我自己的认知有错误也说不定。以规律性或逻辑来判断灵体本身，或许就是个错误，甚至这一切都可能是我的胡思乱想……"

"尽管如此，现在浮现在警方侦查线上的两个嫌疑人都具有不在场证明，还是翡翠小姐'看见'的那个女子是真凶的可能性大。"

香月跟了一句，像安慰，又像鼓励。

可就算凶手是女性，目前他们也没掌握多少像样的证据。仅有的手段大概是排查现场附近的监控录像了，但那一带监控极少，钟场正在为此头疼不已。结花的友人很多，经常邀请她们来自己家做客。在结花的推测死亡时间段内，即便没有不在场证明也正常，所以想在她的朋友里筛出特定的怀疑对象极度困难。

如果能再找到一些其他的线索就好了……

凶手当时是在找什么呢？

只要搞清楚这一点——

"我还有个问题。翡翠小姐，你是灵媒，对吧？"

"嗯——？"

翡翠有点莫明其妙地仰起脸。

"你不是占卜师，也不是灵能力者，而是自称灵媒，对吧？"

"嗯，是的……"

"我对这一点比较在意。所谓灵媒……也就是像通灵者，或是'潮来'①一样，可以将已死之人的想法传达给在世的人。所以，翡翠小姐你也有这样的能力，是吧？如果是，那是不是有可能通过结花之口，详细了解当时的情形——"

翡翠的眼神里出现了犹疑之色。

"老师，你说得没错，我是灵媒，可以让死人降临在我身上——准确地说，是让死去的人的意识，暂时存在于我的身体里。"

"那岂不是——"

---

① 潮来，是日本东北地区的一种巫师，多由盲女充任。民间相信潮来能够呼唤死者，让死者附于自己身上。

翡翠摇了摇头。

"以前也发生过一样的事情。"

"一样的事情？"

"有位死者的家属想请我帮忙解决一起悬而未决的杀人案，为被害人做一次降灵。我当时想尽己所能，看看能帮到什么程度，于是答应了。最终，死者的灵附在了我的身上。"

"然后怎么样了？"

"刚才我说了，死去的人的意识，会停滞在那个时刻，对吧？平常我在自己身体上降灵的时候，迎来的都是相对平静的死者。和这种较平稳的意识，可以进行有意义的沟通。但是在痛苦与恐惧之中死去的人……"

翡翠在这里停顿了下来。

看她的表情，好像回忆起了什么异常可怕的事情。

"当事人的意识降临到我身上的时候，我是没有自我意识的，死者借着我的嘴巴说了些什么话，我全然没有记忆。但是怎么说呢……死者的感情会给我的心留下强烈的烙印。如果那烙印是对尚存人世者的爱恋、温柔，或者后悔、忏悔……那样的感情，我还可以忍受，然而……"

她轻轻地咬住了嘴唇。

长长的黑发垂了下来。

"案件被害人的灵降在我身上的时候，我没有任何记忆。但是据千和崎小姐说，我是处于一种精神错乱的状态，根本不能进行正常的对话，只是反复地说，请救救我、好可怕……那个时候，濒临死亡的人感到的恐怖非常鲜明地留在了我的心上，这一切曾经在我的梦中反复出现。"

"原来是……这样。"

死者的意识，会停滞在那一瞬间。

濒死之际，结花感受到了什么呢？是恐惧、绝望，还是痛苦？

如果死者的意识会停滞在那一瞬间的话，那么这可怕的情绪，是永不消亡的吗？停滞，也就是永不结束。

没有开始，也没有结束。如果让结花的灵降在翡翠的身上，是不是结花就要重新体验一次那样的恐怖呢？而那样强烈的情绪，又将烙印在翡翠的精神上，一生无法磨灭——

"就算是克服了所有困难……能问出来的，也只是毫无意义的只言片语，是这样吧？"

"是的。"翡翠垂着头。

"我真是没用，帮不上你的忙——"

说到这里，翡翠的身体僵住了。

然后仿佛猛然想起什么似的，抬起脸。

"严格来说，并非都是毫无意义的话。我听千和崎小姐说，我说了一些关于地点的词句。那次的案件里，死者被囚禁的地点没有搞清楚，大家认为，若将那个地方搞清，就会成为有力的线索。可是，问出来的话语并没能确定具体的地点——"

翡翠略带兴奋地说着，探出身子。

"老师，请再带我去一次仓持小姐的家。"

"你是想……做什么呢?"

"让她的灵降在我的身上吧。然后,希望老师你能问问她。不管是有关凶手的线索也好,可以成为证据的东西也好,什么都行……就算是得到好像毫无意义的答案也没关系,你可以将其拼凑起来,进行推理。我想,这回和上回不一样,有老师你在。"

翡翠加重了语气。香月凝视着她的眼睛。

如果一定要形容的话,那是一双虽然藏着后悔与恐惧,却勇敢地上前一步,想要探寻真相的眼睛。

"老师,请破解死者留下的谜题——"

*

两人来到了仓持结花居住过的公寓房间。

警方的现场勘察已经结束了,香月拜托了结花的妈妈,借来了公寓的钥匙。结花的妈妈好像知道香月这号人物,说是结花老是挺自豪地提起他来。她朝香月深深鞠了一个躬,用颤抖的声音恳求他,一定要将凶手抓获归案。"我就是想知道,为什么那孩子一定要死呢?"听了这句恳求,香月唯有默默点头。可是,就算抓住了凶手,又能改变得了什么呢?

结花被断送的未来,是永远无法改变了。她的妈妈,只能面对痛失爱女的事实,被如影随形的死亡牵掣着,以惯性过完余生吧。

人,是很容易被死亡盯上的。

有什么办法能解救这样的痛苦呢?

香月脑中思绪万千。他看了看静悄悄的室内。有一些东西作为物证，被警方取走了，但室内的摆设和当时相比，变化并不太大。

外面很热。但又不方便开空调，于是香月拉开了面朝阳台的窗户。依照翡翠的要求，窗帘保持关闭。她已经在沙发上坐下了，表情紧张。

"可以了吗？"

香月望向她，问道。

"好，可以了。老师你没什么问题的话，随时可以开始。"

翡翠今天的妆容很平常，但衣服换成了第一次见面时，暗色系的那一套。可能是这一套行头更容易令她全神贯注。

香月拉出餐桌的椅子，在翡翠对面坐了下来。翡翠闭上眼，好像在黑暗中调整着呼吸，胸口上下起伏。

根据翡翠的经验，降灵可持续的时间只有几分钟而已。而且她说，从来没有成功将同一个死者呼唤出两次。也就是说，香月须在有限的时间内，与精神错乱的结花的灵进行对话，并获得所需要的信息。

"那么……请开始吧。"

香月下定决心般说道。

翡翠双目紧闭，点了点头。

呼吸因紧张而颤抖着。

那是自己的呼吸，还是翡翠的呼吸？

声音消失了。

寂静降临。

翡翠的身体纹丝不动。

她的身体好像完全放松，又好像沉入睡眠，陷在沙发里。

耳朵里只能听到自己咽口水的声音。

安静。安静得耳朵几乎要痛起来。

就在这时，忽然响起一阵嘎吱声。

还有一点破碎声。是房子在晃动？

但是这栋楼并不是木结构的。是听错了吧。

他感到手掌汗津津的。

应该什么都听不到才对。

然而，不知从哪里，飘来一阵仿佛女人抽泣的声音。

不，是错觉吧。

思绪不宁，心脏扑通扑通跳个不停。

就在这时。

翡翠的身体有了一丝动静。

她的手指尖微微颤抖，膝盖弹起。

"啊……啊啊啊啊啊啊啊啊啊啊啊！"

这一声惨叫，差点把香月吓得心脏停搏。

翡翠尖叫着，上半身弹了起来，看起来仿佛刚从一个可怕的梦中惊醒。香月从椅子上起身，靠近她。翡翠的身体陷入了狂乱。

惊愕的双眼圆睁，脚尖乱踢，如溺水之人。她的长发在空中飞舞，身体扭曲。

"翡翠小姐——"

"好冷啊好冷啊，好冷好冷好冷！"

此情此景，非同小可。

眼看着，从那写满了巨大恐惧的双眼里，泪水滚落了下来。

"翡翠小姐，冷静——翡翠小姐！"

香月按住了她的身体。如若不然，她眼看就要从沙发上翻滚下来了。他盯着她的脸，喊道：

"清醒一点——！"

他瞪视着翡翠圆睁的眼睛。

但翡翠的眼睛，好像看着香月，又好像没看。

这时香月猛然惊觉。

这不是翡翠。

"结花……？"

他问道。脑中一片空白。

翡翠茫然若失的眼睛终于对上了焦点，好像看见了香月。

"学长……？"

"对，是我。认识我吗？"

"不……"

这时，翡翠的身体再次挣扎起来。

"结花——"

"不要不要不要不要不要，不——要啊！"

香月拼命将挣扎着的身体按住。

"冷静——！"

"这里好冷啊！好冷啊！学长，救我，救救我！"

扭动中翡翠的膝盖一顶，正中香月的胸口。

香月忽然明白了。

是了。

这就是死吗？

这，就是死亡吗？

"告诉我！"香月克制住一切情感，叫道，"杀死你的人是谁啊！"

"杀死？"那张流着泪的脸露出了疑惑，"学长，你在说什么？不会吧……这是……做梦吧……"

香月咬住了嘴唇。

这样不行。时间在一点一滴地流逝。

"不是梦……你已经死了，被杀死了。"

"被杀死了……"

"你是和谁在一起的？和谁！是你的朋友吗！"

"我，是和学长在一起的呀？和学长……"

"不对！你……你……你死掉的时候，身边有人对不对？"

"我……死了……？"

渐渐地，翡翠的身体软了下来。

"好冷啊……"

表情变得呆滞。

眼神已经涣散。

眼睛也没有再盯住香月了。

"你应该看见谁了。那是谁，还记得吗？"

"不晓得……我倒在地上，动不了……学长说的，原来是真的啊……"

"能看见什么吗？你肯定看见什么了！"

"那姑娘好像在找什么呢……"

"是什么？是在找什么？那姑娘是谁？"

"是谁……这样好奇怪……"

"那人在找什么呢？"

"我不晓得。好像有什么，掉在地上了……"

"还能看见什么？"

"原来我真的要死了。"

"结花……"

"学长。"

她呆滞的眼神，望向香月。

嘴角上带着一丝笑意。

她抬起了冷得吓人的手指。

抚摸着香月的面颊。

"学长，我一直很喜欢……"

香月咬住了下嘴唇。

结花微笑着说：

"我好想让学长尝尝我做的冰咖啡啊……"

香月将她冰凉的手紧紧握在手心。

他能感觉到，她的手在自己的掌心里松弛下来。

翡翠的眼帘合上了。

就这样，她停止了动作。

翡翠醒来，已经是十分钟后的事了。

香月依旧坐在椅子上，守护着纹丝不动的她。

她微微呻吟，睁开了眼睛，一脸茫然地缓缓环顾了四周。

"老师……"

香月默默点点头。

她坐起身，伸手抚额。可能是头痛，她龇牙咧嘴地用力闭了闭眼。嘴唇发紫。

"你没事吗？"

"没事。"

回答的声音颤抖着。

紧接着，留有泪痕的面颊上，又流过了一道闪光的泪水。

她哭了。

"啊啊……"

翡翠呻吟道。

香月站起身，掏出手帕递给她。

"老师……"

她的手举在空中，好想要抓住什么，却什么都没抓到，无力地垂了下来。

"仓持小姐……对老师你……"

结花的感情，一定深深地印在了翡翠的心上。

翡翠流着泪，想说些什么。

香月阻止了她。

"请别说了。那些话……我只想从她的口中听到。"

翡翠低下头去，哀伤地啜泣着。

怎么会变成这样呢?

什么都做不了，仅仅是为自己的无能而愤怒，无法令结花复生。

如果早知道会变成这样，要是再早一点——

再早一点，用自己的手——

"真想用自己的手，将她拥入怀中啊——"

*

离开公寓，已是傍晚时分，两人在暮色中走着。

香月断断续续地将翡翠召唤出来的结花所说的事情告诉了她。翡翠低头走路，静静地听着。看来她对于之前发生的对话内容是全无记忆的。也许唯有结花在临死前感到的强烈情绪，在翡翠的心上留下了深深的痕迹。

翡翠说过，她会反复地做一些噩梦。刚才的那些感情，也一定会在她的梦中出现，煎熬她的身心吧。甘愿承受这样的痛苦，也要揭开真相，到底是什么支撑着她的决心呢?

"真是对不起。"

翡翠忽然开口。

"听你说了刚刚问出来的话，我觉得自己好像还是没帮上什么忙……"

"结花——人的灵魂如果是永远处于停滞的状态，那么她的灵魂是不是会永远受苦呢？"

"我不知道，"翡翠摇摇头，"人死之后到底会怎样，我想谁都不知道。我大概没有资格去对这事一探究竟。"

也许吧，的确如此。

但是，又不得不探究。

因为人们总会被死亡悄悄盯上。

"可是，因为我的自作主张……仓持小姐又白白受了一次苦，这是无法否认的事实。"

翡翠低下头，垂着的双手紧握成拳。

"不是白白受苦，我不能让她受的苦白费。"

"但是——"

"别担心。"

他眯缝起眼睛，抬头望望被晚霞染红的天空。

"我知道凶手是谁了。证据，也一定会有的——"

*

"谢谢你特意赶到这里来。"

她刚刚在桌子对面落座，香月史郎就这么说道。

"不不……是关于结花的事情吧？"

小林舞衣微微颔首，接着显露出很迷惑的表情。

她的刘海剪得整整齐齐，看上去有点严肃，这倒是和她上学时的风格变化不大。今天她戴着一副大大的黑框眼镜，穿了一件朴素的衬衫。香月刚认识她的那会儿，她看起来还是一个讷讷的内向少女，现在倒也有一些成熟女性的气息了。

星期六的午后，他们坐在香月母校附近的一家咖啡馆里。很多学生是这家店的常客，舞衣上学的时候好像也曾光顾过，所以香月才挑选这家店作为碰面的地点。

"我电话里和你说了，我是受结花母亲委托，在对她的案子做一些调查。这一位是——"

"我是老师的助手，鄙姓城塚。"

坐在香月身旁的翡翠低头行了一礼。今天她的穿搭是很少女的白色连衣裙，一点暗色都没有。

"小说家的，助手?"

舞衣好像有点惊讶。这次的面谈，翡翠说无论如何都想一起来，香月同意了，但实在没料到她会这样自我介绍。

"啊，这个，嗯，就是帮我查查各种资料之类的。"

香月用略带责备的目光瞥了一下翡翠，她假装没看见，而是用挑衅的眼神瞪着小林舞衣。

"舞衣，你——"香月接上话头，"成熟了不少嘛。换了副眼镜?"

"我们上次见面还是两年多以前吧?"舞衣有点不好意思地低下头，"换眼镜可太正常了。话说回来，你有什么事想问我?"

"我就开门见山吧。"

香月平静地说。

"我希望你去自首。"

听闻此言，舞衣抽搐地笑了笑。

"自首……？什么啊，学长，这种过分的玩笑……"

"事发当天，你去结花家玩了，对不对？你好像经常去过夜，一起追剧，是吧？那一天，你也是在挺晚的时候去了她家吧？手机上留下了通话记录，你声称只是为了确定日程打的电话，但其实你是跟她说，马上要去她家玩，没错吧？"

"什么啊，"舞衣的眼神开始游移不定，"这是无中生有！太过分了啊，这样——"

香月打断了她结结巴巴的反驳。

"然后，你们在她家吵了起来，继而演变为厮打。你之前就对结花怀恨在心，对不对？你对她的恨意猛然爆发，一把将她推倒了——我想你就算对她恨之入骨，也并非是要置她于死地。但是她脑袋撞的地方不巧，一命归西了。你当时慌了神，想要伪装成入室抢劫的现场，于是打开了窗户，又从钱包里抽走了现金和卡，逃离了现场。"

"太过分了，你到底有什么证据——"

"证据？我有。"

香月从口袋里掏出一个小小的塑料密封袋。

他把小袋子放在了桌上。

透明的袋子里，远看好像什么都没有。

但是如果凝神注视，就能看到有一个小小的透明碎片，反射着灯光，闪闪发亮。

舞衣哑口无言。

香月取出手机，打开了一张照片。

"这是结花手机里存的照片。上面拍的是你和结花，对吧？这张照片是她死前两周拍摄的。"

舞衣没有看手机，视线躲闪着。

"你换了副眼镜。然而照片上，你戴着的是红色的钛合金边框的眼镜，今天却不是。"

"眼镜……我会根据当天的心情换着戴的……"

"我和你公司的同事确认过了。你是在结花去世之后，才换了眼镜的。"

"那是因为……"

"这是案发现场的残留物。盛着冰咖啡的玻璃杯碎了，地板上满是玻璃碎片。其实还有别的玻璃碎片也混在其中了。乍一看，和玻璃杯的碎片并无区别，所以警方也没有仔细比对。但是，我让他们进行了详细的分析。这似乎是眼镜镜片所使用的玻璃材料。"

舞衣缄口不语，只是深深地俯下脸去。

"你在和结花撕扯的时候眼镜掉落在地上了。也不知道是被谁用拖鞋或是什么踩碎了。玻璃镜片和树脂镜片相比，不容易划伤但是更容易碎裂。你以往就经常去结花家玩，所以现场留下指纹并不奇怪。而最后出门的时候，则需要避免门把手上最后留下的是自己的指纹——这个问题很好解决，只要从厨房借一副橡胶手套就可以了。可是，眼镜片的碎片留在现场就糟糕了：这会成为你事发当天人在现场的决定性物证。你肯定想要把碎片尽可能地全部捡回来，但不巧的是玻璃杯也碎了，镜片和杯子的碎片混在一起，所以在现场留下了不少细小的碎片。你视力并不好，所以没能在众多的玻璃杯碎片里捡走全部的眼镜碎片。"

就连鉴定科的人，都没有预料到玻璃杯碎片里还夹杂着眼镜的碎片。他们为了采指纹，也许对较大的碎片都进行了调查，但假如头脑里没有"也许其中混有异物"的想法，是不会专门对细小的碎片逐一进行成分分析的。更何况，本案的搜查方针基本是按照入室抢劫杀人推进的，甚至连嫌犯的名字都浮出了水面。

香月将以上的事实，轻描淡写地说完。

舞衣依旧保持沉默，没有回应。

她只是低着头，好像已经放弃了抗辩。

"为什么会这样？你们俩关系应该不错的吧？"

香月唯一没有弄明白的，就是动机。

关于这一点，他搜遍枯肠，还是想不出为什么。

他问毕，舞衣讷讷地开口了。

"她……总是抢先一步，把属于我的都夺走了。"

"夺走了？"

舞衣垂着头，没有回答。

然而，一个一直保持沉默的声音，出人意料地响了起来。

"请问，你是不是喜欢西村先生？"

是翡翠。

"你怎么——"

舞衣抬起头，一脸讶异地盯着翡翠。

"我能感觉到。"

翡翠答道，带着一丝微笑。

接着，她略带悲伤地说：

"你从学生时代以来所有喜欢的东西，都曾经被仓持小姐夺走。但是，仓持小姐可能并没有意识到她对你造成的伤害。这也许是命运吧——你们的喜好往往重合。比如摄影同好会，你是先加入的，然后邀请了仓持小姐，她本来对摄影并无特别爱好，但却获得了大家的瞩目，成为宠儿。在恋爱方面，可能也发生了类似的事情。你对自己的同事西村先生抱有好感，但是他喜欢上的，却偏偏是仓持小姐……"

"结花，她总是这样……"

舞衣喃喃道，声音颤抖。

"我恨结花。恨，恨极了。但我知道，她本身完全没有恶意。我还知道，她是真心地对我好……可是，我抑制不住自己的妒忌……那时候也……太过分了。明明是我喜欢的人，是我伸手想够都够不着的人。可她偏偏要找我吐槽！她说了好多西村先生的坏话，说什么'真恶心啊'之类的……"

由于舞衣第二天请了假，于是在事发当晚前往结花家，想找她谈谈西村的事，表面上是以一起看电视剧为由。结花次日早晨有个比较重要的安排，所以一开始并不情愿。但她最终妥协了，说如果舞衣可以帮忙收拾家里，来也无妨。不料，没等舞衣提及西村，结花反倒先抛出了关于他如何恶心人的话题……

"于是不知怎么，我开始怒吼起来……我想离开，可结花拉住我，我便一把将她推开……"

怒从心起，舞衣甩了结花一个耳光。结花好像也打了舞衣一个巴掌。就在那时，她的眼镜摔落了。这导致舞衣仅存的理智烟消云散。两人厮打起来，舞衣心中郁结多年的感情膨胀、破裂了。

"我想结束这一切。如果世上没有她……那我，就可以自由了——忽然之间，我觉得好像有人在我耳边这么说……"

香月和翡翠许久无语，望着低头抽泣的舞衣。她的话说完了，空间被令人窒息的沉默填满。香月向坐在旁边桌子、伺机而动的钟场使了一个眼色。

钟场上前，向舞衣提出了配合调查的意向。

舞衣点了点头。她静静地站起身，向香月鞠了一躬，而后便被钟场带出了店门。

店里只剩下两个人。

"刚才……你提到舞衣的感情问题，是灵视吗？"

"对，"翡翠点点头，"非常像。她的气息和仓持小姐……非常像，简直像姐妹一样。"

但这次的悲剧，正是因为两人极高的同质性，才发生的吧。

结花是怎么看待舞衣的呢？

遗憾的是，这世上没有办法探知死者的想法。

香月只能想象，那时候发生的不幸事件，究竟是怎么一回事。

舞衣的心里，有一股强烈得要爆发的感情，而这感情仅仅借由名为"友情"的自制力强压着。也许，哭丧妇看见了那个被憎恨侵蚀的灵魂，所以才预见了危险。

哭丧妇——

这个意象掠过香月的脑海，让他心里一阵发毛。

香月他们的解释，到底对不对？

据翡翠说，她能感觉到灵魂的恶意，或是害人的意图。

但是，在这个世上还存在一种人，可以不怀任何恶意地杀死别人。

香月太了解这一种恐怖了。

假如，从远古时代至今，就有那么一种恶灵不抱任何感情地只是用诅咒将人杀死……

那么结花岂不是就是被这种可怕的存在杀死的吗？

假设恶灵推了舞衣一把，在她的耳边悄悄嗫嚅了几句——

如果那个可怕的存在依然游荡在世界上，物色它的下一个牺牲者……

"说起这个，老师，你还真是厉害啊，能注意到眼镜的事。"

"……啊，这是个偶然啦。"

香月拂去了脑中的浮想联翩。

这想法也太蠢了。

因为没有人可以证实它。

于是香月向翡翠说明了他的推理过程。

结花的灵，说了"那姑娘在找什么呢"这句话。

若凶手是男性，她断然不会提到"姑娘"一词。与翡翠灵魂共振所看到的结果一样，凶手是女子无疑。至于那个人是在找什么——借着翡翠之口说话的结花，死前已经倒在地板上，而她的遗体睁着眼睛，视线所落之处，正是摔碎的玻璃杯。这么一来，凶手想要找的东西，也就在那里。这和翡翠灵视所见的"一个女子蹲在地上"也相吻合。

然而，凶手要找的断然不会是玻璃杯碎片。假设，她要找的那个东西，是混在玻璃杯碎片里的呢？

毋庸置疑，结花的女性友人里，除了舞衣之外还有不少也是戴眼镜的。但是，凶手并没有将结花手袋里露出一角的行事历拿走。如果事先和朋友约了一起玩，结花是一定会在行事历上写下记录的。行事历上若有当天的记录，警察就一定会将对方当作重要参考人，可并没听说这回事。假如记录被人刻意修改过，警方应该也会注意到。也就是说，凶手很有可能是在事发当晚给结花打了电话，突然登门造访的朋友，是不速之客。冰咖啡是在被杀害之前端出来的，却未在死者胃里检出，也就是说结花死于喝咖啡之前，或者只喝了一点点，量少得检测不出。

舞衣是结花戴眼镜的女友之一，同时也是案发之前唯一给她打了电话的人。

翡翠的灵视，不能作为证据。

但是，香月说不定可以借由她的灵视，找到所需的物证。

"老师，真是太谢谢了。"

翡翠出人意料地道谢。

香月心想，要道谢也应该是自己吧？他瞥了翡翠一眼。

"我……我一直在思考，为什么自己会有这样的能力。"

她将身体缩得小小的，低着头。

"以前，有许多人我都很想帮助，却无能为力。自己虽然有能力，却不知道该怎么使用。我只是一味地烦恼、痛苦、后悔……但今天，靠着老师的帮助，我好像感觉到了一点救赎。"

香月沉默着。

他在想象，翡翠心里一直以来郁结着的东西。

接着，他想到了结花的死。假如正如翡翠所言，死者的意识会停滞，那么结花的灵魂就会保持在死亡的那一刻，进退不得。所以即便凶手归案，结花的灵魂也得不到净化，难以进入安详的境地。翡翠也是一样。她会一直与死者的感情一起度过一生。结花经受的恐惧与绝望，会烙印在翡翠身上，成为她永远的折磨吧。这，也许就是为了追求真相，不惜将死者唤醒所付出的代价。

死者永不安息。

但我们可以告慰生者。

现在，与其感慨死亡，不如思索生命。

"翡翠小姐，你是一位灵媒。"

香月直视着翡翠充满疑惑的双眼，说道。

"灵媒存在的意义在于，充当生者和死者的媒介。我愿意帮助你，用逻辑，成为你的能力与现实世界之间的媒介。"

"老师……"

翠色的大眼睛瞪圆了，闪闪发光。

接着，羞涩的笑容爬上了她的脸颊。翡翠点了点头。

忽然，传来一阵清脆的响声。

翡翠和香月，不由自主地向声音的来源望去。

原来是舞衣点的那杯冰咖啡，杯中的冰块融化时发出的声音。

香月喃喃道："很快，就要到冰咖啡最好喝的季节了。"

"是呢。"

翡翠答道。香月阖上了双眼。

"Iced coffee" ends

间奏 I

幽暗中，浮现出一具女子的香艳裸体。

鹤丘文树站在一旁，俯视着那位女子。

他留着朴素的短发，戴眼镜，身着混在人群中也毫不起眼的西装，像极了一个跑业务的推销员。但现在，他的嘴角挂着一丝仿佛在享受无上快感的轻浮微笑，与他毫无存在感的外形相当不搭。

鹤丘解开躺倒在地的女子嘴里的口塞。

"求求你，放了我吧……"

那哀求的声音，颤抖得厉害。女子脸上的浓妆已花，眼妆被泪水洇了开来。她的双手被反绑在背后，因而只能略作扭动。虽然她已经失去了激烈抵抗的气力，但还是努力地想要在地板上蠕动，好像毛毛虫一般。在瘦削身体的衬托之下，女人晃动的双乳尤为夺目，令鹤丘大饱眼福。

鹤丘坐在客厅的椅子上，静静地欣赏着这一幕。

可是，他再也按捺不住了。

实在忍不住了。

心里的怒火，也在催促着他动手。

鹤丘拔出刀，在女子的面前晃动。刀刃沐浴在蜡烛的光焰里，闪闪发亮。

女人惊愕的双眼睁得更大了。

"救命……救命啊,救救我……有人吗? 快来人救救我啊……!"

女人嘶哑的嗓音越来越大,身体在地板上翻滚起来。

"很遗憾,没有人会来救你的。你再怎么叫,也不会有人听见的哦。"

是的。在这深山别墅里,再怎么闹腾,也不会有任何人察知异响的。

"我马上要进行一个很重要的实验。"

鹤丘慢慢地逼近女人。女人一面摇头,一面叫道:

"我、我什么都愿意! 什么都、可以做! 求求你饶了我! 我不会告诉任何人的。真的! 我谁都不会告诉的!"

"那好,你听我说完要求。"

女人听鹤丘这么一说,拼命地点头。

"请你告诉我两件事。"

"是、什么、事呢?"

"痛,还是不痛?"

鹤丘在女人身边跪下。

女人身体扭曲,大叫起来。

刀子高高举起。

"告诉我……"

手起刀落。

女人惨叫,语不成声。

刀锋咬住柔嫩的肌肤，眨眼间，就深深地扎了进去。

终于熟练了点。

干净，利落。

利刃长驱直入。

一开始，可没这么顺手。

有时候扎浅了，有时候会碰到骨头，难以重复。

但现在，他不会再搞砸了。几乎接近了理想的形态。

因为不管怎么说，这个实验已经重复了十次以上。

女人的身体变得安静了。她时有轻微的痉挛，无力的后脑轻轻碰到了地板上。鹤丘将铺散在地的绵软秀发捧在手中，问道：

"快告诉我，痛不痛？"

女人双目圆睁。

还有呼吸。

不能让她就这么死了。

女人的嘴唇翕动了几次，好像在喘气。

"告诉我……不痛吧？"

鹤丘拔出刀子。

朱红的血喷薄而出，仿佛力道不足的喷泉，喷到了他的脸颊上。

"啊、啊、啊……！"

女人的表情猛地扭曲了，发出呻吟。

"哎，我说，你不痛的吧？"

女人没有回答。

她只是用空洞的眼神，看着鹤丘。

"应该不会痛的。是吧？"

眼神已经失去了焦点。

完蛋……

这样子，实验就失败了。

"喂！你应该不痛的吧？怎么会死呢？不要这样啊……"

鹤丘不依不饶，朝着腹部流血不止、逐渐失去血色的女人反复追问。

一遍又一遍，一直问到她的生命走到尽头。

"我第二个问题还没问呢……还没问呢……喂，那一边有什么？你看见什么了？如果看见东西了，快告诉我啊……"

然而一会儿工夫，女人就断了气。

实验失败了。

抱着极大的失望与震惊，鹤丘懊丧不已。

怎么会，竟然又失败了……

这样不行。要再小心，再谨慎一点……

他把女人的尸体拖向浴室。

打开淋浴，用水把女人身体上的血污冲净。

他干得很仔细，不能留下一丁点关于自己的证据。

没有任何证据，能证明这个女人和鹤丘有关。

而警方好像也没有察觉他选择对象的手法。

一如从前，他们是无法顺藤摸瓜，发现自己的吧。

唯有一个新的情况值得担忧，但那多半是杞人忧天罢了。但保险起见，还是要更仔细地将证据洗刷干净。只要抛尸的时候多加小心，实验还是可以继续下去的。

鹤丘伸手摸摸自己的脸，盯着浴室镜子里的自己：不起眼的眼镜，不起眼的发型，难以给人留下深刻印象的、平淡的面容。加上身上穿着的西装，看起来就是一个普通的推销员。他尽力避免被监控录像拍到，但就算万一被拍到，也不会有人留意他吧。

他是一个亡灵。

也有人叫他死神。

据说，经手案件的侦查员无不感慨，没有人类能做出这样的案子。不无道理。这世上，还没有人可以抓住自己。鹤丘的行动是经过周密谋划的，而他同时还比任何人都相信预感和直觉的力量。只要跟着自己的感觉，就不会失败。命运之神是眷顾自己的。

但是——就算这样，假如有人找寻到了他的蛛丝马迹呢？

那一定不可能是警察组织，而只有可能是有超能力的人，他想。

鹤丘一面清洗女人的身体，一面独自哼着歌。

第二章　水镜庄杀人事件

香月史郎小心地观察着倒在自己眼前的尸体。

这是作家黑越笃，头部流血过多而死。半天之前，他还在和香月等人一起欢乐地聚集在烤肉派对上，现在已经陈尸于地。

这是"水镜庄"的一间屋子，是黑越的工作室。室内有一个不大的书架，一张 L 形的大书桌，以及一个字纸篓，别无他物。L 形书桌上除了一台笔记本电脑之外，只在桌角放了一盒纸巾而已。笔记本电脑的电源线连在插座上。桌子本身设计简洁，甚至连抽屉都没有。本来摆设在桌上的奖杯现在成了凶器，沾染了血迹滚落在地上。电脑的屏幕是掀开的，但屏幕一片漆黑。桌子的一角有几处溅射状的血迹，其中一个是用血描画出的奇特记号。这是凶手留下的，还是死者遗留的死前信息？——恐怕是前者吧。如果是死前信息，画在地板上才讲得通。

香月环视四周，想看看还有什么值得注意的地方，但房间里除了尸体、滚落于一旁的凶器、溅射的血迹之外，其他事物与自己傍晚来这间屋子时所见到的并无二致。非要挑细节的话，也只有"字纸篓里边空了"这一点变化。血迹沾染了桌面，但并未波及对面的书架——那里毫无异样。可以说，这间屋子里面的东西简直少到了极致，以至于产生不了什么变化。香月想起烤肉时黑越曾经说，这么安排是为了写作时更加专注。书架上除了参考资料之外，不要说自己的书，连其他的书都不放一本，而且也没有通网络。这都是为了写书。但他的新书，已经无望面世了⋯⋯

关于推定死亡时间，连香月都能想出一二。如此一来，可以成为嫌疑人的有哪些人呢？其中有不在场证明的又是谁呢？还有，这个用血涂画出的奇特标记，代表的是什么？凶手的动机⋯⋯

应该从哪里着手开始推理？

现在，走廊里的喧闹声好像略有平息了。香月小心翼翼的，没有过多踏足凶案现场。在警察抵达之前，保护好现场是最重要的吧。这里是东京都内，所以很有可能是钟场负责。这时，翡翠去而复返，站在了香月的身旁。

"老师，"翡翠耳语道，"我知道谁是凶手了。"

"什么？"

香月惊讶地望向她。

翡翠一脸认真地点点头。

"凶手是别所先生。"

"这个⋯⋯你说'知道'，难道是通过灵视知道的？"

"对呀。"

城塚翡翠点点头，表情坚定。

香月不由得又看了一眼尸体。

这可怎么办⋯⋯

他轻轻叹了一口气。

如果有侦探可以用灵能力探知凶手，那么对于犯罪者来说可不是什么好消息——不论设计什么诡计，玩弄什么花招，统统都不起作用了。

香月盯着凶手故意留下的血记号，回想起半天之前的事——

*

日头偏西，阳光从山间斜射过来，刺得香月史郎微微眯眼。

他伸手将车里的遮阳板拉下，瞥了一眼坐在副驾驶座上的女孩。

城塚翡翠正如一具洋娃娃一般端坐在那里。

肌肤如白雪细腻，双眸似碧玉焕彩。一头黑色的秀发在耳朵附近画出一道舒缓的曲线，刘海也向内侧柔和地弯曲着。尤其是现在，当她不说话的时候，看起来就仿佛安置在透明盒子里的西洋发条人偶。但是，今天的翡翠和平时施展灵视时感觉不同，不带有一丁点儿超脱的气场，反倒是因为紧张，身体看起来有点僵直。

香月打了一把方向盘，汽车穿过蜿蜒的山路，翡翠的身体被离心力推得歪倒，发出一声低低的惊叫。

"呀……"

他看了一眼，发现她正伸出细细的胳膊，紧抓着副驾驶座的拉手，几乎可以看得见白得透明的胳肢窝。今天，翡翠穿了一条敞肩款白色连衣裙，锁骨凸显在奶油蛋糕表面一般的肌肤上，格外惹人注目。

"抱歉，"香月说，"这段路有点吓人吧？我会安全驾驶的。"

"那个……对、对不起。这样的路，我还是头一次……"

翡翠尽全力抓牢拉手，小声说。

这条山路尽管铺了柏油，但路幅极窄，弯道又多，路边没有护栏之类的，打方向盘时一个不留神，就有穿过树丛坠落悬崖的危险。

"不好意思……是不是因为有我，所以你开得慢了？"

"没事，时间充裕，"香月笑道，"你是不是也不敢坐过山车之类的？"

"嗯……其实我没坐过。"

"因为害怕？"

"不是，那个……我没有去过游乐场，没有什么……机会……"

翡翠的声音小小的，没什么自信，这好像并不完全是因为眼前道路惊险所致。

"噢，有机会的话，下次叫上千和崎小姐，一起去游乐场好吗？"

"可以吗？"

一阵欢悦的、如花朵绽放般的声音在香月耳边响起。他很想看看翡翠脸上的表情，但又怕看得出神，出车祸可不妙。

"嗯，我很好奇到时候翡翠小姐的反应，应该很有趣吧。"

"你别、别戏弄人……"

香月一瞥，只见翡翠仍是紧紧抓着拉手。

"这里真的是……东京吗？"

"嗯，还算是。"

"真的吗？老师你不是在骗我吧？我们开了好久，刚刚只和一辆巴士错车……连房子都看不见。这里不会是群马……之类的地方吧？"

"我们还在东京。群马，那可是一个更可怕的地方哦。听说有妖兽出没呢。①"

只见翡翠睁大了双眼，紧盯着香月。

"真、真的吗？阿真也说过，那是日本最恐怖的地方。魑魅魍魉横行无忌，如果像我这样的人不小心闯进去，一下就会吓晕过去的，所以她叫我小心……"

看来是信以为真了。

"翡翠小姐，你好像是海归子女吧？"

"啊，是的。我刚记事就去了纽约……有段时间在伦敦住过，回到日本的时候已经十五岁了。"

香月与翡翠相识已经两个来月。在交流中他逐渐了解到，她不单单是个大小姐，而且是海外归国子女，所以告诉给她一些奇奇怪怪的信息，她也会轻易相信。和翡翠同住的千和崎真，其身份好像不止于帮佣，同时也是她的知心好友，有时候，千和崎会故意教给她一些半真半假的知识，以此为乐。

今天这次出行，还得从一周前说起。

小说家黑越笃忽然找到了香月。

黑越是一位灵异推理小说家。他的作品将妖异和恐怖元素与

---

① 群马，即群马县，日本关东地区的自治体之一。在日本网络文化中属于日常被黑对象，一些作品中甚至将其形容成未开化的蛮荒之地。

本格推理相结合，人气极高。早在香月的少年时代，黑越就已经活跃在文坛，是个资深作者了。与他作品风格一致，其本人热衷于收集各类鬼话奇谈。他与香月也算相熟，这次联系，是因为香月提及曾去见过灵媒之事，所以询问能不能介绍给他认识。说到最后，才知道原来黑越去年购入了一幢颇有些故事的别墅，结果房子真的有些闹鬼的迹象，家人正为此惴惴不安云云。

黑越本人倒是不怕灵异现象，反而兴致颇高。据说他的家人不敢靠近别墅，黑越自己曾孤身一人猫在别墅里好几个礼拜，专注写作。不仅如此，他有时还会呼朋唤友，招待朋友和其他的作家一起来开烤肉派对什么的。

"下礼拜也要开的。你要不要带那位灵媒老师一起来啊？我这儿宽敞得很，空气又好，不嫌弃的话来住一晚也没问题的哦。"

香月踌躇了一阵子，还是和翡翠联系，说了这个事，同时表示了"不愿意去也没问题"的意思。他说，你可以叫上千和崎一起，就当是去玩一趟。考虑到别墅的地点和开始时间，恐怕难以当天来回。香月心想，自己和她们的关系不深，贸然如此邀请，估计多半要被婉拒——不料，电话那头传来的回答超出了香月的预期。

"那个，不好意思……千和崎小姐那天有别的安排……"

"啊，没事没事，请别在意。那就只能遗憾了。"

"所以，那个……我可不可以一个人跟老师你一起去啊？"

"啊？不是，"香月完全没想到对话会向这个方向发展，一时语塞，"你没关系吗？要留宿一晚的哦。"

"……我想去……"电话那头，翡翠的语音起伏，听起来有点难为情。香月不知她接下来会说什么，略略紧张了一下，只听翡翠继续说道："……烤肉。是要一起烧烤是吧？我没参加过呢，难得老师你邀请，所以我想挑战一下。"

"想要，挑战一下？"

原来烧烤还是一种值得打起精神挑战的事情？

香月担心如果别人知道了翡翠灵媒的身份，会用异样的眼光打量，所以拜托了黑越，对外只说是带了个第六感稍微有点强的朋友去。

如此这般，香月带着翡翠，踏上了前往黑越别墅的旅途——

"那座别墅……是叫水镜庄，对吗？"坐在副驾驶座上的翡翠问道，"不知是个什么样的地方，只听说是个出过异象的地方……"

"啊，我也听说过，但是有点故弄玄虚啦，"香月小心地拐上一个弯道，应道，"据说那栋房子早先是在明治时代'文明开化'之际，来到日本的英国人建起来的西洋建筑。里面住的人，按照比较超自然的说法吧——是个魔法师。"

"是会施展魔法的人？"

"这个怎么说呢？当时那个年代，还是有不少人相信这回事的。那时在英国，唯灵论大行其道，和翡翠小姐你一样的灵媒们风头正劲。当然，大部分是玩弄小把戏的冒牌货，但我后来查阅资料，里面也颇有一些看起来真的有能力的人，否则无法解释。"

"嗯，那段时间的历史我也查过。因为那关系到我自己的来历。"

"然后，据说当时的水镜庄，是被人叫作'黑书馆'的。"

"黑叔？"

"写成'黑色的书卷'，那个黑书。毕竟都说那个魔法师能施展法术，还会降灵，所以大家传言说，那栋屋子是为了收藏这类秘术手卷而盖起来的呢。也就是所谓的'Grimoire'……魔法书吧。可是，那个魔法师在黑书馆落成的同时，就下落不明了，只在现场留下了大量的血泊……"

香月能感觉到，翡翠在旁边屏息凝神地听着。

"再后来，黑书馆被改建成了水镜庄，几经易手。但据说历任房主都接连遭遇不幸，然后又有很长一段时间无人敢买，结果让黑越老师盯上，买了下来。他说，这房子和日式怪谈不同，很别致。那位老师啊，能写吓人的灵异类小说，但自己却对这类鬼神之事一点都不怕呢。"

"这个传说，是真的吗……"

"这个怎么讲呢？我是觉得故事里面有点创作的成分——"

话头刚到这，眼前的道路豁然开朗。

只见一座古色古香的西洋式别墅伫立在洒满夕照的金色湖畔。

"看见了，那就是水镜庄——"

*

黑越亲自迎接了香月二人，并带他们参观了水镜庄。

院子里已经聚集了五六个人，正在做烧烤的准备工作。其中有几张香月的熟脸：作家、编辑，他和相识的人简单打了个招呼。自然，香月身边的女子是最惹人注目的了，一群人对此大为挠头、猜测那是谁的景象，着实是一出令人莞尔的好戏。

"等到开始烧烤了，恐怕就没时间四处转悠了。"

黑越笃伸手摩挲着花白杂乱的胡楂，带着香月他们参观了客厅的内饰。

黑越年近六旬，直到几年前，除了写作，好像还在某大学里开民俗学的课。但他后来说是为了集中精力写书，所以不等到退休年龄，就辞去了教职。从他的脸上还是能看出一丝前大学教授特有的严厉气息，但大半被他的爽朗表情掩盖了。

"差不多三十年前，这栋屋子被改建过，几乎等于是重建了。当年黑书馆的风貌荡然无存，但有几件家具奇迹般地幸存下来，留存至今。"

确实，客厅里摆放的家具里，夹杂了几件古韵盎然的器物。带钟摆的落地钟、壁炉台、大镜子，还有水晶吊灯，和翡翠家的装饰风格很接近。翡翠小姐一定也喜欢这个风格吧——香月刚想开口问她，一回头，只见灵媒姑娘正以凝重的眼神，盯着天花板的一角。

和刚才的气场完全不一样。

刚刚走进水镜庄，翡翠见到迎上前来的黑越，还在香月耳边开玩笑似的说："胡子看起来扎人很痛呢。"但现在，她脸上的笑容完全消失了，只是定定地看着虚空中的一个点。"翡翠小姐？"

翡翠望向香月，脸色苍白。

"怎么了？"

"不……没什么。"

她低下头去。

黑越好像并没有注意到翡翠的异样，只是继续介绍下去："我老婆和女儿女婿，都说半夜里会听见响动啦，镜子里会看见不认识的女人啦，类似灵异传说，但不知怎么我就是看不见。一开始我觉得他们可能是被传说吓到了，但后来他们对这里敬而远之，所以说不定是真的看到了些什么。"

跟着黑越，香月等人把水镜庄各个屋子都看了一遍。每个房间都装饰着古董镜子——这是个特色，同时加上山庄邻近湖畔，这大概就是水镜庄之名的来历了。黑越领着香月和翡翠到了各自下榻的房间，让他们放下了行李。客房里，也有古旧的镜子以及简单的洗脸池。翡翠一直保持着沉默，用锐利的眼神打量着四周。

她是不是看到了些什么？

最后来到的就是黑越的工作室了。黑越一定是一板一眼的性格——房间里不放任何多余之物，看起来极其没趣。只有这间屋子里没有镜子。在小小的书架上，密密麻麻地摆满了符合怪谈推理小说家风格的参考资料，再多一张纸片都塞不进去。黑越笑着说，如果不断添置那就是个无底洞了，所以干脆放到再也摆不下的程度，这样刚刚好。

房间参观完了，三人准备与烧烤组会合。

"城塚小姐觉得如何啊，有没有感觉到哪里不对劲？"

走出玄关，黑越问翡翠。

"的确是有一点让人不舒服的感觉。但是……是我以前没怎么接触过的气味。"

"气味？"

对于不了解翡翠灵视能力的人来说，头一次接触这个词大概都会觉得新鲜。

"等到半夜吧，到时候说不定能搞清楚到底是什么。"

*

烧烤派对出人意料地热闹。

"哇，好多肉啊！这些我都可以吃吗？"

说出上述台词的，是一个两眼放光、长得像西洋人偶般的美丽少女，所以旁观者中有些人一时愣住，有些人则捧腹大笑。

"翡翠小姐，这么多肉，我觉得你一个人可吃不完哦！"

香月说道。闻听此言，翡翠眨了眨眼睛。紧接着，她的双颊像被火映红了一般，慌忙解释道：

"不，不是那个意思！香月老师把我当成什么了呀！"

"哎呀，对不起。不过，胃口好也不是什么坏事哦。"

刚刚的翡翠，以渴望的眼神盯着烤好的肉，无怪乎大部分人都误会了她的意思。加上她的气势也很足，好像马上就要抓起刀叉似的。

也许是因为这段小插曲，翡翠很快就融入了大家。她是出席者里最年轻的，而且是个美女，故而前来搭话的人络绎不绝。与她年龄相近的新谷由纪乃立刻和她打得火热。由纪乃大概是有意逗翡翠开心，将烤好的肉一片片源源不断地盛到她的盘子里。翡翠看起来纤纤弱弱，却非常快地将肉片一扫而空。今天的出席者大部分是出版界人士，而新谷由纪乃曾是黑越的学生。她看起来很得老师的喜欢，所以常被邀请来参加这类聚会。

香月去拿了两杯饮料，回来一看，翡翠和由纪乃两人正就化妆品聊得起劲。他将饮料递给两人，翡翠一面笑着道谢，一面解释说：

"我俩用的是同一个品牌的化妆品呢。新谷小姐看了我一眼就猜中了！"

"凑巧而已，我工作方面有接触，比较了解啦。"

新谷说，自己在一家运营化妆品网站的公司上班。

"啊，那一家啊，我也听说过。"

一旁的别所幸介插嘴道。他曾是黑越的学生，立志成为作家，现在则是黑越的学徒的身份。

"原来新谷小姐是在那家公司上班啊。现在是不是挺困难的？"

"嗯，是啊，"新谷的表情笼罩上了一层阴影，"用户个人信息泄露的事幸好还没有发生太大的问题。感觉不光是我们公司，现在这类新闻越来越多了。"

不久之前，这家公司由于用户信息泄露，引起了一些话题。近来大型的网络公司泄露用户信息的新闻确是层出不穷。

"小说家的学徒，都要做些什么呢？"

新谷离席之后，翡翠问道。别所看起来兴致颇高，喋喋不休地说了一大堆。很明显，他对翡翠有好感。从刚才起，他就凑在翡翠身边，片刻不离。

"我每个礼拜要来几次，照料一下老师的生活起居。我平时主要是帮老师做做文书工作，但老师不会将文件拿到水镜庄来，所以我在这里会很闲。在老师的家里，我要整理合同，把需要回信的文件筛出来……总之都是杂务啦。而老师会对我的小说创作进行指导，读读我的手稿，给出一些建议……前段时间，我终于受到老师的肯定，说能写到这个程度，获新人奖就指日可待了。对了，城塚小姐你平时读推理小说吗？"

"不好意思，我……对推理不是特别感兴趣。"

"是吗……"别所脸上浮现出失望之色，"那你和香月老师又是怎么认识的呢？"

"唔……那个，啊，对了对了，香月老师是我大学同好会的学长。我参加的是摄影同好会。对吧，香月老师？"

"啊，是是是……"

看起来，翡翠实在是不擅长撒谎。她一面扭扭捏捏地说，一面寻求香月的支援。别所大概也看出来哪里不对，但并没有继续追问。

"我听说城塚小姐能感觉到灵力，是吗？怎么样，有没有觉得这个水镜庄很可怕？"

"我很小的时候就能'看见'那种东西，所以习惯了。别所先生你好像也不是很怕哦？"

"既然立志当推理小说家，那么当然不会相信那种缺乏逻辑的东西喽。但是，有本先生和新谷小姐却坚持说看到了，怕得很呢。"

他说的有本，是 K 出版社的编辑，有本道之，香月也颇受他照顾。他是一位相当有能力的编辑，但在人际交往上神经有点大条，不大照顾他人感受，所以香月暗自将其归为"不好打交道"的那一类。现在，他正和自己负责的作家站在角落里，一面翻烤肉片，一面神色不宁地打量着水镜庄的方向——他也许真的撞见了什么东西。

"话说，那个连环抛尸案，好像又发现了一名受害者呢。"

一个年轻的推理小说家说道。

他说的是近年来在日本关东地区引发轰动的一个案子。有数具年轻女子的尸体在山坳里被发现，死因都是刺伤。前几天发现的尸体，在已经查清身份的里边是第六具了，这是一起在日本相当罕见的连环杀人案件，因而给社会造成了极大冲击。因为凶手宛如亡灵或死神一般，没有留下任何线索，所以不少媒体报道大加渲染，引起了民众的不安。到底是什么样的人，因为什么动机杀人？也许是因为今天有不少推理作家在场，话题自然转向了这个案子。

"香月老师，你不是和警方合作破过好几个案子吗？"别所翻动着肉片，说道，"关于这个案子，你有没有听到过什么信息？"

"没，我什么都不知道。大概警方是在进行非常小心谨慎的侦查吧，信息滴水不漏。不过，办案过程拉得太长了，好像也有不少消息都让媒体打听去了。"

香月本人当然是对警方的侦查情况感兴趣的，但这个案子，他确实什么都不知道。因为钟场警部不是这个案件特别搜查本部成员，所以香月自然不会被邀请参加。

"凶手到底是个什么样的人呢？"黑越问，"能不能在公之于众的信息里做一些推理呢？香月君，你协助警方的时候，用的是类似人格画像的手法吧？"

"有的时候是这样没错。"

"香月先生可擅长描写杀人狂了，"有本插嘴道，"有时候简直不像常人能写出来的……你就跟我们说说你心目中的凶手形象吧。"

香月托着下巴，沉思了片刻。

用公之于众的信息，能拼凑出怎样的一幅凶手画像呢？

香月仔细地一边分析着已有的信息，一边说出自己脑海中浮现出的凶手画像。

"据报道，现在完全没有发现可以追踪到凶手的 DNA 信息。所以说可以认为，凶手是一个性格非常小心谨慎的高智商凶手。同时，也没有检验出体液，所以不太像是性变态的罪行，而是别有所图。还有，受害人的年龄和外貌有相通之处，这可能是来自凶手曾经受过的精神创伤。受害人失踪的日子，似乎都是周六、周日或是节假日，所以凶手应该是上班族。此人这么高的智商，可能是管理层，或是有点社会地位的人。"

"嗯，确实不像是不计后果、胡乱绑架杀人的感觉呢。"别所说。

香月点点头："如果没有周详的计划，早就找到 DNA 证据了。虽然没有前科的话，DNA也不能成为搜捕的线索，但凶手在犯案时极力避开了监控摄像头等，肯定是个异常谨慎、自制力极高的人。他肯定会事先调查受害人的信息，制定周密的计划。从绑架之后把受害人监禁在某处，假以时日再杀害、抛尸的流程来看，可以推断出他家里有家人，能自由支配的时间有限。几个案例里面，从受害人失踪到发现遗体，最快的仅十二小时，所以我判断他的主要目的大概不是监禁，而是谋杀。"

"再不赶快破案的话，女生们都不敢走夜路了呢。"

可是，警方目前好像什么线索都没有抓住，凶手是如此狡猾。如果受害人共同的特点只有外貌，那么也很难从动机的角度搜查。没有被摄像头拍到，没有检测出DNA残留，科学侦查手段就没有用武之地。

"不得不承认，反复作案如此多次，却没留下丝毫证据，'亡灵'这个评价可以说是名副其实。这种事情几乎不可能，实在太不可思议了。凶手到底如何成为警方侦查的漏网之鱼？可以肯定的是，这人是一个犯罪天才。"

假如说有人能阻止这样的犯罪，那唯有——

"我记得成为凶手目标的都是一些二十岁出头、肤色白、身材小巧、长发的美貌女子……对吧？"

为了唤起市民的警惕，警方在比较早的阶段就说明了受害人的共同特点。

别所如此一提醒，众人的目光齐刷刷地落在了翡翠和由纪乃的身上。

翡翠对此只是微微一怔，不明所以，但由纪乃的脸色立马为之一变。

"讨厌啦！不要吓人嘛。"

别所被由纪乃瞪了一眼，不好意思地挠挠头。

"抱歉抱歉。不过，新谷小姐，城塚小姐，走夜路还是要多留神哦。尤其是城塚小姐，你看起来特别像是容易被盯上的类型。"

"是、是吗……"

这么一说，翡翠也局促不安起来。

站在她身旁的香月说道：

"没事，有我在呢。"

"老师……"

翡翠有点羞涩的样子，微微垂首，用躲闪的眼神看了香月一眼。

"搞什么呀，原来你们已经是那种关系了？"

黑越在一旁笑着调侃道。

"不、不是的，"翡翠慌忙分辩，"不是那回事！"

"哎呀，香月老师，看来你是被甩喽！"

由纪乃也开心地笑道。

香月滑稽地耸耸肩，化解了翡翠的窘境。

烧烤宴会结束了。大家一起收拾了餐具，回到了水镜庄的客厅。客厅的座位不足以坐下全部的客人，所以有几个人去了内间的台球室，击球为戏。而香月呢，则逗留在客厅，一面品尝黑越珍藏的红酒，一面欢谈正酣。和刚刚一样，别所还是不离翡翠寸步，回到客厅之后也坐在她近旁的沙发上，积极地没话找话。翡翠看起来是在认真听他讲话，不时地发出咯咯的笑声。她的脸颊微红，也许是醉了。

没过一会儿，黑越和有本就起身钻进了工作间，说是去聊工作上面的事，但不到十分钟两人就回来了。黑越看起来心情颇佳，悄悄告诉香月：是有关将他作品影视化的机密要事。

接着又过了约莫三十分钟，香月正在听黑越讲述他近来收集到的怪谈，森畑贵美子从走廊里探出头来。她是黑越聘请的保姆，住在附近，黑越住在水镜庄的时候由她负责照料生活起居。

"老师，还有别的垃圾吗？"

"啊，"黑越抬头说道，"我房间里的垃圾也丢了吗？"

"对的，就在刚刚。啊，对了，"森畑眼角的笑纹更深了，"嘿嘿，我已经读了一点哦，老师新出的书。"

"哦，对对，有这么回事，我差点忘了。"

黑越好像想起了什么，站起身来。他走出客厅，没过一分钟又回来了，手上拿了个快递的包裹。

"刚才新书的样书到了。大家不嫌弃的话，自己来拿。森畑小姐，你也来。"

这么说来，刚刚在烧烤的时候，好像确实有快递员来过。香月记得，翡翠很惊讶地说：黑猫① 还会来这种地方呀——因为说得很可爱，所以给他留下了印象。黑越从包裹里取出新书，分发给众人。书的封面看起来阴森森的，是文库本，封面上写着：《黑

———————————

① 黑猫，即日本快递公司"黑猫宅急便"的爱称，正式名称是"大和运输"。

109

书馆杀人事件》。

"莫非，故事的舞台就是这里不成？"

香月问道。黑越嘴角微微上翘。

这时，刚刚在打台球的几个人也回到了客厅，黑越也将文库本分发给了他们。不多不少，一人一本。大家看到书的标题，都吃了一惊：不是什么人都有机会体验到"自己的置身之地被写进了推理小说"的。

作家们七嘴八舌起来。

"哦哦，还附带了平面图啊，看来是本格推理！和这里的户型一样吗？"

"当然。"

"那可太难得了。是直接出文库本？"

"是啊，最近精装不行，完全卖不动。"

大家围绕着《黑书馆杀人事件》议论了一阵子，稍一停歇，赤崎、新鸟、灰泽三位年轻作家便告辞了，客厅里开始荡漾起终场的气氛。新鸟没有喝酒，所以他会开车送赤崎与灰泽回家，说还可以顺便将保姆森畑带回家。黑越也说自己有些稿子要动笔，一头钻进了工作室。他离开客厅的时候，对香月他们说了一句"你们请自便"，大概是说可以熬夜等待灵异现象的意思。剩下的有本、别所、新谷三人，本就打算留宿一晚，都各自回到了自己的客房。别所直到那时都还不舍得离开翡翠片刻，但旁人也能看得出，他的酒劲上来了。最后他悻悻地说"我去休息一会儿"，便离开了客厅。

最后，留在客厅的，只剩下香月与翡翠二人。

"怎么说?"香月问道，"要不就在这里等着，看看有没有什么怪事发生? 到底是诡异的响声，还是在那个大镜子里会出现幽灵……"

两人坐在一张双人沙发上，香月望向坐在自己身边的翡翠。

灵媒姑娘仿佛有些醉了，双颊泛起红潮，睡眼蒙眬。还是让她休息休息吧。

"我送你回房间吧。"

香月说。但翡翠缓缓摇了摇头。

"我没事。我被邀请来，就是要把原因弄清楚……但我有点累了。"

"那我去给你倒杯水。"

香月起身走向厨房。他记得，刚刚给保姆森畑帮忙时，看到冰箱里有瓶装的矿泉水。他将水倒入玻璃杯，递给了翡翠。

"不好意思。"翡翠笑了，醉眼迷离。她口唇触到杯子，小声说:"我不是很喜欢人多的地方。会感受到很多超出必要的东西……"

"是那种气味吗?"

翡翠点点头。香月在她身边坐下。

"我很喜欢和人打交道。不过，很快心灵就会变得疲惫不堪，所以，还是我一个人待着的时候最自在了。这也是一种奢望啊……"

"我不觉得啊。不过，如果累了的话，还是不要勉强，回房休息吧。就算不值夜班，黑越先生也不会生气的。"

"不，我没事，"翡翠低着头，眼神向上扫了一眼香月，一双小手捧着水杯，有点羞涩地说，"我和香月老师两个人在一起，不知怎么的，居然不太会累……"

香月被翡翠的可爱表情闷得一句话都没说出来。

"啊，不是，那个，"翡翠好像意识到了什么，急切地挥着手，"我是说，我和老师，已经是朋友了！所以就是说，不需要花力气种种客套了！"

"是吗？"香月强忍着笑点点头，"嗯，你和我不必客套的。"

"那个……啊，我觉得我可以和新谷小姐交上朋友哦。"

大概是想强行扭转话题，翡翠从手提包里掏出了自己的手机，打开聊天软件，在联络人一览里面，有千和崎真，还有新谷由纪乃的名字，别无他人，看起来有点寂寥。

翡翠盯着手机屏幕，温柔地笑了：

"用表情包聊天可真好玩呀。我和阿真发消息的时候都不大用，所以我一直很向往。"

"那要不要和我交换一下联系方式？光是发邮件的话，还是有点枯燥无味呢。"

"哇，真的可以吗？"

翡翠望向香月，满面生辉。波浪般的长发蓬松地翻滚起来，散发出好闻的味道，钻进香月的鼻腔。

那香味钻得越来越深，触动了香月心房的一隅。

两人互加了好友，开始胡乱地发起表情包。香月尽己所能，发了一大堆有意思的、设计可爱的表情，翡翠盯着手机，吃吃地笑起来。她瘦削的肩膀抽动着，时而捧腹笑得直不起腰。她肩部的白皙肌肤被灯光照得明艳动人，映入香月的眼帘。翡翠一笑起来，散落在她肩头的波浪长发就会泛着饱满的光泽，随之起舞。

多么甜美的时光啊，完全不像是会起灵异事件的氛围。

他们有的没的聊了一会儿，渐渐地，话题转移到了《黑书馆杀人事件》上。翡翠问，像自己这样不擅长读推理小说的，能不能读得下去？于是香月便把书拿在手里，看了看概要。这本书附带了房屋平面图，所以本格推理的元素比较强，描写也充满了恐怖的气氛，如果能欣赏这一点，完全可以读完吧——香月说。

"那么老师，我们一起读吧。"

翡翠伸手撑在沙发上，上身探出，微笑道。

"啊——好啊，可以呀。"

如果要等到灵异现象发生，就得下定熬夜的决心了。这段时间用读书来打发是再好不过，不过难得谈兴正浓，两人并排坐下来看书，好像有点扫兴了。

但既然翡翠乐意，顺着她的意思倒也不坏。

香月将文库本拿在手中，翻开书页。

来自翡翠身上的香气扑鼻。

她靠近香月的肩膀，目光落在书上，纤细而光滑的胳膊挨在香月身上。沙发因为两个人的体重而深深地陷了下去。香月瞥了一眼翡翠的侧脸。她的视线，专注地落在他手中摊开的文库本上。

"原来你说的'一起读'，是这个意思啊。"

"啊?"翡翠一怔，看向香月。接着，她吃吃地笑出了声。"我看书很快的，肯定没问题。"

"你莫非有点醉了?"

"哪有，才不是呢……"翡翠不服气似的，噘起了粉嘟嘟的小嘴。她的身体微微颤抖，一阵振动传到了香月身上——她在笑。翡翠的脑袋靠在了香月肩头，他几乎要窒息了。"真的很开心。我们这样，是不是有点像传说中的去好朋友家里开过夜派对? 这个愿望终于实现了!"

"这个好朋友的家……名字可不大吉利哎。"

香月皱了皱眉头，瞟了一眼大落地钟。时近午夜。

他们没有说话，只是无声地翻动书页。

快要看到第十页了，香月耳边传来了匀净的呼吸声。

他将视线转向了自己肩膀上的女孩子。

翡翠的眼帘低垂，瓷娃娃般的面颊上，染上了一抹淡淡的桃色。

她到底经历的是怎样的人生?

他想象着。

被人疏远，还是被人害怕?

是不是谁都未曾接近过她呢?

香月想起了那对直视着自己，好像会说话的碧绿双眸。

饱含着决心，也含着犹豫与恐惧的双眸。

翡翠说过，她在探寻自己能力的意义。

为什么存在这样的能力?

为什么自己必须背负这样的宿命？

被翡翠的体重压着，香月感到自己的身体愈发僵硬。他想换个姿势，微微一动，波浪般的黑发如瀑布落在了香月的胳膊上。那粉嫩而饱含光泽的双唇微启，露出洁白的牙齿，散发着一种诱人的光泽。

一个吻的距离。

香月轻轻抚摸她的秀发。

他的指尖一面感受着柔软的触感，一面想努力把脸扭开。

正在这时，他笼罩在了一种汗毛倒竖的恐怖里。

客厅的大镜子，刚好在他的视线一隅，他觉得那里好像映出了一些什么。

他慢慢扭过头去。

冷汗，顺着他的脊梁滚落。

大镜之中。

有一个蓝眼珠的白种女人。

一副淡漠超脱的表情。

正目不转睛地看着香月——

*

黑越笃的尸体被人发现，已经是第二天早上九点的事了。

第一发现人是保姆森畑。早晨她来到水镜庄，本要给留宿的客人做早饭。她用备用钥匙打开门入内，将早饭的准备工作做完，打算去黑越的卧室喊他起床。可是，黑越并不在自己的房间。于是她接着去工作室找人，发现黑越头破血流地倒在地上，不禁发出了尖叫。睡得不沉的香月听到之后立刻醒了，赶赴了现场。

"被害人的推定死亡时间，是零点到两点之间，没错吧？"

香月史郎凝视着现场留下的痕迹——遗体已经被运走了——开口问道。

钟场沉重地点点头。一旁，鉴定科的工作人员正在拍照，闪光灯亮个不停。

"是啊，现阶段只掌握了这一点。这个房间只能从里面反锁，所以如果门是锁着的，被害人应该是自己把凶手请进屋里的。他是被人从背后殴打致死，应该是熟人犯案。说起来，大作家，你刚刚想跟我说什么来着？"

"其实我昨天夜里零点到三点之间，一直都在那边的客厅里。"

"也就是说？"

香月翻开手中的文库本小说，打开第一页的地图。

"这是这座水镜庄的平面图。钟场先生你还没来的时候，我仔细看了一下是不是真的符合实际构造。"

"原来如此，"钟场看着平面图，迅速领会了香月的意思，"嗯，这幢水镜庄的客厅，恰好把屋子分隔成了东西两栋。所以不穿过客厅，东西两侧是没法互通的——"

的确如此。严格来说，房屋本身并没有做出"东栋""西栋"这样的划分，但为了方便指称，姑且这么叫吧。客厅的东侧，是香月等人的客房，以及黑越的卧室；而西侧则是黑越的工作室、台球室、浴室、洗脸间、厕所。准确地说，东侧也是有洗脸间和厕所的，但黑越早已告诉大家，这边的厕所因为管道出了点问题所以不能用，所以住在东侧的人想上厕所，就不得不穿过客厅，走到西侧去——

"我后来才注意到，昨晚十点左右，外边开始下雨，好像零点之前就停了。但是这导致屋外很泥泞，人是很难在不留下脚印的情况下走动的。"

"是，外面没有任何可疑的脚印。"

"这样一来，可以得出一个结论：这是内部人士作案。嫌疑人只有五个人，包括我在内的住在同一屋檐下的五个人。在这些人里，我和城塚小姐两人在客厅一直逗留到了深夜三点，可以互作不在场证明。"

当时，翡翠睡着了一会儿，但很快就醒了。理论上，趁着她睡着，香月是有机会实施犯罪的。但香月清楚自己不是凶手，为了让事情顺利推进，这一点还是略过不提为好。

"城塚，是那个自称灵媒的小女孩吗？"钟场脸色阴郁，好像在说怎么又是你们两个一起撞上了杀人现场，"这个，你和小美女深更半夜，孤男寡女的在干什么……我就不问了。也就是说，你俩看到凶手经过了客厅？"

"是的。但可惜的是，他们三个人都走了一趟哦。"

是的。事情就是这么不凑巧。

根据翡翠灵视的结果，别所幸介就是凶手。如果半夜三更只有他一个人穿过了客厅，那么案子就告破了。可是实际上，另外两个人——有本道之、新谷由纪乃也有犯案的机会。

"你把三个人经过客厅的顺序，还有当时的情形详细地说给我听。"

香月一面说明，一面在脑中翻找昨晚的记忆。

第一个穿过客厅的，是出版社编辑有本道之。香月将手中正在读的《黑书馆杀人事件》放在桌上，没有吵醒睡着的翡翠，起身去了厕所。那时可能刚好是零点，落地钟的整点报时传来，他记得自己还吓了一跳。他那时刚好站在洗脸间洗手，盯着眼前壁橱上的镜子，心里胡思乱想着：这里面会不会猛地映出一个难以名状的"东西"来呢……所以大钟敲响的声音格外惊悚。

至于香月在客厅的大镜子里看到的女人身影，一眨眼就消失了，那可能只是因为恐惧而产生的错觉。他从厕所返回时，恰好翡翠也醒了。她看起来有点羞涩，双颊绯红，香月正想说点什么开开玩笑，恰在此时，有本探头进来了。孤男寡女，深夜独处，还闹得脸颊通红——此情此景说不定让他产生了什么误解。有本说了句：我去厕所，就向西栋去了。他返回时大约是十五分钟后，这次他只是以目示意，就匆匆回到了东栋。时间有点长，但有可能是吃坏了肚子，也可能是怕打扰了香月他们，两者皆有可能。当然，有本向来不太在意别人的想法，可能是香月多虑了。他曾经听别所抱怨过：有本虽然只是一介编辑，但自视甚高，觉得黑越的作品大卖是自己的功劳，所以在这座水镜庄，常有些旁若无人、不把自己当外人的举动。

"所以，有这十五分钟，犯下杀人罪行完全是可能的。"

钟场听香月说完，如此总结道。

没错，正是如此。但香月因为知道了翡翠灵视的结果，所以清楚他不是凶手，故而没有将这个可能性宣之于口。

"也许吧。不过昨晚八点左右开始，也就是大家还在谈天说地的时候，有本就跑了好几趟厕所，有可能真的是肠胃不大好。"

第二个经过客厅的，是别所幸介，大概是凌晨一点钟左右。香月正和翡翠说，是不是该回去睡觉了，看了一眼钟，所以记得。出现在客厅的别所发现两人还醒着，好像吃了一惊。但他立刻说"我去下厕所"，便走向了西栋。现在想来，那样子确实有点不自然。之前对翡翠寸步不离的他，居然看都没看翡翠一眼，就离开了客厅，有点可疑。

"如果他之前都没离开过那个灵媒小姑娘，是不是有可能真的是去厕所？"

"啊，确实有可能。"

的确。他应该是有段时间没上厕所了，所以酒醒之后慌忙爬起来奔向了洗手间——这样的推测也很合理。香月因为知道灵视看到的真凶，思路反而被限制住了——这样可不行。别所身上穿着的是衬衫和牛仔裤，所以有可能是顾不上换衣服就醉倒了，半夜被尿意催醒，慌忙起身——这样的设想也是很自然的。

别所在厕所也消磨了大约十五分钟。香月看他脸色不大好，便问了一句你还好吗？

他略微点头，慌慌张张地走向了东栋。

第三个人，是新谷由纪乃。她通过客厅的时间是一点四十五分——这是留有记录的。香月和翡翠那时正在商议，是不是差不多该回房了，但翡翠听说香月在镜中的所见之后，便提议再等等看，于是他也决定奉陪。这时他想起来有一封工作上的邮件尚未回复，于是拿出手机，开始回信。那封邮件的时间戳是一点四十五分。不一会儿，新谷由纪乃出现了。由纪乃看到两人之后也是一惊，待翡翠解释说是在等待灵异现象出现之后，她神色不安地说："别说了我害怕……"和别所所言一致，她确实不太喜欢水镜庄的气氛。当时，由纪乃换上了一件睡衣，是一条白色、轻薄的连衣裙，如果她默不作声地伫立不动，看起来和幽灵也有几分相似。如果香月和她在暗中打个照面，肯定也会被吓一大跳。

香月二人趁机问由纪乃，她遇到的怪异体验是什么。半夜三更被问起这种话题，对于由纪乃来说大概很是困扰，但踌躇之下，她还是回答了。她说，每次在水镜庄留宿，睡觉时都能听到咚咚的声音，仿佛有人叩门……有时候会觉得走廊里挂着的镜子里有什么人的身影，但凝神观瞧，却又什么都没有……

"再说下去，我就去不了厕所啦。"

由纪乃嘟着嘴，说完就走向了西栋。大概十分钟，她回来了，脸色有点吓人，翡翠便问她怎么了？由纪乃说，好像在走廊的镜子里面看见了一个女人的脸……香月心想，恐怕是因为刚刚和我们聊了撞见鬼的话题，所以正处于想象力高度发达的状态吧。他安慰道：肯定是看错了。由纪乃闻言振作了一些，便提议说，既然大家都没睡，要不要泡点茶来喝？于是香月和翡翠也一起帮手——开始只是香月提议要帮忙，但翡翠也跟着一起来了。可能她一个人留在客厅也有点害怕吧。

"哦，三个人都去泡茶了，那这段时间，有没有可能什么人通过了客厅？"

"不会，在厨房可以直接看到西栋的走廊，有人走动一定能注意到。特别是我，正好无所事事，所以在东张西望来着。"

当时由纪乃身上穿的轻薄连衣裙相当诱惑，所以香月的眼睛有点没地方放。在她泡茶的举手投足之间，胸口、纤腰乃至裙裾下露出的长腿，香月也不好意思一直盯着看。他只得移开视线，将目光投向走廊，所以他敢肯定，那段时间没有任何人经过。

后来，香月、翡翠和由纪乃三个人聊了三十来分钟。由纪乃离去时大约是两点半，香月和翡翠继续坚持到了三点，但镜中异象终于还是没有重现。他们决定放弃了，香月将翡翠送回房，自己也回到房间，倒头便睡。假如黑越的推定死亡时间是零点到两点之间，那么他们回房时，灵异推理作家已经死于非命。"唔，我把大作家你的说明总结一下。也就是说那三个人里面，一定有一个是真凶，但是，没法确定具体是哪一个人。"

"是的。"

香月望向地板上的痕迹，那是凶器掉落的地方。

"凶器是推理小说大赛的奖杯。你是不是也有？"

"怎么会，"香月摇摇头，"像我这种新人，可拿不到那种级别的奖。"

"鉴定科的人拿回去调查了。奖杯整体好像都被擦拭过，估计很难检出指纹。整体重量不轻，但女人也拿得动，所以新谷由纪乃也值得怀疑。凶手从被害人的右侧挥击，嗒，这样，打中了后脑。应该是被害人背朝凶手的时候进行的攻击。被害人遭到猛击之后双膝跪倒，之后凶手又打了一次——因此，血迹四溅。从伤口来看，应该是使用右手行凶，三个嫌疑人的惯用手是？"

"很遗憾，三个人都是右撇子。"

"这样啊，那剩下似乎可以成为线索的——"

钟场和香月的视线同时集中到了一个地方。

在书桌的一角，有一个血液画出来的记号。

很明显，这是凶手留下的。似乎是用现场的纸巾蘸着被害人的鲜血画出来的。

"有点像个'卍'字啊。"

"在《黑书馆杀人事件》里面，出现了类似的记号。"

"那本书和这次的案子有关系吗？难道作品里写到了类似的杀害现场，或者是什么诡计？"

"不，我觉得毫无关联。这仅仅是现场伪装罢了。"

"是吗？所以你才和我们说，要保护好洗脸间的现场？"

毕竟和香月搭档破案多次，钟场也能猜到他的想法了。

"是。毫无疑问，这是凶手想要抹去对自己不利的证据时留下的痕迹。多半是凶手在身体重心不稳的时候，不小心伸手撑在了桌子上。如果仅仅是指纹，那和处理凶器一样，擦拭干净就行了。但如果是沾了血的手扶上去，就会留下一个掌印——"

凶器的奖杯上面留下的血迹范围看起来相当之大，恐怕是凶手想要擦净指纹的时候不小心碰上去的。这样一来，凶手的手上也沾了血，卖力地擦拭之下，在凶器上留下了更多的血迹。指纹可以擦净，但沾在手上的血却没那么容易。然后，凶手不小心扶了一下桌角，在那里留下了血手印。

当然，如果手上的血不多，是难以留下完整的手印的。有可能只是手指，或是手掌的一部分。但即便是不完整的指纹，也可以成为致命的证据。凶手想用现场的纸巾将其擦去，但又不想让人看出自己手上沾了血，所以便在那个血手印上画了一个记号。

如果该假设成立，那么凶手一定在洗脸间洗了手——昨晚，行凶之后的凶手不得不从香月等面前经过，但他们三人的手都没有沾染血迹。

故而，在洗脸间里，凶手可能留下了别的证据。

凑巧的是，黑越的尸体是在早晨被人发现的，香月赶紧传达了信息，禁止所有人使用西栋的洗脸间。而据森畑说，她早上来了之后也没有踏足洗脸间，所以现场应该保持得非常完整。

"现在鉴定科正在调查洗脸间呢。几个嫌疑对象的指纹也都采了，还准备让三个人做一下鲁米诺检测，以防万一。"

"鲁米诺检测可能意义不大，他们三个人昨天烤肉的时候都帮忙打下手来着。"

听了香月的话，钟场咂了咂嘴，很是失望。

通过鲁米诺检测可以发现血红蛋白和肌红蛋白的反应。这两者都是食用肉的成分，所以三人在烧烤时手上碰上一些，测出反应来一点也不奇怪。同时，就算在烹调中没碰过生肉，编造一个"我流鼻血了"的理由也能蒙混过关，可以说不能成为坚实的证据，顶多作为一个筛选嫌疑人的指标。可是香月已经通过翡翠的灵视能力，知晓了谁才是凶手。

关键是，要怎么才能证明这一点呢？

这是最大的问题。

翡翠的灵视，如何才能助科学侦查一臂之力？

仅就目前而言，他们并不掌握任何可以证明别所犯案的证据。

到底要怎样才能证明呢？

"反正这三个人里必定有一个是真凶，洗脸间可能留下了关键证据。"

也许正像钟场所言吧。

说不定轮不到自己出场，这个案子就能顺利落幕，香月心想。

*

回到客厅，只见翡翠正伫立在大镜子前。

她一副百无聊赖的样子，视线落在古旧的镜面上。

今天，她穿了一件面料有点反光的露肩衫。白皙的肩头松弛着，妆容齐整，大概是遗体被人发现之前就起床了吧。她今天的妆看起来比前一天更添几分神秘色彩，和这个古色古香的山庄氛围正合。要是黑越还健在，估计她本打算对他进言，叙述一些关于山庄异象的事情吧。翡翠本人并无除灵的能力，但她说，假若探明了妖异的原因，应该可以通过上供等方式进行化解。她今天的妆容，大约是为了增加自身的说服力而化的吧。

客厅里还有穿着制服的女警官立在墙边。这个房间鉴定科大概也来过了，现在工作好像已经进行完毕。保险起见，除了洗脸间，他们把厕所、浴室和台球室也都检查了一遍。三个嫌疑人正在别的房间接受问讯。

"没事吧？"

香月朝面对大镜子的翡翠打了个招呼。

"嗯。"

灵媒姑娘面色茫然，点了点头。香月忽然想起黑越的话，说道：

"这好像是维多利亚王朝晚期的东西哦，"他说的是大镜子，"正是灵媒们大放异彩的时代。"

听到香月这么说，翡翠将目光从镜子上收回，低下头："据说我的曾祖母曾经在英国做过灵媒。"

听说，翡翠有四分之一的北欧血统。闲聊之际，香月了解到她的祖母是英国人。

"那么……翡翠小姐你的体质应该是先天遗传喽？"

"听说我的曾祖母的上一代也是灵媒，所以很有可能。我的先祖在二十世纪初就作为灵媒办过不少事，留下了一些老照片。如果循着曾祖母的血脉再往前，似乎可以一直回溯到一个姓桑松的、被诅咒的法国家族支系。"

"法国的，桑松……难不成……"

"其中最出名的，是夏尔-亨利·桑松。"

"法国大革命时期的刽子手，据说他用断头台处决了许多人……"

"真假不知，"翡翠弱弱地微笑道，"可能是我曾祖母，或者她的长辈为了给自己贴金，谎称自己的家族血脉。不过如果那是真的……也许就意味着我的血脉，经常要担负播撒死亡的命运。"

桑松，是自古以来就盛产行刑人的家族。家族的第四代家主夏尔-亨利·桑松，据称是人类史上斩落人头第二多的刽子手。也有说法称，和各种恐怖传说相反，他本人希望废除死刑制度，是个心地善良的人士。

"黑越先生不幸逝世，和翡翠小姐可是一点也不相干哦。"

继结花之后，这是她第二次经历身边的人被杀害了。

还是令她耿耿于怀吧。

翡翠的睫毛轻轻垂下，缓缓地摇了摇头。

"我的血脉，在之前曾招来过很多次死亡。这也许是能力的代价吧。我逃不脱自己的命运，将来我一定会受到它的报应。"

"报应？"

"我的脖子最后一定会被死神扭断……这个预感，一直在慢慢增大。"

"怎么会……"

香月一时不知该如何作答，一直低着头的翡翠好像意识到了什么，忽地抬头看向他，好像心情为之一变，笑着说：

"可能是我想多了吧！因为我没有预知未来的能力呢。"

香月想起，不久前她也曾提到自己的死期。

这难道可以用"想多了"来解释，并一笑而过吗？

她预感中的自己的死亡，又是怎样的呢？

然而从翡翠无力地微笑的样子表明，她好像并不愿意旁人触及这个问题。

"先去我的房间吧。"

香月和翡翠一起回到了他的客房。他让翡翠在床边落座，自己坐在了旁边的椅子上。他犹豫了片刻，还是开口问了有关案件的事。

"翡翠小姐，你刚刚说通过灵视，可以确定别所幸介是凶手，对吧？那是什么样的灵视？不是通过降灵吧？"

翡翠点点头，垂下了脑袋，双手在并拢的双膝上握成了拳头。

"是气味。"

"就是你以前告诉我的'灵魂的气味'，对吗？"

"是。昨天晚上，别所先生从厕所返回的时候，我觉得有点不对头。别所先生的气味发生了急剧的变化，好像抱有强烈的负罪感……同时又有因恐惧而颤栗的感觉……就是那种非常剧烈的变化。如果用色彩来打比方，就好像从白色突然变成了红色，令我非常困惑。但那时，我的酒还没有完全醒……"翡翠的语气略带抱歉，"而且，这个水镜庄的气氛也有点古怪。"

"水镜庄的气氛？"

"水镜庄里面，有一种说不清道不明的……怎么说呢，就是难以言喻的奇怪气味。我有些本能地害怕，而那个气味的主人是不是有恶意，甚至是不是有自主意识，我完全没有头绪……我有一种感觉，假如不表现得阳光开朗一些，自己恐怕就要被那东西吸引过去……"

翡翠双手环抱着自己白皙的双肩，身体微微颤抖。

"这个……不知道和传说中的黑书馆发生过的事情有什么联系呢?"

"我不知道。有一种靠近那种所谓'灵异场所'的感觉。如果我直接遭遇到灵异现象,说不定可以弄清一些事情……"她低着脑袋,缓缓地摇了摇头,"这个地方的气味,让我的整体感知有所紊乱。就好像在强烈的臭气中,其他的气味都难以分辨了一样。而且我还喝了酒,所以别所先生从厕所回来的时候,我以为是我的感觉出了问题。毕竟,我以前从来没见过有谁的气味可以在那么短的时间里变得那么彻底……"

原来如此。根据现场所见来判断,那大概不是有计划的谋杀,而是突发性的杀人。

就算是翡翠,在此之前也绝无机会体验刚刚杀过人的人散发出的气味。

"也就是说,到了今天早上,你见到案发之后出现的别所先生,这才确信自己的感觉没有出错,对吗?"

"对,毫无疑问,我可以确认,那是抱有负罪和恐惧感的、杀人者的气味。不过对不起,我老是找借口……"

"找借口?"

"我的意思是说,如果那时我就把这件事告诉老师……不,说到底,关于这个水镜庄的环境……"

"不,就算当时你和我说了,也于事无补吧。和之前的案子不一样,这回没有哭丧妇预测到杀人案的发生,也不是亡灵出手杀人。翡翠小姐你不必自责。"

"如果我出面作证，别所先生会被逮捕吗？"

"灵视本身不能作为证据呀。现在还处于三个人都有嫌疑的状态，还没有找到证据可以证明别所先生就是凶手。"

"这样啊……对不起，我帮不上忙。"

"别所先生是立志想要成为推理小说家的人，所以能将证据抹得干干净净也毫不奇怪。如果能找到什么指向别所先生的线索就好了……和结花的那个案子不同，这次翡翠小姐好像没有和死者灵魂共振？"

"对。可能因为黑越老师和我年龄差距比较大，又是男性，两个人的属性完全不同。就我的经验而言，要达成灵魂共振，需要某种程度的 affinity——唔，日语的话应该叫亲和度？应该是这么说吧——我和死者之间似乎必须有一些共通的要素才能行得通，"翡翠垂着头，"但是，有一件事……我不知道是不是可以成为线索。"

"是什么事？"

"嗯，我做了一个梦。"

"一个梦？"

"那个，我不知道这和案件是不是有联系。但梦的内容相当清晰，有点怪怪的。"

"具体是什么样的梦呢？"

"一共有三段。我不知道这三段应该视为同一个梦，还是一个个分开作为三个梦……因为是做梦，所以我对此没什么信心。"

香月意识到自己脑子已经被搞糊涂了。

大概是因为看到自己困惑的表情，翡翠也意识到了问题，急忙补充道：

　　"你先听我说。第一个梦里，出现了有本先生。这三个梦有个共同点，那就是，我好像不是我自己……至于在梦里面是不是有'我'的存在……也有点搞不清楚。总之，我动弹不得，连脸也不能转，也不知道是不是拥有身体，反正不能发出声音。"

　　看着翡翠拼命努力想要解释的表情，香月不由得聚精会神，仔细理解其中的含义。他点点头，示意翡翠继续说下去。

　　"然后，有本先生来到了我的面前，接着，他将手伸向我。就快碰到我脸的时候，忽然我感到一阵头晕，就什么都看不见了。"

　　"然后呢？"

　　"第一个梦就到此为止了。第二个梦，出现的是别所先生。先是有一阵眩晕，接着别所先生出现在我眼前，他盯着我，凑得很近，鼻子几乎要贴上了……我很不好意思，但既不能扭脸，也不能转动视线。接着，别所先生摸了摸我的脸颊，但却没有皮肤被触碰的感觉……过了一会儿，他就离开了。这是第二个梦。"

　　"这样说来，第三个梦里面，出现的是新谷小姐喽？"

　　"对。新谷小姐来了，她立刻伸手摸向我的脸，于是我又觉得一阵眩晕，什么都看不见了……我正在想这是怎么回事，突然又能看见新谷小姐了。她好像在触摸我的脸，但很快就抽手，匆匆离去。接着，就结束了。"

　　"结束了？"

　　香月叹了一口气，伸出手指挠了挠下巴。

说实话，他心里的失望情绪比较大，但又不好表露在脸上。

翡翠述说的内容，实在太缺乏连贯性。可以说，仅仅是梦境而已。即便是灵视一类，其含义也难以究明。在结花的案子里，通过翡翠与死者的灵魂共振，搞清了一些细节，但这回很难说找到了解决案件的线索。

"你经常做这类梦吗？"

"不……这是头一回，"翡翠身体缩了缩，略带抱歉地说，"不过，我有一种感觉，寄身在这座水镜庄的东西，好像在向我诉说些什么……这可能也是一种共振现象。就好像缠绕在这座馆里的'它'，汇进了我的意识……"

翡翠也许正处于非常沮丧的情绪中，后悔地咬住了嘴唇。但就现状而言，他们能做的事情很有限。已经锁定了三个嫌疑人。说不定，很快就能找到物证。香月昨晚睡得很少，脑筋不大灵光，还是该休息一下。

不料，到了下午，事态急转直下。

警方请新谷由纪乃去警局协助调查。

*

"我们首先调查了作为证物没收的、黑越的笔记本电脑。电脑本身有密码，本来以为要花上一阵子，结果黑越的儿子告诉了我们几个有可能使用的文字组合，很快就解开了。我们查看了电脑的邮件记录，看看是否有什么可以解释犯罪动机的东西。你也知道的，我们的解析小组能力高超，结果他们发现了被删除的邮件

131

记录。内容是黑越和新谷的通信——两个人在搞婚外情。"

在辖区警署的一间小屋子里，钟场向香月讲述了事情经过。

香月坐在一张年深日久的折叠椅子上，钟场警部手里拿着侦查资料，看样子并没有落座的意思。他预先说了：只有五分钟。所以大约是准备说完就离开。

"同时，我们也仔细调查了书桌，上面采到了新谷由纪乃的指纹。"

"她以前也来过好几次水镜庄。所以，在黑越老师的工作室内有她的指纹，也不算奇怪吧？"

"你说得对，但是，在笔记本电脑的键盘和触摸板上，也有她的指纹。就算指纹沾上去的顺序和时间无法确定，但她若非最后一个碰过电脑的人，那么电脑上应该沾满黑越的指纹，而不是她的。她一定是在杀死黑越之后操作了电脑，为了让警察搞不清杀人动机，删除了两人的往来邮件吧。"

"动机是什么呢？"

"由爱生恨呗。说不定是两人闹分手，或者是新谷逼着黑越结婚。黑越可是一点和老婆离婚的意思都没有的吧。他是畅销小说家，说不定女方是盯上了他的财产而接近的呢？"

"当事人自己怎么说？"

对于香月的这个问题，钟场耸了耸肩。

"她说，确实是自己删除了邮件。但又说，她到房间的时候，黑越已经死了。这很明显是撒谎。她说删除邮件是因为自己被黑越威胁了。她提出来要分手，但黑越拍了一些她不好见人的照片，她想将其删掉。之前一直没有机会，这次见黑越已死，于是趁机下手，删掉了资料。"

"那么……你们是打算对她进行逮捕喽？"

"是啊。我们已经申请了逮捕令。有动机，有物证，足够了。有了搜查令，对她的住所进行搜查，说不定还能寻获其他证据，应该足够起诉。"

居然会这样。

这是错误逮捕。

可是，香月并不能提出足以改变现状的逻辑和证据。

尽管翡翠的能力洞察了真相，但灵媒的证言……

"凶手擦拭了凶器和房间里的指纹，但是却没擦去笔记本电脑上的指纹，这不是有点矛盾吗？"

"肯定是不小心。很抱歉，大作家，现实和推理小说是不一样的。这种错误屡有发生。而且，凶手犯下了用沾了血的手触碰书桌的失误，同时还犯了其他错误的可能性也很大吧？"

"对了，洗脸间的情况呢？"

"啊，我们查到了很强的鲁米诺反应。新谷一定是在那里洗去了血迹。"

"其他有什么可疑之处吗？"

"水池上的带镜柜子，镜子的一部分有被擦拭过的痕迹。鉴定科的同事发现有一小片特别干净，故而有些在意。一查之下，有微弱的鲁米诺反应，同时，上面留有两枚新谷由纪乃的指纹——同一根手指的指纹，两个。她肯定是用沾了血的手指碰上了镜子，接着想要把指纹擦去，但反而又碰上了好几次吧。"

"同一根手指的指纹，两个……也就是摸了两次？特意在擦干净其他指纹之后？"

"这种失误也不是没有可能。"

确实，尽管让人暗生疑窦，但也可以视为她在掩盖痕迹的证据之一。

"就算是这样吧，那么，她又是为什么要去碰柜子上的镜子呢？"

"那我可不知道。我也想问来着，但她说，律师抵达之前，她不会回答任何问题了。"

"是柜子里面有什么东西吗？"

"没，柜子的内部没有鲁米诺反应。而且只有黑越的指纹，也没有被擦拭过的痕迹。"

"这样的话，那她应该没有理由去摸镜子啊，很不自然。"

"应该就是手不小心碰上了吧。除此之外没有别的解释啦。"

"可是……"

香月咬住了下嘴唇。

新谷为什么要摸两次镜子？既然有擦拭指纹的痕迹，那就代表凶手曾摸过镜子。为什么要特意去触碰镜子？

他低下头，陷入思索。

但是他并没有想出什么好主意。钟场是一个聪明的刑警。按常理来说，既然香月指出了那么多矛盾之处，他应该是会重新审视的。可是他的脑海里已经有了"新谷由纪乃是凶手"这个既有观念，故而以"她犯了错"为前提进行思考。

不对……

情况是不是刚好相反？

香月通过翡翠的灵视，知道了别所幸介是凶手。

但是如果他事先不知道呢？

假如，翡翠刚好没有碰上这个案件……

如果是那样，现在已经收集了这么多证据。

自己是不是也会怀疑新谷由纪乃呢？

是不是因为知道了别所幸介是凶手，所以反而限制了自己的思维呢？

说到底，别所幸介真的是凶手吗？

翡翠的能力无可置疑。

但她的灵视，是基于感知别人灵魂的"气味"这一原理。

她并没有在别所幸介行凶的那一瞬间用千里眼看到一切。

有没有可能他是因为其他原因抱有了强烈的罪恶感，从而导致了灵魂气味的变化呢？

这个可能性，实在难以完全否定。

"怎么，你看起来不是很服气啊？"

"不是……但，总觉得有点难以释怀。"

"那你有其他人是凶手的证据吗？"

"没有……"

"你对我们的结论有意见，可以像以前一样，弄一个合情合理的剧情出来啊，你能想出来的话要我帮忙做什么，只要能抓获真凶，义不容辞。但是如果你没有自己的推理——抱歉，我没时间了。"

在钟场的催促之下，香月起身了。

*

香月想破了脑袋，也没想出一个能让钟场心悦诚服的剧情出来。

这也是没法子——香月一面自我安慰，一面走在鸦雀无声的警署里。

快到出口时，他看到有一个女孩子坐在等候区的座椅上。

是城塚翡翠。

这个像西洋人偶一样的美丽姑娘，露出焦躁的神色。平常梳理得一丝不乱的柔顺黑发，看起来好像也失去了光彩，披散下来。

她站起身，走到香月身边："老师，怎么样？"

对她充满不安的提问，香月默默摇了摇头。

两人向出口走去。穿过自动门，走进温热的空气里。天色有些暗了，一股巨大的倦怠感席卷而来。走向停车场的时候，翡翠紧紧地跟在香月后面，亦步亦趋。

"老师，你为什么不说话？"

"因为我们已经没有什么可做的了。"

"怎么会……"

两人走到了车边。香月正想解锁车门，翡翠用娇小的身体拦在了他与车之间，挡住了去路。

136

"老师，求求你了，新谷小姐不是凶手！这样下去，她会被逮捕的！"

香月沉默无语，回应着她急切恳求的眼神。

"凶手是别所先生。你明明知道，为什么眼睁睁地看着无辜的人——"

"你有证据吗？"

"证据……"

翡翠瞪大了眼睛。

她目瞪口呆，湿润的双唇微启，好像在寻找合适的词语。

"那个……"

翡翠的身体忽地一晃，香月差点以为这位灵媒大小姐要摔倒。她好像抓救命稻草一样，抓住了香月的胳膊。

"但是……老师，你以前也解决了好多案子对吗？为什么这次就要轻易放弃……"

"我以前参与过的案件……大部分都是钟场警部有求于我的。但这次不同，他并不需要我的帮助。我是局外人，一个门外汉而已。"

"可是，仓持小姐那次——"

灵媒姑娘的身体微微颤抖，好像因为痛苦而蜷曲了起来，最终，她的头顶碰上了香月的胸口。

"结花的那一次是特殊情况。我和她很亲近。那一次，我心里有愤怒，但是这次……"

"对于老师你来说，可能是这样没错……"

翡翠的声音因悲伤而哽咽。

"但是，对于我来说……是特殊情况。"

"为什么呢？"

"我和新谷小姐……一起烧烤了。"

"所以呢？"

香月的视线落在了翡翠的指尖——她的手正抓住他的袖子不放。

苍白的手腕将袖子抓得紧紧的。

好像气得发抖。

又好像是因悲伤而叹息。

"我们可能……可以成为朋友的……新谷小姐没有把手足无措的我丢在一边，而是好心地烤了肉给我吃。还一起喝了酒，讲了好玩的事情给我听，一起大笑。我们还交换了好多表情包。这些还不够吗？光这些，还不足以生气吗？还不足够愤怒吗？"

想助她一臂之力，这都不可以吗？

香月叹了一口气。

在傍晚的山庄庭院里举办的一场平平常常的烧烤派对。

香月在脑海中回忆起当时的情景。

她看到的世界，和自己所看到的世界是不一样的啊。

——这和灵感体验无关。

对于自己而言无聊日常的一个片段在她的眼里，可能也像宝石一样闪耀着五彩的光芒。

"可是……现在没有能证明别所先生是凶手的证据啊。"

"那你可以找啊。老师你一定可以找到的。"

"但……连他是不是真凶，我都不能确定。"

香月感到扯着自己袖子的手渐渐放松了。

"老师，连你也不相信我？"

倚靠在香月身上的力量骤然变轻，翡翠轻轻后退了一步。

"老师，请告诉我。"

灵媒姑娘抬起头。

翠绿的眼眸里噙满了泪水。

"为什么我要有这样的能力？我可以知晓真相，却发挥不了任何作用……"

她的脸上浮现出哀伤的笑容，好像在嘲笑自己的命运。

"我为什么要有这样的力量？是要让别人害怕我，还是要作为头脑不正常、充满妄想的小孩获取同情？"

香月盯着女孩泪光闪闪的脸颊。

翡翠低垂的睫毛仿佛沾上朝露的花草，为了渲染神秘气氛的妆也花了一片。如果将神秘色彩拭去，眼前站着的就仅仅是一个无力的女性——或者说少女也未尝不可。被疏远，被怜悯，与他人的接触被限制，即便想帮助他人，也无能为力，只能袖手旁观。

白皙而光滑的肩膀抽搐着，愈显孤单。

然而，香月没有选择将她拥入怀中。

相反，他掉头就走。

"老师……？"

如果再不将茕茕孑立的她丢下，他恐怕再也抑制不住自己内心的冲动了吧。

香月重返警署，大步流星地向里面走去。

"钟场先生！"

香月高喊道。

一名警官不知香月所为何事，拉住了他。

"快叫钟场先生来！钟场警部！"

很快，钟场来到了走廊里。

"喂喂喂，怎么回事，吵什么吵……"

香月盯着钟场，说道：

"请暂时不要实施逮捕。"

"你这是什么意思？"

"凶手是别所幸介。"

"怎么回事？你有证据吗？"

钟场瞪着香月。

香月毫不躲闪，迎上那锐利的眼神，说道：

"我马上开始找。"

"马上……？"

"请给我一点时间，拜托了。"

香月不等钟场回答，转脸就走。

"喂！顶多一个小时哦！"

背后传来钟场不耐烦的喊声。

翡翠站在门口等他。

香月带着她走出了警署。

两人走到停车场，上了车。

香月等翡翠在副驾上坐好后开口：

"我马上去那家熟识的咖啡馆仔细想一想。"

"那我呢，我怎么办？"

"我可能有问题想请教你。但我会沉默一阵子，如果你不介意的话，能陪我一起去就算帮了大忙了。"

"好的！"

翡翠容光焕发起来，点点头。

香月发动了引擎。

"老师。"

香月扭转身子，确认后方的情况，发车。

"谢谢你。"

耳中传来了她的话语。

"我的能力，还有老师的能力，两股力量合作一股，一定能找到真相。老师你一定可以的。"

灵力与逻辑相结合，寻找真相。

香月选择的道路是成为她的媒介者。

留给他们的时间不多了。

*

香月正沉浸在思考的海洋里。

令人心旷神怡的咖啡香气搔着他的鼻腔。摄入体内的咖啡因让他的意识高度集中。这里是他写作时一直来的咖啡馆，他正坐

141

在卡座里。店里除了他与翡翠并无其他客人，传入耳中的只有曲调平稳的背景音乐。翡翠坐在桌子对面，严肃地盯着香月，但并不出言打扰。香月从车里取出笔记本电脑，将一些要点整理成文，录入电脑。

在仅剩的一个小时里，他必须构建足以证明别所幸介行凶的逻辑。

香月正在思考的，是翡翠的梦境。

那一定不是普通的梦。虽然并无确证，但姑且这么断定吧。

现在看起来可以用逻辑来分析的，似乎只有翡翠的梦境内容。唯有相信是依附在水镜庄的什么东西令她做了这个梦。

香月将翡翠做的这三个梦大概总结了一下。

一、有本来到翡翠身边。有本向翡翠伸出手。随着一阵眩晕，眼前事物消失。

二、感到一阵眩晕。别所出现在眼前。别所向翡翠伸出手。别所离去。

三、新谷来到翡翠身边。新谷向翡翠伸出手。随着一阵眩晕，眼前事物消失。过了一会儿，新谷又出现在眼前，接着她也离去了。

这些内容意味着什么呢？

如果相信这是有意义的，那么，它们是通过抽象的形式表现了什么吗？

第一个和第三个梦，尽管登场人物不同，但发生的现象有共通之处。唯有第二个出现的别所有所不同，是因为他是凶手吗？

"翡翠小姐。"

香月抬起头。翡翠略微吃了一惊，眼睛睁大了些。她的妆有些花了，脸部看起来好像一个化妆失败的天真少女，反倒显得有点可爱。

"嗯？怎么了？"

"这几个梦，是不是都在同一个地方发生的？比如说，有没有见到什么背景？"

"背景……"

翡翠皱起眉头。

她伸出手指，抵在粉色的下唇，眼神盯住虚空，一副正在回忆的样子。

"嗯……那个，好像确实是某个见过的地方。对了，我觉得很可能是水镜庄的某个地方。三个梦，应该都是在一个地方……"

"翡翠小姐在梦里是不能动的，对吧？"

"对的。"

"而且，别人向你伸手，好像摸了你的脸，但你并不觉得自己被触碰……"

"是啊，怎么说呢，我觉得自己好像失去了外部知觉，有一种怪怪的感觉，好像变成了某种物体……"

"变成物体……"

如果真是这样的话——

这会不会是实际发生的光景呢？

会不会是翡翠在梦中看到了水镜庄当晚实际发生过的情

况呢？

假如是这样，那么这三个人就是在同一个地方，作出了类似的举动。

这种事情可能发生吗？到底是在哪里，做了什么，才会导致这个结果？

这个疑问好像一条细细的线，需要小心翼翼地往回拉扯。香月忽地一抬头，发现翡翠正奋拉着眉毛，心神不宁地盯着自己。他回望着她，微笑着说："你去补个妆比较好哦。"

"啊？"

翡翠眨巴着大眼睛。

接着，她从手袋里摸索着，掏出了一个形似透明宝石的化妆镜。她照了照镜子，脸一下子红了。

"对、对不起，我去补补妆。"

就在这一刹那，一道光明射入黑暗。

"等等！"

香月不由自主地发出声音，止住了她的行动。翡翠有些讶异地看向他。

那天晚上，他们三人分别经过了客厅——这是共通之处。而想一想三人经过客厅的理由，就会得到一个自然而然的结论。将现有的信息拼凑起来，岂不是就能从逻辑上证明别所是凶手，同时证明新谷由纪乃是无罪的呢？

香月的脑海中一闪。

各种推演以惊人的速度组合、展开。

是的。这样一来，镜子上留下的指纹就有了合理的解释……

香月知道别所是凶手。然而，他必须假设其他人物是凶手，并且验证所有假设和可能性。

如果这样能够说服钟场的话。

"香月老师？"

能做到吗？

这样的话，只能将嫌疑缩小到两个人。

还需要其他材料。

只需要否定有本的可能性。

怎么否定呢？

他为了探寻证据，想再读一遍自己打在电脑上的文字。他将手放在了键盘上。由于刚刚思索太久，电脑屏幕被锁定了。解除密码，实在有些烦人……

"不对……"

香月站了起来。

他走了几步。

接着，他在店里踱起步来。

"这样啊……实在太简单了……"

他掏出手机，拨通了钟场的电话。

"钟场先生，我有件事想要确认一下：黑越老师的电脑，是设定成过多少时间就会自动锁定的？"

十分钟后，钟场给香月回了电话，有结果了。

"是一个小时。一个小时后就会自动锁定……喂，你想到什么了，莫非……"

不愧是钟场，连他也注意到了。

"对。这样一来，嫌疑人就只剩一个了。"

翡翠坐在座位上，惊愕地仰视着站着打电话的香月。

香月没说话，向她点了点头。

用灵视，只需要一瞬间。

可是为了搭建证明灵视的逻辑，是件多么烦人的事情呀——

*

次日，别所幸介被逮捕了。

据说当事人也进行了自我供述，问讯进行得很顺利。

香月和翡翠再次见面，是事发几天后。两人的日程都很满，结果没能及时会面。

"老师，你究竟用了什么魔法？"

如此这般，一直拖到今天，才有机会向好奇的翡翠细说缘由。这次，他们在翡翠家里见面。今天在家里吃，据说千和崎憋着要露上一手。香月到得比约定时间早了些，高层公寓的门一开，就从翡翠家里走出了一对看起来心满意足的夫妇，表情阴霾尽扫，如同甩掉了附身小鬼。

今天她一定也用自己的力量，帮助来访者获得了幸福吧。

可惜，相信她力量的，也仅限于造访这个空间的人。

在现代社会里，仅凭她的力量是不够的，还需要加上一点逻辑的力量。

上一次，香月难以向自己信赖的伙伴钟场讲明真相，颇为丧气。而翡翠本人，日常经历的沮丧恐怕比香月所感觉到的多得多，也大得多吧。尽管知晓真相，却不能告知他人。不被别人相信，甚至被断言为妄谈。不被人理解的痛苦，带来的又是怎样的孤独呢？

可能是因为刚刚接待过客人，翡翠今天的妆看起来有些阴沉。香月吐槽了这一点，结果她有点不好意思，说了句去换妆，便想躲进自己的房间。香月让她不必介意，好不容易才让她留步，接着，他将这个案子的逻辑原原本本地解释了个明白。

"我说服钟场先生时用的理由呢……这个，怎么讲，有点绕。如果你没听懂，请随时提问，没关系的。"

翡翠说自己不爱看推理小说，所以尤其有必要仔细地说明。

"首先，我假定翡翠小姐你做的那几个梦，是那天晚上实际发生的事。因为翡翠小姐你说，是身处背景一样的地方，并且说可能是在水镜庄里。"

"那三个人，是真的摸了我的脸？在我睡着的时候……"

翡翠双颊飞红，眉毛弯了下来，略显困窘。

"不是的，"香月笑道，"翡翠小姐，你在梦里是不能动的，而且连视角都不能移动，对不对？那样的话，我就在想，翡翠小姐你是不是好像电影或者电视的观众一样，'观看'了这个梦。假如是这样，视角固定就可以解释了。我联想到的，是某个类似监控摄像头看到的角度。也就是说，那三个人分别向那个摄像头一样的东西伸出手，并且凑近……接着，我看到你正准备补妆，脑海

147

里掠过了'水镜庄'这个名字的由来。"

"啊！莫非是，镜子——"

"没错。水镜庄里面，各处都挂着古旧的镜子，对吧。而且，新谷小姐所说的显灵事件里，也有个女人映在了镜子里。我那天也在镜子里看到一个蓝眼珠的女人。假设让翡翠小姐做梦的水镜庄的某个东西也和镜子有关——所以我就推测，梦里看到的景象其实是某个依附在镜子里的东西的视角——"

"确实……对对对，很有可能。我看到的，是他们三个人照镜子的情况啊！"

"三个人经过客厅时，都说要去上厕所，对不对？有本先生之前跑了好几趟厕所，别所先生是要洗干净沾血的手。新谷小姐其实是想找黑越老师谈话，才去了他的工作间，结果发现了他的遗体。她可能在邮件上做手脚时不小心碰到了飞溅的血迹，可以认为她以防万一，也去洗了手。这样一来，三个人的共通点，就是都使用了洗脸间。于是我就想到，翡翠小姐你的梦岂不就是洗脸间镜子的视角吗？正好是有本先生、别所先生、新谷小姐三人依次去往洗脸间时的景象。"

"哦……那样的话，他们三个人都伸手摸了镜子？那又是为什么？"

"嗯，这就是我下面要讲的逻辑的关键所在了。为什么三个人都要伸手摸镜子？而且，每次翡翠小姐都会有眩晕感，然后就什么也看不见了，这又是为什么？我回想起了水镜庄洗脸间的样子。我记得很清楚，落地大钟敲响零点钟声的时候，我刚好在洗脸间洗手，还在想如果眼前的镜子里映出一个女鬼来我该怎么办……
洗脸间的镜子，是安装在壁橱的门上的。那三个人，都开关了壁橱的门。所以随着开关，镜子移动，从翡翠小姐的视角来看，就变成了三个人的脸时隐时现——"

"可是，他们为什么要开壁橱的门？"

"我把那时候的笔记打印了带来了，就知道解说时一定用得上。"

一、有本来到翡翠身边。有本向翡翠伸出手。随着一阵眩晕，眼前事物消失。

二、感到一阵眩晕。别所出现在眼前。别所向翡翠伸出手。别所离去。

三、新谷来到翡翠身边。新谷向翡翠伸出手。随着一阵眩晕，眼前事物消失。过了一会儿，新谷又出现在眼前，接着她也离去了。

"将这个和我刚刚的话结合起来看，也就可以表达成这样——"

一、有本来到洗脸间。有本打开壁橱门，将镜子朝向旁边。

二、别所来到洗脸间。别所关上壁橱门，镜中映出别所。

三、新谷来到洗脸间。新谷打开壁橱门，将镜子朝向旁边。稍过一会儿，新谷关上壁橱门。

"好了，有本先生和新谷小姐两人都打开壁橱门，避开了镜子。这是为什么呢？考虑两个人的共通点，就可以理解了。"

"是这样啊……他们都很怕鬼。他们一定是害怕镜子里冷不丁

149

地映出一个鬼来——"

"没错。如果实际经历过，那么害怕也是当然的。镜子里会不会出现可怕的东西盯着自己……洗手的这段时间，自己面前的镜子实在太引人遐想，让人害怕。凑巧的是，那面镜子是安在壁橱门上的。只要打开橱门，镜子就朝向旁边，不会进入视野了。与此相反，别所先生则有必要仔细检视镜子。因为犯罪现场——黑越老师的工作间，是整个房子里唯一没有镜子的房间。而且，在杀人的时候，血液四处飞溅。如果自己的脸上或者衣服上沾染了血迹，那么在经过客厅的时候就有可能被我们发觉，别所先生有必要照镜子确认。可是，在他之前使用了洗脸间的有本先生，将壁橱门敞开着就离开了，所以别所先生首先要将它关上。故此，翡翠小姐你所做的梦，就是他们三个人的这一系列举动。"

翡翠睁大着双眼，瞪着香月说不出话来。

"这么一来，那天晚上在洗脸间发生的事情都有了合理的解释。"

"不过，老师，"翡翠眉梢低垂，有点不安，"现在仅仅是知道了梦的真实含义，还有洗脸间发生的事情，这怎么就能判断出凶手是谁了呢？我还是没懂……"

"完全可以判断。"

翡翠的眼神直愣愣的，表情混合了呆滞和震惊——香月心想，能看到她的这副表情，自己辛苦推理出这套理论也算是值了。

"接下来，我要将通过灵视获得的信息，转换成逻辑推理，如果这三个人确实是按照该顺序行动的，那么会发生什么？这个信息是否能给科学搜查帮上忙？是的，能帮上忙。指纹是关键。"

"指纹？"

"我记得警方说，洗脸间的镜子上，留下了不自然的痕迹。有一小块好像被擦拭过，但那上面又留下了新谷小姐的两个指纹：两个来自同一根手指。也就是说，她用同一根手指，在镜子上的一个地方摸了两次。把这个和刚刚的情节对应，可以作如下推理：有本先生打开壁橱后，行凶之后的别所先生来了，他为了确认自己身上有没有沾血，于是将壁橱关上，照了照镜子。但是，他是用沾了血的手关门的。也就是说，在关上壁橱门的时候，也把血迹和指纹留在了镜子上。唯有这样，才说得通为何镜子的那一片被擦拭过。他用黑越老师工作室里拿来的纸巾将血迹和指纹擦干净。所以镜子只有那一部分留下了擦拭的痕迹，而且上面留着新谷小姐的指纹。"

"这样啊……是哦，他走了之后，新谷小姐走进洗脸间，为了不让镜子进入视线，所以打开了壁橱，她的指纹才会沾上去。"

"接着，新谷小姐在离开洗脸间的时候，将壁橱关闭，恢复了原样。这时，她第二次碰到了镜子。这就是为什么镜子上留下的是她同一根手指的指纹。结合这个理论，我向钟场先生提出了三种假设，让他分析到底谁是凶手，才能产生这样的指纹留存状态。"

"三种假设……"

"是的。我们通过你的灵视，得知是谁开闭了壁橱，但我总不能和钟场先生说是做梦梦见的。所以，我分情况讨论，和他验证了过程。前提之一是，零点时壁橱的门是关着的。这个事实经当时在用洗脸间的我亲眼确认。"

接下来，香月依次将三种假设分别说给了翡翠听。

"首先，假定新谷由纪乃是凶手。如果她是凶手，那么洗脸间的壁橱门一定是被有本先生或是别所先生打开了——她发现橱门开着，于是将其关上。她照镜子是为了确认自己脸上有没有沾上血迹。伸手关门时，镜子上沾上了血迹和指纹。所以，她将镜子上的血迹与指纹擦拭干净了。可是事实上，在擦拭的痕迹之上，还留有她的两枚指纹，所以假如她是凶手，就有必要解释为何她又要两次用同一根手指触摸镜子。这种情况如何才能成立？可能的解释是，她在擦干净指纹之后由于害怕鬼魂出现，又打开了橱门，在离开之际将其关上了——但她只需在擦干净指纹之后立刻离开就行了，因为在擦拭指纹之前，应该就已经把手上的血迹洗干净了，所以于理不通。简而言之，如果假设新谷是凶手，她留下两枚指纹这件事怎么看都不合常理。对此，钟场先生虽然承认这确实不自然，却认为是她忙中出错。反过来说，假如我提出了比这个假设更合理的解答，他就有可能采信我的假设。不管怎么说，在特地擦拭干净痕迹之后，不小心碰到一次也就罢了，连着两次'不小心'留下指纹，实在是过于不自然。"

翡翠眉头紧锁，聚精会神地听香月解说。

千和崎来了，她端出了冰咖啡。休息时间喝刚刚好。

"小翡翠，现在你看起来好像是一脑子浆糊啊。"

千和崎说道。私底下，她大概一直是这么称呼的吧。翡翠鼓起腮帮子，瞪了千和崎一眼，但千和崎丝毫不以为意，哼着歌，又回到厨房去了。

"没事的，请你继续，我能跟上。"

她有点气哼哼地说。

香月呷了一口冰咖啡，继续说道：

"下面，我们假定别所幸介是凶手。在这个前提下，那么就是有本先生打开了壁橱，别所先生关上了它，留下了指纹与血迹。他将那些痕迹擦去，接着，新谷小姐来了，开闭了壁橱门，所以留下了两枚她的指纹。这是一个合理的、可以与现实情况相印证的假说。"

"这样还不行吗？"

"不是说不行，但还没有把其他可能性排除。"

香月接着说了第三种假设的验证。

"最后，也就是假定有本道之是凶手。其实这个假设也可以合理解释现场的情况。好，我们假设有本先生是凶手，那么橱门最初的状态就是关闭着的，想照镜子的话无需去触碰。也就是说，凶手也无需去擦拭血迹与指纹，所以留下血迹与指纹本身是不合理的。可是，从害怕鬼魂的有本先生的性格来分析，不能排除他是因为怕鬼打开了壁橱，然后才洗手这个可能性。我不知道刚刚杀了人的人是不是还会怕鬼，但无论如何还是一个值得考虑的情况——他来到洗脸间，注意到镜子，打开了橱门，这时镜子沾了指纹与血迹。接着他仔细洗手，在离开之前关上橱门，确认脸上没有沾到血，擦净镜子上的血迹与指纹。这样一来，之后进来的别所先生便没有理由去触动橱门，再后来的新谷小姐因为怕鬼，开关了橱门，所以镜子上只留有她的指纹……这样的情节也说得通。有本先生犯案的假设也是合理的，这可有些麻烦。"

"要把在梦里显而易见的事情让钟场先生信服，真的要花费很大力气梳理逻辑呢，"翡翠终于弄懂了的样子，"如果是新谷小姐犯案就显得不合理，如果是有本先生、别所先生犯案，则合情合理，这我懂了。然后，你是怎么将有本先生犯案的可能性排除掉的呢？"

"通过电脑锁屏密码。"

翡翠又开始愣愣地眨巴眼睛了。

"新谷小姐想要将黑越老师电脑里不利于自己的文件删除。之所以说'想要'，是因为之前一直都没有成功。那间工作室只能从里面上锁，她多次造访水镜庄，在此之前应该有很多机会，但一直没成功，原因应该是：不知道密码。实际情况也确实如此，电脑是有密码的。可是案发当天，她发现黑越老师尸体的时候，却成功地删除了文件。这又是为什么呢？"

"因为电脑没上锁……啊，电脑当时没锁定！是在黑越老师死后电脑自动上锁之前！"

"说得对。我查了，黑越老师的电脑设定为一小时自动启动屏保，再进入就需要密码了。也就是说，她一定是在黑越老师死去后一小时之内到过案发现场。她穿过客厅的时间，是深夜的一点四十五分左右。如果有本先生是凶手，行凶的时间最晚是零点十分，两者相距一个半小时，所以电脑早就上锁了。从而，新谷小姐就无法删除文件，这导致了矛盾。简单来说，具备了最合理的犯罪可能的，仅有别所先生而已。"

这是一个不仅符合指纹，也符合新谷证言的剧情。

听了香月的理论，钟场终于将怀疑对象从新谷由纪乃转移到了别所幸介身上。

据说依照这个理论，警方申请了搜查令，对别所幸介居住的公寓进行了搜查。

新谷由纪乃被警方请去警局协助调查，这件事起了一些意料之外的效果。别所大概因此放松了警惕，在一条疑似行凶时穿着的牛仔裤口袋里，被查出了血液反应与DNA。他家附近的垃圾堆放处也有未回收的垃圾残存，其中找到了含有足够的血液、可用于采集DNA的纸巾。DNA与黑越笃一致。当时，他一定是将擦拭了血液的纸巾塞进了牛仔裤的口袋里，并在香月等人面前瞒天过海了。他之所以没把纸巾丢在凶案现场，据说是害怕被提取出自己的指纹或皮肤碎片。

"动机是什么呢？"

"是《黑书馆杀人事件》。他供述说，就是那天晚上，他发现黑越老师的新书里用了自己的点子。于是酒一下子醒了，跑到黑越老师处诘问……结果黑越嘲讽他没有才能，他一时冲昏了头脑才下手杀人。"

"原来是……这样……"

翡翠低下了头。

她沉默了一会儿，好像在回味黑越对别所说的话，接着说道：

"那一句话，轻而易举地翻转了别所先生的灵魂啊……"

翡翠曾经说过，她第一次感知到人的气味可以在短时间内发生变化。香月咀嚼着这番话的含义。仅仅因为一句话，一瞬间人生天翻地覆——这对于每个人来说都是有可能发生的。香月自己也有过类似的体验。只要合上眼帘，说出那句话的人的表情就会鲜明地浮现在脑海。仅仅一句话，就能让自己好似换了一个人，那种瞬间，一定是存在的。

"可以做到不杀人的人，只不过是没有遇到那种不幸罢了，人与人之间恐怕并不存在特殊的差别，"香月深深地叹了一口气，"谁都有可能因为一点小事犯下杀戒。有些人不必经历这一切，但那仅仅是运气比较好罢了。我们靠这一点点差别而苟活着。"

"老师，如果你遇到了和别所先生一样的事情……也会杀人吗？"

香月看着翡翠忐忑不定的眼神，笑着安慰道：

"我才不会因为那种理由杀人呢。"

但其实，不站在相同的立场上，谁又能说得准呢？

那天晚上，涌上别所幸介心头的，是怎样的情绪？

说起这个，香月想起钟场说过的一件事。

据说是别所坦白时讲述的内容。

"他说自己觉得好像有个奇怪的声音在耳畔低语。有点怕怕的，让人毛骨悚然……不知道该怎么形容，就是某种东西在耳朵边上告诉自己：要杀就趁现在。"

这个嘛，估计是想要主张自己当时精神失常，故意扯谎而已。

钟场对此嗤之以鼻，笑着摇摇头。

但是，香月陷入了思考。

那座水镜庄里，也许存在着什么。

前几天，香月在水镜庄附近的图书馆查阅了陈年的地方志。因为网上有人说那里存放着有关建造黑书馆的英国人的一些记述。黑书馆的主人，的确是不知所终了。但是在他之前，还出现过一个失踪者——那是英国人的独生女。资料里有一张古旧的黑白相片，香月看到它时不仅顿生寒意。虽然看不出眼睛的颜色，但相貌与香月在镜中看到的白人女子并无二致。香月当时看到的真的是错觉吗？

到底是什么样的妖异，以什么样的目的，给翡翠展示了那个梦境呢？

又是何方神圣为了什么，在别所幸介的耳畔恶毒地低语呢？

黑越笃真的什么都没感觉到吗？

他是不是也被人在耳畔轻语过？

比如说——

将你徒弟的点子偷过来用吧！

他是不是也被这样的话语诱惑过呢？

香月总觉得，那里存在着一种对人类略带嘲讽的意志，这是不是想多了呢？

在那个地方诞生的黑书，是以什么人的牺牲为代价，又会召唤来怎么样的存在呢？

潜伏在镜中的事物，连翡翠都难以判别其真身。

香月感到背后有人在看他，回转身。

只见墙上挂着一面旧旧的古董镜。

那里本不应有任何人的视线。

智能手机响了。

不是香月的，是翡翠的手机。"是由纪乃。"

翡翠好像有点洋洋自得，笑着说。

"在那之后，我们有时候会发发信息呢。"

看着翡翠骄傲的表情，香月脑海中的胡思乱想一扫而空。"你们能成为朋友吗？"

有失去，也有获得。

现在，应该知足了。

对香月的提问，灵媒姑娘颔首而笑——

"Grimoire ends"

间奏 II

又失败了。

鹤丘文树俯瞰着从白皙腹部流出的鲜血，心灵被空虚笼罩。

那女子已经奄奄一息。在被刺中腹部之后，她屡次向鹤丘求饶，以泪洗面。她的眼妆被泪水洇开，因痛苦与绝望而扭曲的表情看起来丑恶至极。

远远达不到那时的程度。

关于那一天的回忆。

自己如此渴望重获当天的感受，为什么却这么困难？

女子没有回答鹤丘的问题。不仅如此，她还止不住地叫，身躯可怜兮兮地挣扎着。果然还是很痛吗？是因为很痛所以才会死吗？也就是说，全都怪我喽……？是因为我，她才被杀死了吗？

不会的。

绝对不会的。

在被捅了一刀的时候，她的命运就已经注定了。

她并不是因为我拔出刀子而死的……

鹤丘摸着自己的下巴。接着，是面颊。女子的血沾在他的手上，也沾上了他的脸庞。这微温的触感唤醒了他关于那一天的回忆。美丽的发丝，温柔而扭曲的笑脸，被血染红的赤裸女子……

没关系的，不是文树君的错……

话语在耳中回响。那是自己大脑创造出的幻象，还是真实刻印在记忆里的事实？不知道。他想知道。所以，实验必须进行。

可是，实验的频度明显提高了。这应该是自制力逐渐失控的表现。再这样下去，恐怕会作茧自缚。运气总不会一直站在自己这边。他所相信的预感与直觉，在敦促自己冷静下来。是哪里出错了？是当时的选择吗？这个问题一直困扰着鹤丘。不过，那仅仅是杞人之忧吧？就现在看来，警察根本没有摸着自己的边呢。

现在的做法，应该是没错的……

鹤丘的视线落在女人的尸体上。

"喂，刚刚不痛的吧？"

他问道。然而女人没有回答。

"那一边有什么？有些什么呢？"

女人没有回答。

究竟是为什么不能向死去的人提问？

一旦死了，就无法得知对方在想些什么了。这也太……

这个世界太不合理了。

鹤丘在客厅里踱了一会儿步。

忽然，他看到了桌上摊开的资料。

那是鹤丘的实验对象候补者的资料。那里边有女孩子们的照片，他自己收集到的尽可能详细的住址、电邮、社交网络账号等等。这是鹤丘留下的唯一可以称得上是证据的证据。这个资料集一旦落到警察的手里，自己就罪责难逃了吧。可是，警察根本就不可能找得到这个地方。就算真的到了那个地步，警察也不必收集什么证据了——因为那时，他们一定已经锁定了自己。

鹤丘的目光落在其中一枚资料上。

一张照片吸引了他的注意力。

那上面有一个女孩和一个男人，但那男人显然没什么所谓，都没拍全。

焦点完全在女孩子身上。

娇小的身体，呈波浪形的长发光泽动人。

掺杂着北欧血统的、洋娃娃般的美貌。

还有温柔的眼神与和煦的笑靥。

照片里是一具完美的实验素材。

城塚翡翠。

多美的名字呀。

光是照片，就散发着可爱的气息。

她看起来就是鹤丘的理想化身。

无论如何，都想用她进行一次实验。

鹤丘所相信的直觉，正在催促他如此做。可是，他的理性告诉自己：仅就她的住处和交友关系来看，那么做会带来巨大的危险。故而鹤丘踌躇了——在冲动与理性的夹缝里，他在犹豫该怎么办。如果不将她定为目标，自己会获得安全。可是，他难以违逆自己涌动的欲望。

她身边的那个人有些碍手碍脚。但只要化解这个障碍，实验应该还是可以进行的。

啊，快一点就好了。

再快一点。

快一点将这锋利的刀刃，送进她的皮肤。

"不痛的吧？"

鹤丘喃喃低语，拖动地上的女尸。

"那一边，有些什么呢？"

亡者啊。

请回答我吧……

第三章　女高中生连续绞杀事件

这是第几个人了？

香月史郎将签好名字的书递给了站在面前的女子。

"请问，可以和你握手吗？"

"嗯，当然可以，谢谢你。"

香月握住对方伸出来的手，女子露出略带羞涩的笑容，微微鞠了一躬。香月对她致谢之后，她回到了在一旁等待的友人身边，两人拿着同样的书，欢呼雀跃起来。站在香月身边的编辑河北将下一位读者准备好的书与写着姓名的纸条放到了他面前。香月落座，翻开书页签名。

"老师，可以和你握手吗？"

"嗯，当然——"

他还没有写好名字，对方就已经出声，香月不禁抬头望去。

面前站着的是一个年轻女子。

她穿着一件白衬衣，胸前是看着很轻柔的褶边。朱红色的高腰裙突显了她的纤纤细腰。长长的黑发在耳畔绘出和缓的波浪，修剪得齐齐整整的刘海向内弯曲。

"翡翠小姐——"

正是城塚翡翠没错。

她微笑着伸出了小手。

"吓我一跳，"香月说道，"你来也没和我说一声——"

香月握住她伸出的手。

"我想吓老师一跳。看你惊讶的样子，看来是成功了呢。"

翡翠说着，顽皮地吐了吐舌头——是粉色的。

"这是慰问品。给你增加行李了，对不住，请笑纳。"

香月接过了一包装在可爱提袋里的点心。

"谢谢你。啊对了，可不可以稍等我一下？这边结束后会有个庆功会，要不要一起啊？"

"哇，真的可以吗？"

"嗯，当然了。我的编辑好像也很想认识你呢。"

坐在一旁的河北脸上一副"这位是何方神圣"的讶异表情，他用眼神向香月探询着。香月和他说过上个月在水镜庄发生的案件，所以觉得将翡翠介绍给他也顺理成章吧。

"话说回来，老师的女粉丝还真多呢，有一半吧？"

"哪里哪里，虽说是推理小说作家，但我写的不属于本格推理，更偏悬疑一些，是女性读者也容易读得进去的作品。我很荣幸。"

香月坐回原位，先给翡翠签了名。他看了一眼，等待签名的读者还剩一个人。时间虽长，但感觉过得很快。

最后的读者是一位少女，穿着高中生的校服。香月的读者里，十几岁的并不算少见，但他还是头一回看见有人穿着校服来签名的。领带状的翠绿色领巾垂在胸口，很是可爱。今天是工作日，可能是学校放学后立刻赶过来的吧？少女看起来有点紧张。递过来的纸上写着：藤间菜月。

"今天是放学回家路上特意来的吗？"

香月一面签名，一面问道。少女点点头。

她没有说话，可能有点紧张吧。香月觉得勉强她说话有些强人所难，他很快签完，将书递给少女，正想道谢，少女终于鼓起勇气说道：

"那个，香月老师——"

接着，她递上了一个可爱的信封，鞠了一躬。

是粉丝来信？香月正暗自高兴，但随后传入耳中的话语却出乎他的意料。

"香月老师，有件事想麻烦你。你能帮忙解决我们学校的杀人案吗？"

*

"第一个案子发生于今年年初，二月十五日。被害者是武中遥香，刚满十六岁。她是该校高中一年级的学生，本该从补习班回来的她不见了踪影，焦急的父母报了警——第二天早上，带狗在公园散步的老人发现了她的遗体。"

还是那家熟悉的咖啡馆，最里面的卡座。在别的座位上看不见这里，正因如此，钟场正和从文件夹里取出照片在桌面上排开时丝毫没有犹豫。

第一张，似乎是入学仪式时拍的少女生前的影像。

接下来，是她香消玉殒之后令人不忍直视的惨状。

“是绞杀吗？”

少女细细的颈项上，有一些变色之处，看起来像是绞痕。但是，少女那惨不忍睹的脸庞才是香月猜中少女死因的主要依据。

惹人怜爱的双眼空洞地睁着，嘴角歪斜，好像在痛苦地喘息。她的面颊淤血，即便已经拍成照片，那变色的脸还是让人不忍多看。

“凶器还没有确定。绞痕比较模糊，所以推测是围巾或是质地柔软的布类。衣着并不凌乱，也没有被性侵的痕迹。推定死亡时间是二月十五日的十六点至十八点半左右。我们推测她是在从学校去补习班的路上遇害的。”

“她的脖子上有抓痕，手指甲里有没有检出凶手的皮肤组织或者凶器的纤维？”

钟场重重地叹了一口气，又推出一张照片。

“她的指甲被很仔细地修剪过了。所以，似乎无法检出凶手的DNA。”

照片上是被害人放大的手指。可能是用指甲钳剪的，剪得相当深，手法堪称偏执。

“刚发现的时候，遗体的状态就是这样的吗？”

香月指着一张照片问道。

这是一张少女全身的照片。遗体仰面躺卧在如同床榻般的公园长椅上，水手服上面盖着一件外套，端端正正。

“是啊，大概是凶手干的。”

“案发现场呢？”

"和遗体发现地一致的可能性很大。在长椅附近，地面上留下了不少鞋底摩擦的痕迹，可能是挣扎造成的。但是，没有留下称得上'脚印'的痕迹。如果地面再软一点，说不定就可以采集到比较清晰的脚印了，可惜。"

"搜查本部一成立，我们就按照怨恨杀人这条线进行了排查。询问过被害人学校的朋友之后，我们得知她正与一个年长男子交往。为了找到这个人，颇费了一番周折。因为现在的年轻人好像都不把交往对象的联系方式存在手机里了。"

"噢噢，都是在社交网络上相互往来的吧。"

"嗯，她使用的那个 APP 加了锁，所以费了很大工夫，最后终于发现是一个在补习班打工的人，叫今野悠真，二十一岁。我们找到当事人，他说女生只是找他谈了谈心，但否认是在交往。我们调查了他的基本信息，正准备搜罗证据，却发现他有不在场证明。"

"是非常可靠的不在场证明吗？"

"是的，他被监控摄像头拍下来了，所以案情追踪不得不回到原点。我们重点分析了她的交际网，但并未出现特别令人生疑的人物。同时我们也追查了犯有前科的人物，也是如堕雾中，时间白白流逝……后来，到了被迫缩小搜查本部规模的节骨眼了——"

"这时候，发生了第二桩案子？"

"第二起案子发生的时候，刚好是第一起案子发生后的四个月，六月十七号。被害人是北野由里，十六岁，和第一个被害人上的是同一所高中，二年级。这次也是父母报的警，因为当事人从学校放学后迟迟不归，引发了担忧。因为有第一个案子在前，所以警察立刻展开了搜索，于深夜一点钟左右发现了遗体。发现地是距离高中不远的一处建筑工地，那里本来计划建造一栋综合商业楼，但几年前发生过一次事故，所以工程就中断了，地方就此闲置在那里。"

钟场一面说，一面和刚刚一样，在桌子上摊开了几张照片。

"作案手法有变化啊。"

"是的，但是是同一人物犯案，勒痕是一致的。凶器都还没有弄清，而且这个信息也没有传到媒体那里去。所以，会留下同一痕迹的，无疑只有这个残忍的凶手。"

照片中的少女遗体上，衣着十分凌乱。可能是因为下雨，仰面躺在地上的少女身体被雨滴微微打湿。如果抛开那凄惨的表情，整个人看起来甚至有些明艳动人。

她身上的水手服被掀起，几乎可以看见内衣，秀气的肚脐眼露在外边。裙摆也凌乱，白色的内裤缠在其中一条腿上。被扯下来的翠绿色领巾落在一边，对折成了三角形，是这一片阴郁色调里面唯一的亮色。领巾上留有似乎是便鞋脚印的痕迹，应该是抵抗时的挣扎造成的，这不禁令香月想象案发当时的凄惨场景：被害人被卑鄙的凶手抓住，虽然拼命想要逃脱，却被强行剥去衣服，推倒在地。少女的脖颈上被凶器缠绕——

"做 DNA 采集了吗？"

"嗯，很遗憾的是，无论是唾液还是体液，什么都没能检出。可能是被小雨冲刷掉了。剪指甲的手法也是一致的，皮肤组织也检不出。可是，有一点比较奇怪……从解剖结果看，我们发现凶手没有对被害人进行性侵害。"

"没有性侵……是没有留下痕迹？虽然衣物被脱去了一半，但没能够更进一步……"

"说不定是性功能不全的人干的。那种靠绞杀少女来获得快感的疯子。"

香月沉默不语，仔细对比了两张少女遗体的照片。

是不是在第一次作案时，凶手抑制住了自己的冲动，但第二次没能抑制得了？不对，如果说凶手抑制住了冲动，那第一起案件究竟是为了什么才杀人的呢？

"因为有了第二起案子，搜查本部重整旗鼓，但还是摸不着头绪。这里虽说是东京，但已经是郊外的农村地区了，监控摄像头的数量本来就不多，也得不到什么关于可疑男人的目击信息。按理说，外部人物的出现应该比较醒目才是，但排查后发现，完全没有可疑人物或车辆的信息。"

"以防万一，我还是确认一下：这两起案子，和这几年惊动关东地区的连环抛尸案作案手法不一样对吗？"

"是啊。那个人是用刀子的，而且杀人现场到现在都没找到。被害对象是二十来岁的女子，这次是十几岁的少女，差别挺大的。有可能是受到了那个人的启发，但犯案者应该不是同一人。"

香月伸手托住下巴，陷入了沉思。

"总而言之，就在这种毫无进展的情况下，时间又过去了三个月。我和搜查本部的管理官之间还比较熟悉，所以他曾向我征求了意见。这个案子受关注程度比较高，所以我想是不是能借助作家老师的智慧一用？我是这么盘算的……"

钟场表情略显诧异，大概是觉得自己还没说，为什么反倒是香月对这个案子起了兴趣。

"啊，这个……虽然是不太常见的案子，但这回是我的一个读者专门拜托了我。"

藤间菜月把信件递给香月时，还不等他回答就迅速离开了。香月一开始以为是什么恶作剧，当场拆开一读，这才知道几个月前在电视上闹得沸沸扬扬的案子还没有了结。香月确实曾经协助过警察破案，但是那仅限于钟场向他求援的情况下。他本人是侦查的门外汉，而日本警察本身也很优秀。这封信件来自一个痛失友人的少女，想要抓住救命稻草的心情确实也让人心疼，但自己可能还是不得不写一封婉转的回绝信。

但是，他后来在庆功会上改变了心意，这都是因为翡翠的一句话。

"我觉得，你应该去帮助她。"

香月觉得，说这句话时，翡翠用灵媒的眼神凝视着自己。

"你从那个少女身上感觉到了什么吗？"

"怎么说呢，有一点……但不是很明确的东西，只是直觉。"

如果是她的直觉，也许值得去跟进。香月知道，她大概出于职业习惯，难以对此熟视无睹。更何况，翡翠的能力是货真价实的。

次日，香月联系了钟场。

出人意料的是，钟场也正想和香月联系，请教这个案子。

"我们的管理官也知道你贡献颇多，所以可能能向搜查本部疏通一下关系。当然，不是正式的渠道。要不要先看看犯罪现场再说？"

"好吧，但是除了我之外，还有一个人得和我一起去——"

*

"那个……她，到底是在干啥啊？"

犹犹豫豫地提出这个问题的，正是搜查本部的虾名海斗巡查部长。

虾名部长看起来不到三十岁，是搜查本部里为数不多的娃娃脸，说是大学生也可以勉强混得过去。据说他是被搜查本部长指派，代替钟场带领香月等去勘查现场的。搜查员行动时原则上需要两人一组，但香月介入的事情不能对外公开，所以今天虾名刑警是单独出勤。他知道香月曾经在别的案件中大显身手，所以对其并不反感，同时，外表看起来不大像个刑警，也是他被指派的理由之一。现在，他正带着香月二人来到第一个案子的现场，也就是那个公园，并向两人解说当时的状况。然而——

香月顺着虾名的视线望去，点了点头。

"啊，你是说她啊。她正从被害人的视角出发，试图重新确认案发时的状况。很多时候，通过场景重现，可以了解遗体当时的状态等相关信息。"

"原来是这样。真不愧是破了很多高难度案件的香月老师，这

171

种搜查手段，简直就像拍电视剧一样！"

两人望着公园的长椅——那上面仿佛躺着一个被弃置的洋娃娃——城塚翡翠正躺卧在那里。她可能是意识到今天是和警察同行，所以穿了一套素雅的米色套装。而衬衣则一成不变，依旧是胸口带有褶边的款式，大概她特别中意这样的风格。紧身裙下两条细而直的腿上穿着丝袜，穿着同色系高跟鞋的脚伸出长椅边缘，悬在空气中。拳曲的黑色长发也溢出了长椅，几乎垂到地面。

她好像是在等待什么，一直合着双眼。

香月对虾名所说的理由当然是信口胡诌的。他对虾名说，翡翠是自己的助手，拥有卓越的推理能力。不久前第一次和虾名碰头的时候，还发生了这么一段小插曲：

"虾名先生，莫非你不久后即将成婚？"

"啊，是的。话说回来，我都没戴戒指，你是怎么知道的啊？"

"这是基本的推理。"

翡翠嘻嘻一笑，但并没解释她是如何推理的。

香月后来悄悄询问了翡翠，她说虾名整个人都洋溢着幸福的气息。总之，虾名从此就对香月和翡翠的实力深信不疑了。

翡翠首先提出，想要和被害少女躺成相同的姿势。

她一定有自己的理由。香月觉得她应该不至于突然就开始进行降灵，但可能是在探寻某些灵感反应。据说，当翡翠和死者之间有某种程度的亲和度时，可以更容易地触发所谓的"灵魂共振"。

翡翠睁开双眼。

接着，她一脸无奈地凝望着阴云密布的天空。

"怎么样？"

香月站在长椅旁，俯身向翡翠问道。

"抱歉。"

从表情看来，似乎出师不利。香月拉住翡翠的手，帮她坐起身来。

"什么都感觉不到，可能是时间过得太久了。"

"是啊，毕竟过了半年多了。"

但是，翡翠在长椅上这么一躺，也搞清了一些事情：这个公园四周被绿植环绕，被害人躺在长椅上时，从远处看不大清。而且从公园一侧的步道看过来，长椅正好位于放置防灾用具的临时板房的阴影里，所以就算凶手在做剪指甲等伪装工作，行人也几乎看不见。毫无疑问，作案者对地理环境有相当程度的把握。

香月翻开虾名递过来的案件档案，读了起来。

"凶手好像就是在这里将被害人勒死的吧？"

"嗯，应该是，"虾名答道，"目前我们没有发现尸体被移动过的痕迹。从尸斑等特征判断，遗体应该是在死后立刻就被横放在那里的。"

"假设杀人现场就是此处，那好像也没有迹象显示被害人是被强行掳到这里的吧？"

"嗯，没错，这里和大路稍有距离，没有你说的那些迹象。"

"也就是说，凶手可能是假装要和被害人谈话，一起坐在了长椅上，"香月伸出手指摸摸下巴，思索着，"很难想象一个女高中生会一个人坐在这种地方，所以，凶手一定和她同行过一阵子。恋人，抑或是朋友，属于可以两个人很自然地并肩坐在长椅上的关系。然后，就不知道是怎么样——"

这时，翡翠开口了：

"这样吧老师，我们来重现一下现场？"

她一对翠绿色的眸子闪动着，柔软的小手握成拳头，看起来跃跃欲试。

"重现？"

"我来扮演女高中生，老师你是凶手。"

翡翠一边说，一边坐在了长椅上，还歪着脑袋瞥了香月一眼。

"原来如此。"

香月合上手中的资料，也坐在了长椅上。

翡翠立刻贴了过来，填掉两人间小小的空隙。

"案件发生时是冬天吧？"翡翠坏笑道，"天寒地冻，在这样的地方并肩而坐，两个人肯定是比较亲密的关系喽？"

"虽说不能一概而论，但确实，你说的这种可能性很大。"

两人之间，正是肩头相触的距离。

从她的身上传来很好闻的味道，翡翠却并不以为意，两眼忽闪忽闪，好像在观察香月在想些什么。这副表情看起来实在过于天真无邪，不禁令人产生想要恶作剧的念头。香月盯着翡翠，低声说：

"那么，我们就是恋人喽？"

"咦？"

翡翠睁大眼睛，朱唇微张。

"总之，先按照这样的角色设定进行好了。"

"哎，啊，是，是这样呢，按照，按照这样的设定……"

她的脸颊眼见着涨红了，又垂下了脸庞。

"咳咳。"

旁边的虾名清了清嗓子。香月觉得他的视线有点扎人，不禁苦笑了一下，但还是得把短剧演下去。

"那么，这个也许和被害少女关系亲密的凶手，就在两人并肩坐在长椅上的时候，出其不意地拿出了凶器——对了，好像是从正面勒死的吧？"

"啊，是的，"虾名看了看手中的笔记本，点了点头，"从勒痕上可以看出施力的方向。应该是从正面，用某种布类绕住脖子下手行凶的。因为当时是冬季，所以我们推测使用的可能是围巾。"

现在手边没有合适的替代品，于是香月用哑剧的手法，假装手上拿了一条围巾，身旁的翡翠眼前一亮。翡翠也领会到了香月的意图，睁大了眼睛。

"哇，我要被老师勒死啦。"

"是这样的。"

"还真是有点心脏扑通扑通的呢。"

香月正要将这条想象中的围巾绕上翡翠的脖子，手刚开始动——

"老师，请表演得更逼真一点吧。"

估计是因为香月的动作略带犹豫，所以被翡翠瞪了一眼。

"逼真的演技……"

"老师演的是杀人魔哦。你应该很擅长的呀。"

"什么？"

"你是悬疑小说作家呀。"

"怎么讲，我虽然会写那种场景啦，"香月苦笑着，看着自己逡巡不定的双手，"两个人坐在一起，就算凶手是男的，和被害人的身高差也还是会缩小，要想把围巾绕在脖子上会有点不顺手。而且是从正面，我觉得对方会逃开的。"

"如果是男性给女生围上围巾的话，女生可能会毫无戒心噢。那个……说不定是这样，闭上眼睛呢？这样的话，可以勒死吗？"

翡翠边说边合上了眼帘，下巴微微扬起，宛如在等待一个吻。

她白皙的脖颈绘出一道舒缓的丘陵。

带有褶边的衬衣胸口毫无戒备地敞开着。

这时又传来了虾名的咳嗽声。香月循声望去。

"嗯，城塚小姐说得没错，我们当时也是这么推测的。被害人的随身物品中并无围巾，所以这个剧情的可能性很大。可是这样一来的话，第二起案子就让人搞不懂了。"

"你是说，六月不会有人围围巾，对吗？"

"是啊。第二次作案，手法是一模一样的，是从正面勒死的。"

若是从背后突然袭击倒也罢了，但从正面将凶器缠在被害人的脖子上，动作很大，不管怎样都很令人起疑。被害人一定会抵抗或是逃跑的。那样一来，被害人就一定会离开长椅，留下以手撑地，或是跌坐在地的痕迹吧。

香月再次翻开资料，确认其中是否还有值得留意的信息。

"话说回来……这是什么呀？这个，地面上的线条状痕迹。"

资料里有一张照片缩小后的图片，尺寸过小，无法看清。

"啊，这是在那边留下的。"

虾名答道，朝边上示意——旁边是一座油漆斑驳的滑梯。

滑梯静静矗立在距离长椅仅两米的地方。

"据说以前还有其他的游乐设施，但被拆得所剩无几了。这个滑梯也不是很高，所以得以幸免。喏，就是这一块。"

虾名朝滑梯的近旁示意道。

"从这里开始，朝向长椅的方向画了一条刚好一米五左右的线。讲老实话，我们也不确定这和案件有没有关系。是一条很浅的线，靠肉眼几乎无从分辨。本来这里就不是那种能留下足迹的地面嘛。鉴识科的人保险起见，还是拍了照片，但大部分人都觉得那是小孩子用树枝之类的东西画出来的线。"

而现在，地面上的痕迹早已消失殆尽。

很遗憾，其他好像没什么值得看的了。

香月二人坐上虾名的车，一起赶往第二起案子的现场。

第二起案子的现场，车程十分钟都不到。他们将汽车停靠在路边，走进一个被围挡隔起来的地方。这里也拉上了警戒线——上面有风吹日晒造成的污迹。

围挡的拐角处，有人供上了花束。

花束好像是在昭告世人一个事实：这里，有一个花季少女殒命。

翡翠停下脚步，双手合十。香月也效仿之，闭上了双眼。

稍过片刻，虾名抬起警戒线的胶带，一面示意两人入内，一面说：

"这片地皮的所有人说这里暂时不会挪作他用，所以允许我们保持原状，直到案件有眉目为止。"

这片原本的建筑计划用地四周被围挡板隔离开来，但为了方便建筑机械和建筑材料进出，进口和出口都留得很宽敞，想要侵入轻而易举。据说这条街的交通量并不大，行人大多是上下学的学生。和第一个案发地一样，这里也是个可以避人耳目、放心进行犯罪活动的场所。

这片地面已经被整平，但工程似乎没进行下去就已经停了。场地一角有一间临时板房，除此之外就只有一些用于工程的钢筋堆放着而已，如果不是有围挡，看起来倒更像是公园或空地。

可能因为知道这里是杀人现场，令人不免产生了一些奇妙的错觉，好像空气都变得凝重了起来。总觉得围挡投下的暗影处好像有什么人在窥伺。

这里虽然看不见树木，但能听见树枝在风中摇曳，沙沙作响。

额头上，不由得渗出了一些汗珠。

"遗体是倒在这一片的。"

虾名走到临时板房近前，示意脚下的地点。虽然现场保存完好，但是现在已经没有任何迹象显示有一位少女曾经倒在这里。

"推定死亡时间是十六点到十九点。遗体淋了雨，所以推定的时间范围稍微大了些。这里的地面本来应该可以留下脚印的，但是因为小雨，变得模糊不清，我们只采集到了被害人的脚印。"

"天气预报报了会下雨？"

"是的。极有可能是凶手期望着这场雨将证据洗去。"

香月向翡翠望去，只见她伫立在遗体倒地的场所附近闭上了眼睛。她是不是也感受到了这片空间里微妙的扭曲呢？

临时板房的门是关着的。小屋有窗户，但里面几乎空空荡荡。

"房门没上锁，可里面什么都没有。其实这里倒是很适合流浪汉蛰居，但里面积满灰尘，不要说人迹了，连足迹都没有半个。"

小屋的侧面靠着一架梯子。可能是施工需要的工具。

"看起来不太像是因为被凶手追踪而不小心逃进来的样子呢。"

这条街上还有别的建筑、住家，没有必要特意逃进这种地方来。

"这样一来，那就只可能是和朋友或是恋人这样亲密的人一起进来了。"

"到这种地方来，到底是要干什么呢？"

"是约会，还是幽会……恐怕还是恋人吧。这里有个简易板房，看着不像偶然。"

"噢，也就是说目的是做爱喽？"

虾名脱口而出，但又慌忙闭嘴，朝着翡翠的方向心虚地一瞥——他可能意识到这么直白的语言，不大适合在楚楚动人的女孩子面前说。

不过，翡翠只是抬起下巴，好像凝望着虚空中的一个点，一动不动。

她的神色，好像在探寻着什么。

"就算是以那种事为目的，似乎也不是常有的事。毕竟简易板房里边都是积灰。"

"在搜查会议上也有类似的意见，但还是留有很多疑问。比如，假如凶手是以杀害为目的将被害人带到此处，那么为什么不在室内杀人？如果双方默认要在小屋里亲热的话，在小屋里勒脖子可以减少很多被看见的概率才对呀？"

"说不定是被害人临时犹豫了？她正想离开的时候被凶手袭击，凶手试图剥去她的衣物，领巾落在地上，然后急于逃走的被害人在上面踩了一脚。凶手将凶器缠绕在挣扎的被害人的脖子上，不得已将其杀害了……话说回来，凶手一开始的目的很有可能是强奸，但未能实施，最终杀了人。因为准备了凶器，所以可能是想在事后进行杀害。会不会是凶手在犯下第一个案子的时候，唤醒了倒错的性冲动呢？"

"啊——你是说那种一面勒脖子一面进行的，是吧？"虾名眉头紧锁，"在第一个案子里尝到了勒脖子的快感，唔。于是乎，想尝试在干那种事的同时勒住对方的脖颈。这样就可以解释为什么凶手要去脱被害人的衣服了，对吧。"

但少女的抵抗比预想中激烈得多，凶手不得已，只能迅速将其杀死了。如果按原计划，应该是准备在性行为进行到一半的时候下手的吧。

香月一边低头翻看资料，一边朝堆放钢筋的地方走去。这里已然经过鉴识科的仔细调查，不至于有什么遗漏，但他也想不到还有什么地方值得细看了。

"前辈……你为什么要这样……"

"嗯——?"

香月循声望去。

只见翡翠站在原地，面色苍白。

她的身体左右摇晃，踉跄起来。

香月慌忙抢步上前，一把将险些要摔倒的翡翠抓住。

"翡翠小姐!"

她的嘴唇张开，好像在大口喘气。

翡翠浑身无力，脸色发青，双膝跪在了地上。

她抬起手，在咽喉处抓挠，好像喘不上气来。接着开始解自己衬衣的扣子。香月托着她的躯体，角度刚好可以窥见领口下、被白色胸罩包覆的胸脯。

"啊，啊……"

在翡翠大大的双眼中，泪水满溢出来。

"没、没事吧?"虾名赶紧跑过来，一脸慌张，"怎么了?"

翡翠静静地摇了摇头。

她缓缓地恢复了正常呼吸的频率。

"我，没事的……不好意思，站久了，有点头重脚轻。"

虾名有些奇怪地盯着翡翠。

"是老毛病，"翡翠脸带泪痕，微笑道，"已经没事了。"

"是、是吗?"

就在这时，手机的来电铃声响起。

虾名从西装外套里掏出手机，确认了一眼屏幕。

"抱歉，是别的事情。"

他朝出入口走去，接起了电话——可能是有关别的案件，不想被外人听见。趁此机会，香月对翡翠说：

"你能站起来吗？要不在那里坐一下吧。"

堆积在场地内的钢筋，高度刚好可以落座。

翡翠点了点头。香月搀扶着她，在钢筋上坐了下来。

"你是不是看见什么了？"

听闻此言，翡翠抚摸着脖颈，面带痛苦地点了点头。

"这一次……很激烈。"

她抬起被泪水沾湿的双眼，仰视着香月。

"老师……凶手，是女孩子。"

*

香月大惑不解。

他仰面朝向阴云密布的天空，思索着翡翠话中的含义。

从凶手迅速与被害人建立起亲密关系的情形来看，他一开始推测的凶手侧写是与被害人同校的男生，他从来没考虑过女生这种可能性。

原来如此……如此说来……

"老师，你听见我的话了吗？"

听见翡翠略带不安的声音，香月点点头。

"嗯……不过，那个，你还是，先把领口扣起来吧，如果不是那么闷了的话……"

"咦?"

他听见某种好像深吸了一口气的声音。

稍过片刻,他望向翡翠。

她的脸颊红彤彤的,低头不语。

带有褶边的衬衫胸口已经扣严实了,嘴唇似乎也逐渐恢复了血色。

"对、对不起!让你见笑了……"

"不不,别这样。"

香月心想,总不能说——有幸得见魅力十足的风光,几乎心痒难抑——吧。

他一时不知接什么话合适,只得继续保持沉默。

这样的奇妙沉默又保持了一段时间。

"那个,"香月咳嗽一声,说道,"刚才发生的,是所谓的共振,对吧?"

"是的,可能是因为我和死者的各种属性比较合拍。"

"刚刚你和结花那时候一样说了些话,你还记得内容吗?"

"不。但看见的、感觉到的东西我还记得。我说了什么吗?"

"你说:'前辈……你为什么要这样……'"

翡翠低下了头。

可能是因为还残存着感觉,她一面抚摸着白皙的脖子,一面答道:

"是吗……我感觉到的内容类似于某种画面,有自己脖子被勒住的感觉,和……站在面前的一个女子身影。是一个穿着水手服的女孩子。"

"能看清脸吗?"

"对不起,画面不是那么清晰……但是,我觉得应该是和被害的女孩子同一所高中的制服。"

"如果你刚刚的话是从在这里被杀害的北野由里的口中说出,她是高二学生,那所谓的前辈,也就是高三女生了吧。"

翡翠点点头。

"你看见凶器了吗?"

"没有……作案现场的话,是这里没错……"

这时,虾名回来了。

"城塚小姐,你没事了吧?"

"嗯,没事了,不好意思让你担心了。"

翡翠站起身,对虾名略施一礼。

"虾名先生,我根据现在的信息,对凶手进行了一个侧写,你愿意听听吗?"香月说。

"啊,那当然,欢迎之至。"

他赶忙掏出了笔记本。

"凶手选择了人迹罕至的杀人地点、容易销毁的布质凶器,同时没有留下指纹和脚印,从以上迹象推断,凶手是一个智力极高、同时非常自律的连环杀人犯。这个人接近女生时可以让对方不起疑心,并与之建立起某种程度的信任,可以认为其立场容易获得信赖,同时具备某种吸引那个年代少女的魅力。但是,我有些介怀的是,犯案场所都集中于学校周边:容易引起少女注意的类型

184

之一，是持有驾照的成年男性，但如果是这样，大可以将她们带到更远一些的地方，选择更加偏僻的地点，尽量拖延发现时间。在遗体上，凶手没有留下任何透露出自我表现欲的信息，可以认为，凶手并不想让遗体被人发现。由此我认为，凶手并不持有驾照。再加上，案发现场周边没有可疑人物的目击报告，同时被害人没有对凶手抱有顾虑，两个被害人的推定死亡时间介于学校放学至回家之间的傍晚，综上考虑，凶手是未成年人的可能性极高。我怀疑，是同一所高中的男生——不，更有可能是女生。"

听着香月将他的侧写娓娓道来，虾名不禁瞪大了眼睛。

"这么说来，第二个被害人的衣着凌乱——"

"是死后进行的伪装，抑或是内心有某种性冲动的萌芽，但如果凶手是女生，没有留下性行为痕迹，也没有采集到体液都属于理所当然的事情了。搜查本部有没有考虑过凶手是未满二十岁的少女的可能性，对被害人的交友关系进行筛查呢？"

"……这是个完全的盲点。"

真是个滑稽的推理，完全是个倒推的过程。

谁能想到香月事先已经知道凶手是个女生，所谓的侧写都是为了导出这个结论而胡乱编造的呢？

这种甚至都称不上推理。

只是在拼凑答案罢了。

可是，翡翠的灵视并不能作为证据，所以必须经过这个过程。

"香月老师，这类连环杀手是不是都会带走什么纪念品？这次你怎么看？"

"是啊，这个嘛……凶手确实有可能从现场带走了被害人的所有物之类的，如果能知道拿走了什么，也许可以帮助锁定凶手……"

"话说回来，是同一所高中的学生吗？真头疼啊。"

"此话怎讲？"

"在学校内部梳理交友关系，可是相当麻烦的事。学校属于一种比较封闭的空间嘛……校方当然会协助我们，但一旦知道警方怀疑同校的女生是嫌疑人，成为被调查的对象了，马上就会变得不情不愿。所以我们必须伪装，以调查外部的可疑人物为名义，进行随访。如果破案的关键藏在少女们的交际圈里，那还需要消除她们的警惕心理。总之收集信息的过程会很头疼。"

确实。现有的证据，完全不足以向校方提出"贵校学生涉嫌本案，请配合我们办案"。校方是否肯配合，还是一个很大的问题。而少女们，也可能对警察不信任，从而不吐露秘密。

"这样的话，我觉得不妨通过别的途径试试看。"

香月脑海里浮现的，是那个递上独特粉丝来信的少女的脸。

*

根据信中的内容看来，藤间菜月是该高中二年级的学生，从属于摄影部，她与两个被害人均有交集。

藤间菜月与第一个被害人武中遥香同年级，二人在摄影部相识，关系相当亲密。而她与第二个被害人北野由里也在同一年级，虽然几乎没有交流，但两人是同班同学。菜月在信中写了不少关于武中遥香的事情。她们两人可称得上是挚友，而武中被补习班老师吸引是事实，但二人并没有在交往，以及，她绝不会轻易跟着可疑男子走掉等等——

假如翡翠的灵视正确，凶手是一个女生。

北野由里称呼她为"前辈"，因此怀疑对象缩小成了高三学生。

可是，如果没有明确的理由，就无法向校方要求对全体高三女生进行问话。现在的当务之急，是从两个被害人共同的交友圈子里找出特定的高三女生。首先可以询问摄影部部员，这个主意应该不坏。向学校方面请求协助，就说是为了调查外部可疑人物犯案的线索，实际上摸查两人的人际关系。时间不等人，虾名立刻和校方取得了联系，安排了几天后的访问日程。

"哇，原来这就是高中啊……"

翡翠长长地舒了一口气，仰望着放学后的校舍感叹道。

今天她的装束也偏职业：衬衣配着一条窄裙。香月也穿上了久违的西服，向着警方相关人士的风格靠拢。虾名去做访客登记了，香月和翡翠两人干等着，还没有踏进校舍。现在正值放学，下课的学生们踏上归途，三三两两地出现在楼梯口，一面向惹人注目的翡翠投以好奇的目光，一面向校门方向走去。这里的女生都穿着水手服，男生都是立领式制服，乍一看有点像初中。

只见翡翠满面憧憬，凝望着校舍、操场和无忧无虑的学生，香月瞧着她的侧脸，不禁问道。

"你好像对这里非常感兴趣啊？"

翡翠回望了香月一眼，表情有点忸怩。

"让你见笑了，"她低下头说，"我……其实没有上过高中。"

"原来如此，"香月斟词酌句，"不过，和初中的校舍相比，其实也差不多吧？"

"不，我十五岁的时候来到日本，之前一直住在纽约。我真正在日本的初中上学不过三个月而已。"

翡翠的表情黯淡了下去。

"今天你就当短暂地体验一下高中生的滋味吧？"

"嗯……校服可真可爱呀。"

翡翠紧盯着放学的少女们的身影，眼神里满是艳羡。

虾名带着一个好似教职员的人走了过来。

领着虾名、香月、翡翠三个人去教室的，是摄影部的顾问石内老师。他四十多岁，眼神温和，一看就知道深受学生们的信任。摄影部有一间活动室，但那里太小了，坐不下所有的人，于是他安排了一间空教室，用来给大家谈话。教室里面已经坐了十来个学生，男生很少，女生占多数。藤间菜月也在其中，她看见香月，吃惊地睁圆了眼睛，接着略微低头示意。

"就像我之前说的一样，今天有几位警察会向大家询问那两起案件。这可能会唤起大家悲伤的回忆，但为了两位逝者，还希望大家多多配合。"

长着一副娃娃脸的虾名，无疑是让学生们解除戒心的最佳人选。他首先做了自我介绍，随后又介绍了香月和翡翠，说他们是调查行动的合作者。让学生们兴趣高涨的，自然是翡翠做自我介绍的时候了。学生们大多都看呆了，有些男生甚至看得合不拢嘴。在这紧张的气氛里，一个女生的声音打破了沉默。

"城塚小姐是警官吗？"

"不，准确来说不是……"

"你是混血儿吗？"

"啊，不，但我的祖母是英国人……"

"那就是四分之一混血！真是好可爱呀！好像模特一样。"

"哎，啊，是、是吗？"

"结束后请让我们拍照吧！"

最后这句话是菜月说的。其他女生也毫不示弱，嚷嚷道：

"啊，太狡猾了，我也要拍！"

教室里的气氛顿时变得热闹非凡。香月也愣住了，一时不知如何是好。女生们纷纷举手表示我也要我也要，翡翠慌作一团。

"这个这个……我知道了，你们好好配合调查的话……"

就在这时，石内老师拍了拍手，让大家安静下来。

"好好，大家请安静。大家都不是小孩子了吧？别忘了警官是为了破案才来的，到这里是为了工作哦。"

经过这段小插曲，现场的气氛变得缓和多了。

这样一来，学生们也更容易开口了吧。

首先他们让所有的学生逐个做了自我介绍。发言的主导权由虾名安排，香月则集中注意力观察每个人的神态。女生有七个，男生有三个。相对而言多数男生看起来偏内向，而女生看起来都很开朗。但话说回来，现在最重要的是找到高三女生。不同学年的女生，制服的领巾颜色是不同的：朱红色的是三年级，翠绿色的是二年级，而藏青色的是一年级。也就是说，只需要特别注意朱红色领巾的女生就可以了。

然而——

"我是摄影部的部长，三年级，叫莲见绫子。"

摄影部里，三年级的学生只有她一个人而已。

尽管坐在椅子上，但仍然可以看得出她是个身材高挑的美人。

和其他学生雀跃的神情相比，她的表情往好了说是老练成熟，往坏了说，看起来有些冷冰冰的。她留着一头短发，几乎能看见耳朵和脖子。也许是肩膀较宽的缘故，她看起来带着点宝塚歌剧团男角的感觉。只有她没有参与刚才的喧闹，也没有和其他女孩子说话，只是安静地看着大家——香月和其他人，仿佛在进行某种观察。

"我和武中同学平时交流并不多。我觉得比起我来，她和其他人更亲近一些。但是，她好像很喜欢我的作品，在没有摄影活动的时候，她有时会向我请教怎样才能拍出那么好看的照片。"

绫子泰然自若地回答了虾名的提问。

"我和北野由里同学是同一个委员会的——图书委员。我们有时候会遇见，但并没有彼此的联系方式。我们曾有几次就读书的话题聊得还算投机。"

和北野由里的交集也有了。

如此说来，借着翡翠之口，由里说出的"前辈"莫非就是她吗？

香月看了一眼翡翠。她注意到了香月的视线，神色困惑地摇了摇头。两人之前约定好：如果她弄明白了些什么，会打个手势，两人一同告退。然而，翡翠可能还没能嗅到杀人者的气味吧。

"原来如此，原来如此，"虾名继续问道，"不过，你们记不记得自己二月十五号的十六点半到十八点半，还有六月十七号的十六点到十九点左右在哪里吗？啊，这并不是要问不在场证明什么的。两名被害人是在这两个时间段遇害的，所以我想大家有没有在那个时间段见过她们，或者看到什么形迹可疑的男人？"

"不记得了。我基本上傍晚一放学就回家。我骑自行车上学，有的时候会为了拍照晃晃悠悠回去，但稍微晚了一些就会挨父母唠叨。"

他们继续问了其他几个同学，结果相差无几：能问出同属摄影部的武中遥香的一些信息，但几乎没有人认识北野由里。

"还有谁认识和北野同学比较熟的人？"

香月问道。所有人都微微摇头。

"她好像不是那么热衷社交，看着很文静，怎么说呢，有些拒人千里的感觉。朋友好像也不多，"菜月说道，"她在教室的时候，几乎都是在看书吧？如果她喜欢读悬疑小说的话，说不定会和我合得来……"

菜月低下头，脸上浮现出遗憾的神色。

她们是在同一个课堂上学习过的同窗。

说不定她曾经想过要和对方交个朋友。

"啊，说到爱读书这回事，薰科同学说不定知道些什么呢。"

这时候，石内老师突然发话了。

"薰科同学？"

"薰科琴音，是我班上的，她是班上的图书委员长，很爱读书，所以，她和北野同学在图书委员会上熟识也很有可能。她很爱和人打交道，经常唉声叹气地抱怨找不到爱读书的同学呢。"

"她现在已经回家了吗？"

"说不好，她参加的是游泳部，今天没有活动，说不定在图书室？要叫她过来吗？"

"啊，不必，我们过去一趟吧，"香月说，"正好看看图书室的环境。"

香月一行向摄影部的同学道谢，随后向图书室走去。虾名和石内边走边谈，香月与翡翠紧随其后，趁机小声交换了一下意见。

"如何？"

翡翠摇了摇头。

"抱歉，什么都没看出来。如果能一对一地面谈就好了，刚才是很多信息混合在一起的感觉。不过——"

"不过？"

"那个叫莲见的女生有点特别。很有主见，或者说，个性很强，我形容不好，就是气味比较浓烈。和老师你的侧写很契合。"

"有罪恶感吗？"

"完全没有，"翡翠摇摇脑袋，"她要么是和案件毫无关系，要么是……"

"即便犯下杀人的罪行，内心也毫无愧疚的人……"

说话间，图书室到了。这里比他们想象中宽敞许多，里面散落着学生的身影。相较读书或查阅资料，大多数学生似乎都是摊着笔记本在复习功课。他们怕打扰其他学生，于是拜托石内只将藁科琴音一个人叫到了走廊上。

藁科琴音容姿端丽，戴着一副非常衬她的眼镜，淑女范十足。她看起来已经褪去了少女的稚气，有成年女性的风采了。香月总是禁不住假想对方的形象气质——这大概是他的职业病——藁科看起来完全就是非常符合学校图书管理员或是二手书店店员这种工作的女孩子。

被问及北野由里，琴音镜片后的大眼睛忽闪了一下，答道："啊，是，没错。我们经常聊小说来着。结果她竟然……真是太让人伤心了。"

接着，他们又问了些关于北野由里的交际关系和性格的问题，但得到的有用信息寥寥无几。据琴音说，两人没有聊过小说以外的话题，也没有互换过个人联络方式。

"你知不知道，北野同学有没有和什么人在交往？"

香月问道。琴音歪着脑袋想了想。

"没吧，我也不知道呢。但是我觉得，她应该不会和男人交往的吧。"

"为什么？因为很内向吗？"

"不是，"琴音伸手揉搓着朱红色的领带状领巾，说道，"我猜她呀，多半是在喜欢同为图书委员的莲见同学吧？"

闻听此言，香月和翡翠对视了一眼。

"她喜欢读的书，有不少是描写女孩子之间的感情的。莲见同学又成熟，又帅气，成为北野同学的崇拜对象也不稀奇。虽然我觉得她应该没主动搭过话，但她似乎总是关注着对方的一举一动……"

这可能是个有用的线索。莲见绫子岂不是很有机会将北野由里带到人迹罕至的场所吗？她很结实，个头也高。若将凶器绕在少女的脖子上，便可绞杀对方。

"哎呀，不好意思，我得回家了，要回家帮忙做事情。"

三人向少女道了谢，顺着走廊往回走。

"石内老师，方便让我们看看摄影部的活动室吗？"

"嗯？"石内老师回过头，略有讶异，"可以是可以，不过为什么？"

"我在想，武中遥香的摄影作品是不是在活动室里有留存。从她拍的照片里说不定可以找到一些线索。"

"哦，你是说会不会正好拍到了可疑人物什么的？"

"嗯，差不多吧。"

活动室并不大。两张长条桌放在中间，杂物充斥周围。可能是女生较多的缘故，墙上软木板上的作品照片都装饰得萌萌的。

房间里有四个女生，藤间菜月在，莲见绫子也在。

"啊，香月老师！"

藤间发觉香月来了，站起身来低头施礼。

"谢谢你回应了我的请求！"

"哪里,"香月苦笑道,"现在我还不知道能帮上什么忙,但我会尽力帮忙解决。"

一行人往屋里一站,立刻拥挤起来。香月靠墙站着,打量四周。他的视线停在了软木板上贴着的一张照片上。

"这是集体照吗?"

"是的,"石内点点头,"好像是去年秋天拍的吧?"

可能是在哪个自然公园拍的吧。以染红的枫叶为背景,石内和摄影部成员聚在一块儿,每个人都拿着自己的宝贝相机。

"啊,原来武中同学喜欢玩具相机啊。这是'HOLGA'相机,用胶卷的。真了不起,现在还有孩子会用胶卷拍照啊?"

"这个,我们部里也只有两位而已,"石内好像被戳中了痒处,"现在提起胶卷啊,大部分的小孩不要说摸过了,连见都没见过呢。莲见作为部长都完全不懂,除了我之外没有人可以教。"

"很显然,太低效了嘛,"莲见面不改色,"又费钱,一卷只能拍三十多张吧?我碰都不想碰。"

"你看你看,就是这样。"石内回头向香月苦笑。

"香月先生,你对摄影略知一二?"

"啊,我上大学的时候加入的是摄影社团哦。"

"你说的玩具相机,是什么?"

站在一旁的翡翠发问了。

"就是制造工艺廉价,好像玩具一样的相机。尽管便宜,但可以产生特有的散焦和失准,很有味道。外形也很可爱,似乎很受女生青睐。"

"我的也是玩具相机哦，LOMO。"菜月从包里摸出一只白色的玩具相机，说道。

"平常我用的是爸爸的单反，但看到遥香的那台，自己也想要了。这只很小巧，适合随身带。"

"哇，好可爱呀。"

翡翠看到菜月手中的相机，不禁轻呼出声。

"要试试看吗？"

"可以吗？"

翡翠的表情一下子欢悦起来，脸上浮现出孩童般无邪的笑容，她小心翼翼地接过了递来的相机。

"白色的好像是限定版吧，很少见哦。"

香月说道。闻听此言，菜月一脸讶异。

"真的吗？我是在这附近的相机店买的，是二手的。"

"藤间同学，"石内说话了，"警察想看看武中同学的作品，这里有吗？"

"咦，我想想，应该有一本遥香的影集在的……"

她在架子上翻找，取出了一本影集。

于是，趁着菜月指导翡翠操作玩具相机，香月在椅子上落座，仔细地翻阅起这本影集。

影集里的作品大多是黑白的风景照。大部分好像是学校周边的小径风景，但由于玩具相机特有的失焦，黑白的景色看起来仿佛有一种异世界感。也有些照片拍的是公园、天空、在教室里展露无邪笑容的朋友。里面夹杂着菜月的人像照片：画面中她有点不好意思地微笑着。影集有几张人像是彩照，里面也有面无表情、抱着相机的莲见绫子。

然而，没能在照片里发现新的人际关系线索。

很可惜，又是一无所获。香月合上影集，只见菜月和翡翠正凑在长桌一角。翡翠端着相机，菜月在一旁指导，教给她旁轴相机的特性，手把手地将她的手指引向快门。

相机镜头朝向香月，咔嚓一响。

好像是自己被拍了啊。

两个女孩子发现被拍摄对象察觉了，如同一对恶作剧成功的姐妹一般，相视嘻嘻而笑。

“那个，我们差不多也该告辞了——”

“啊！”

菜月猛地站起来，把椅子弄出咯噔一声。

“翡翠小姐，请让我拍张照吧！”

“啊，我也要我也要！刚刚说好的！”

其他的女生纷纷站起身，簇拥在翡翠身边。

“咦，这个，这个……”

翡翠一脸尴尬，朝香月投去了求助般的眼神。

“你刚刚不是说了会给我们拍的嘛！”

菜月噘起嘴笑道。

确实，刚才在自我介绍的环节，翡翠的确是迫于形势，许下了口头承诺。

“嗯，那个，虽然是说了没错啦……”

"翡翠小姐，你换上我们校服吧！肯定特别合适！"

"哦！好主意！就这么定了！"

活动室里大呼小叫，顿时热闹了起来。

事已至此，已经没有什么可以阻挡少女们的热情了。

"喂喂，我说你们啊——"

就连石内老师的话也随风消散了。

"来来，快站起来！"

"穿我的吧！大小应该正合适！"

"哎，哎……"

菜月挽起翡翠的手。

"活捉极品模特一名！"

"在哪里换衣服呢?"

"可以用暗室！"

少女们宛如台风一般，霎时间将翡翠裹挟而去，离开了活动室。

没有为之所动的部员，只有酷酷的莲见绫子一人。

但就连绫子也是一脸茫然。

"学校里还有暗室?"

香月哭笑不得，只好向石内问了一个稍有介怀的问题。

"啊，是的，可以进行黑白照片的显影。现在的话，几乎就是藤间专用了……那个话说回来，实在对不住，学生们瞎胡闹……"

"不不，你别介意。我估计当事人应该不反感的。"

198

"视线请看这里！再扮可爱一点点！"

"嘴唇稍微噘一点！抛个媚眼！有点坏坏的那种感觉——"

"翡翠学姐也太可爱啦！啊，这个仰角不错！大腿好赞！"

教室里面回荡着少女们的叽叽喳喳声。

"这群人到底是女高中生还是怪大叔……"

"真的，就好像大叔会说的台词一样……"

听巡查部长虾名有感而发，香月也不禁苦笑着答道。

换上水手服的城塚翡翠，看起来完全就是一个楚楚动人的少女。

她脸上故作神秘的假面已然被揭去了。翡翠混有北欧血统的美丽容颜，毫不造作的表情动作里更是带有些许稚气。

"这、这样……不、不奇怪吗，我这个样子？"

穿着水手服的翡翠被其他人引到香月面前，面红耳赤，害羞得不敢抬头。她一只手玩弄着垂在胸前的翠绿色领巾，好像是为了分散某种羞耻感，看着怪可爱的。

"不会，和你很衬啊。"

"是、是吗……这个，和我上初中时穿过的水手服稍微有点不一样，没有固定领巾的环呢。我打结的方式对不对啊？"

"我帮你整理过了，毫无问题！"菜月换上了一套运动服，两颊兴奋得通红，小拳头在空中一挥，"好，下面开始，大拍特拍！"

刚开始，翡翠因为害羞还有点放不开，但终于被少女们的气势压倒，逐渐恢复了笑颜。

翡翠被支使着，在教室的课桌上摆出一个以手托腮的姿势，一会儿害羞地微笑，一会儿又努力作出忧郁的表情。

"吉原，反光板换个位置，喏，那边那边。哎呀，要是多来点灯就好了。"

就连莲见绫子也端着单反相机，认真地寻找合适的构图。

莲见的相机，是镜头与本体不可拆分的型号。连接本体和镜头盖的系带上挂着一朵小花的吊坠，这和主人的气质有点反差萌。这台相机似乎是她的宝贝，在众人的集体照，还有武中遥香拍摄的照片里，都出现了这台相机，在照片中，这个吊坠格外惹眼。

"喂喂，我说菜月啊，你为什么从那么低的角度拍啊?"

"这个嘛，大腿! 大腿啊!"

菜月几乎趴在地板上，咔嚓咔嚓按动单反的快门。翡翠脸上虽然浮现出尴尬的神情，但也许是菜月的动作太好笑了，她忍不住吃吃地笑着。

真是其乐融融。

仿佛是和同班同学一起，在放学后的教室里度过无所事事的时光。

"啧，能玩得这么起劲，也好。"

在不远处望着这一幕的虾名不禁说道。

"我本来挺担心的。但她们还是很坚强，或者，怎么形容呢。"

这句话大概是出于对失去了伙伴的少女们的担忧吧。

"怎么说呢，她们几个，好像已经有一阵子没这么闹腾了，"

石内老师眯缝起眼睛，看着这一幕，"也许有人会觉得她们薄情吧，但高中生活仅有短短的三年。她们心里一定明白，不能一直压抑下去。她们一定是在以自己的方式，尽力恢复到往常。"

接着，石内转向虾名和香月。

"无论如何，请一定要拿获凶手，拜托了。"

石内老师深深地鞠了一躬。他的身后，少女们欢声不绝。

*

肚子有点咕咕叫了，一看电脑上的时钟，已经过了晚上七点。

像往常一样，香月史郎在咖啡馆的老座位上，对着电脑写着稿子。

这天中午他出席了一个聚餐，同时也是新企划的一个碰头会，下午接受了一个杂志的采访。很少见的，这天的日程排得很满。他将案件的搜查工作统统丢给了警方，花了两天时间来集中精力处理自己的工作。

搜查本部似乎将香月的侧写作为参考，修改了搜查的方针。听说，他们正在以凶手是与受害人亲密的男生——或是女生——为前提，进行新一轮的走访和监控录像调查。在此之前，都是以"可疑男子"为目标来查找，很可能看漏了。现在以新的视角来审视，或许可以发现些什么。目前，只能期待搜查本部的能力了。

香月也想稍事休息一下。要点些什么来吃好呢？

门口铃铛叮当一响，有客人进来了。

"太好了，原来你在这儿啊，老师。"

是翡翠。

然而，她的妆容与平时不大一样，看起来沉郁而神秘，和荒凉的废墟倒是很般配。

"莫非你是刚刚出外勤回来吗？"

"嗯，是的。有人找我咨询，说是家人被噩梦缠身，所以我去他家看了看。还好，理由很明确，应该算是顺利处理完了。"

她一面说，一面在香月的对面坐下了。

"我正好经过附近，所以想，老师会不会正好在这里工作……不过，老师你刚才都没有接我电话。"

"啊，真是不好意思，"香月挠挠头，"我手机没电了，正在充电。"

香月合上笔记本电脑，收拾起散落在桌上的资料和笔记。

"对了，你吃饭了吗？还没吃的话一起吃吧？"

"咦？可以吗？"翡翠眼睛一亮，微笑道，"那，我想吃蛋包饭。之前在这里看到菜单上的照片，当时就觉得一定很好吃。"

"不，我是说去个更好吃的店吧？"

难得有机会和翡翠吃饭，去间稍微奢侈点的餐馆并不算过分吧，香月想。他脑海里浮现出了若干个候选。

"哎，不过，蛋包饭……"

翡翠顿时有点扫兴的样子，咕哝道。

香月笑了，脑海里的候选店名也随之消散。

他取出桌上立着的菜单，递给翡翠。

"下次有机会再带你去别的地方。"

"对、对不起……"

翡翠大概也觉得自己的行为有点孩子气，她两颊飞红，打开手中的菜单，低头遮住了自己的表情。

"下个礼拜六怎么样？"

"哦，嗯……可、可以的……"

香月很想看她的表情，但这家咖啡馆的菜单大得出奇，导致他完全看不见那对可爱的眸子现在是什么样子。

终于，顺利获得了约会的许诺。但她也是这么想的吗？两人之间还没有进行过称得上是约会的约会。夏天他们一起去过游乐园，但那时候千和崎也在。这次是两人独处了，但翡翠有些天然呆的地方，还是不能掉以轻心。怎么讲呢，这也是她吸引人的地方之一吧。

最后，翡翠还是点了一份蛋包饭，香月点的是猪排咖喱饭。

"对了老师，昨天晚上，菜月给我发消息了。"

自上次一晤，翡翠和那帮女孩子成了莫逆之交。

香月想起上次开车送她回去时，路上翡翠很开心地告诉他，大家都找她交换了联系方式。印象尤为深刻的是，一群女孩子抓着手机摇啊摇，翡翠惊讶：居然还能这样，并和菜月她们一同捧腹的场景。

"她发消息跟我说，想起一件武中遥香的事情来。叫什么，显影……？是叫这个吗？去年在照相馆取的数据光盘，她误将武中那份也拿回家，拷贝到电脑里了。然后，里面有几张照片是这样的。她不知道是不是可以参考，于是发给我了。"

翡翠一边说，一边将手机取出来。香月将它平放在桌上，伸手滑动屏幕。屏幕上是翡翠和菜月的聊天记录，里面附有几张彩照，都是风景照，但很遗憾，没看出来有什么特别的。

"她说其他的照片文件太大了，会存到 U 盘里给我们。"

"咦？这是——"

香月好像翻过了头。

有一个表情包，文字写的是"至高无上"，同时配了一张图。

照片上，是傍晚的教室里穿着水手服的翡翠。

可能是仰角拍摄系列里的某一张。构图相当独到，两条交叉的美腿修长白皙，差一点点就能窥见神秘地带了。

"哇，老师，不行啊！那张屁股——"

翡翠慌忙将手机没收了。

"哎呀实在不好意思。不过，拍得可真好啊。"

翡翠将手机抱在胸口，嘴巴嘟了起来。

"虽然只有一小会儿，不过你们一下子就打得火热了啊。"

"嗯，"翡翠笑了，洋溢着幸福感，"她们建了一个，叫什么群聊？还邀请我下次参加她们的摄影会呢，说会把玩具相机借给我，说可以一起拍。还有，还给我推荐了入门级读者也读得下去的推理小说什么的……"

虽然有点羞涩，但她絮絮地说着，看来真是聊到一块儿去了。

"菜月拍照可真是高手哦。她发了几张给我，我都快认不出自己了，拍得好像另一个人。"

"这个嘛，菜月技巧高超是一方面，但主要是因为翡翠小姐你魅力超群啊。所以她才能将你的气质高明地拍出来嘛。"

"是这样吗？"

翡翠低着头，抬眼望向香月。

"老师，你现在不拍照了吗？"

"啊，是啊，其实我有不错的相机，但都在吃灰……我当年参加摄影社团的时候，拿结花当模特拍了不少呢。社团的男生们都爱拍她，嗯，想起来真是令人唏嘘啊……"

"是吗……"

翡翠的表情不知为何看起来有点复杂。也许不该在这时提起结花——香月略微有些后悔。

每一次香月提到结花的名字，翡翠都会出现心痛的表情，然后苦涩地叹一口气。她也许是在哀悼自己没能援救的生命，同时，也许结花在她身上留下的情绪还在灼烧她的心，如不灭的残火。

翡翠说过，让生命被无情剥夺的魂灵寄宿于自己的身体，就如同做一个不醒的噩梦。

以后，再也不能让她采用那样的手段了。

"那个……如果可以的话，老师你可不可以拍我……？"

"啊？"

"拍照片……"翡翠还是抬眼望着香月，惴惴不安地说，"那个，不好意思，我是不是太唐突了……"

她双肩缩起来，好像想找个什么地方钻进去一样。

"噢噢，那太好了。其实，我挺羡慕菜月她们的呢。这还真是让人技痒啊。"

翡翠点了点垂着的头。

一时间气氛有点诡异，两人陷入了沉默。

稍过片刻，两人点的东西到了，恰到好处地化解了尴尬。

"哇，看上去好滑嫩啊。"

翡翠的表情熠熠生辉，盯着面前的蛋包饭。

看来恢复正常了。

两人又继续聊了些有的没的。只不过，翡翠很热衷于谈论新交的高中生朋友们，香月基本是洗耳恭听。她说，难得被邀请加入了她们的群聊，所以千万要小心，不能说出什么奇怪的话。

"哪些奇怪的话？"

"就是一些只有我才知道的事情啊。比如说，吉原樱——"吉原，就是那个和菜月很亲近的高二学生，戴着眼镜，挺爱闹的，"其实啊，她身上附着一个很强的女孩子的灵，我目视都能看得很清楚。第一次看到的时候我吓了一跳。但好像不是坏东西，大概是属于守护灵一类的吧。面容依稀和她有点相似，所以我猜她是不是小时候有姐妹过世。"

这种事情从她口中轻描淡写地说出来，确实会让人退避不及。

也许，翡翠正是因为会在谈话里自然地触及这些，从而疏远了不少关系吧。这一段时间，她在和香月聊天时谈及这类事情的频率好像变高了。这也许是某种信任的迹象：她知道香月会相信她，理解她。

"然后呢，菜月今天中午还发了一段很搞笑的视频给我，她那时候应该还在上课吧，但她好像也顾不得——"

就在这时，手机响了。

不是香月的。

翡翠的视线落在自己的手机上。

"嗯？是虾名先生。"

她好像有点意外，接通了电话。

"喂，我是城塚。嗯……？老师？对，我和他在一起。啊，那个，大概是手机没电了吧……什么——？"

翡翠睁大了眼睛。

从电话听筒中能听到虾名的声音，但听不清是在说什么。

香月有一种不祥的预感。刚刚还眉飞色舞的翡翠，突然就好像断了电的娃娃一般呆若木鸡了。

好似所有的感情都被清零，剩下的只有一片虚空。

香月从未见过她的表情变得如此彻底。

她的思考似乎停滞了，嘴唇微张，震颤着。曾经倒映死者的碧绿双眸里光彩四溢，如甘泉流淌。

"好的……"

拿着手机的白皙手臂软软地垂了下来。

"老师……"

翡翠望向香月。

眼神空洞。

"警察发现了一具尸体……是菜月的……"

*

"被害人……藤间菜月，十六岁……是在附近高中上学的高二学生。因为总不回家，担心的家长报了警，几乎同一时间，一个下班经过此地的公司女职员发现了遗体，报了警。"

虾名巡查部长心平气和地将查明的事实经过念了一遍。

这里是一处僻静的公园角落。距离第一起案件的现场，不过数公里之遥。公园里有不算高的攀爬架，白天的时候，兴许有孩子们在此游玩，但傍晚之后就没什么人迹了。据说发现遗体的公司女职员是为了抄近路，才从公园里穿过的。

耀眼的闪光灯和鸣动的机器打破了夜的宁静。鉴识科的工作人员不放过一寸地皮、一丝线索，几乎凑在地上了。抵达现场稍晚的验尸官鹭津哲晴，蹲在倒地的少女尸体旁边，仔细地检查。旁边还有被呼叫来支援的钟场警部，在向穿制服的警官们下达着指示。无疑，集合在此地的所有人，都压抑着内心激愤的情绪冷静工作，一心要抓住这个可怕的杀人魔。

香月在稍远一些的地方，望着被灯光照亮的藤间菜月的遗体。

少女的肌肤煞白煞白，如同浮在夜色之中。

好像没有生命一样。

是的。没有生命。

就在不久之前，还和翡翠一起放声欢笑的脸庞，已经不存于世。

少女的双眼睁得很大，充满了惊愕与苦闷。淤血的面部表情十分扭曲，嘴巴张着，舌头吐了出来。有许多怨恨好像要从口中喷薄而出。那是对谁的呐喊呢？

是对着那个请求帮忙破案的人吗？

"怎么会这样……会这……样……"

站在一旁的翡翠，发出嘶哑的呻吟，站立不稳。

"骗人……骗人的吧，老师……"

香月伸出手臂，将她靠在自己肩头。翡翠坚持一定要来，于是两人一同赶到了现场，但他现在觉得，这个决定也许是错的。

"你还是别看了。"

遗体白皙的脖颈上，残留有已经变色的勒痕，还有看上去像被害人反抗造成的抓挠伤痕。和北野由里的案子一样，水手服也被脱去大半，翠绿色的领巾落在一旁，纤尘未染。她的白嫩肌肤与肚脐眼暴露在外，内裤也被扒下，但仍然缠在双腿，而不是仅仅一侧。

鹭津站起身："手法一致。"香月认识他。在处理别的案件时，他们曾见过。"解剖结果不出来还不能肯定，但是推测死亡时间大概是十七点到二十点左右。凶器类型也一样，几乎是从正面勒死的。凶手可能在进行到一半的时候，骑在了被害人身上。就现阶段而言，虽然衣物凌乱，但未发现有性暴力的痕迹。肌肤保持完好，没有外伤，指甲也被剪了。可能也查不出体液和汗液。"

案发现场所有人都陷入了悲痛的沉默，只听见相机的快门声音。

翡翠肩膀抽动，香月抚慰着她的背。

自己能做到的事情，也许只尽于此。

到底在哪一步搞错了什么呢？

他某种程度上预测到，假如对方是心理异常的连环杀手，一定会抑制不住自己的冲动，犯下第三桩案子。而这一点，警方的搜查人员也心知肚明。

可是谁也没有想到，第三起案件竟然发生得如此之快……

"为什么……为什么是菜月……"

翡翠将额头贴在香月的胸口，呻吟道。

香月的脑海里，浮现出那个抱着相机微笑的少女。

"相机……"

香月一个激灵，环视四周。

有一台白色的小相机掉落在遗体不远处。

"虾名先生，那台相机里面有胶卷吗？"

"什么？"站在附近的虾名捡起相机，"没吧，这个相机里应该没有装胶卷吧？你看。"

说着，他将相机翻到背面。LOMO 相机机体上有个小窗，可以看出来装了什么胶卷。里面是空的。

"可能是被凶手拿出来了，"香月说，"菜月随身带着这台相机。有可能她在这里拍摄了和她在一起的凶手，被对方察觉，然后凶手将胶卷拆走了。"

"嗯，有道理……说不定能检出指纹。"

虾名小心翼翼地将相机交给了鉴识科同事。

"你可以回去了！"

钟场瞥到了香月，粗声粗气地说。

"但是，钟场先生……"

"你本来就不该出现在这里。但是，过段时间我们可能会需要你的帮助。如果那个灵媒姑娘像你说得那么神的话，我们肯定允许你们进行降灵什么的，只要能抓到这个杀人魔。但是现在，还是请回吧。你送她回去。"

"我明白了。"

钟场对翡翠到底是什么看法呢？

关于翡翠，香月对外的说辞是"一位可以激发自己推理灵感的优秀助手"，从而参与了这个案件。但是，钟场是知道翡翠的底细的。当然，他肯定不相信灵魂的存在，但清楚自从有翡翠参与之后，不光是水镜庄案件，也有好几起别的案子得以破获，在这一事实面前，也许他能感觉到有些不同。

香月老老实实地依言将翡翠送回了她的公寓。

坐在副驾上的翡翠一直一言不发，只是呆呆地张着双唇，将身体无力地靠在座椅上。偶尔一瞥，可以看见车窗上倒映出她空虚的表情。这漫长的沉默啊，几乎令人窒息。

走出停车场，两人走向公寓的电梯途中，翡翠好像憋着一口气似的，嘴唇紧闭。香月感觉到她身体有些踉跄，赶紧搀扶住。

"我送你回房吧。"

翡翠的指尖揪住了香月的袖子。

"老师……"翡翠低着头，看不见她的表情，"今天……阿真回来晚。她回来之前，可以陪陪我吗？"

"嗯。"

两人乘电梯上楼，走进翡翠的屋子。

香月被请进了一个从来没进过的房间，一间更大的起居室。

和之前造访时的房间不同，这里的家具色调统一，都是柔和的绿色。房间有可以看得见夜景的大窗，看起来很高级的沙发，还有安置在墙壁架子上的大屏幕电视。

两个人在沙发上落座。翡翠低着头，双拳紧握，放在并拢的膝盖上。

香月没有出声，等着她平静下来。

有什么言语可以安慰她的痛苦呢？

菜月遇害身亡，香月觉得自己的责任也很大。

会不会是因为香月等人去学校进行了查访，导致凶手压抑不住自己的冲动？凶手是不是发觉查案的人已经摸到了自己身边？香月似乎可以理解这一心理。在他自己写的作品里，最为得意的就是细致入微的凶手心理活动描写。可是这一次犯案，完全出乎他的意料——

"全都怪我……"

过了一会儿，翡翠喃喃说道。

"不是的。"

"不，都是我的错。本来可以救她的，可是什么都没做成。凶手是高三女生——都已经知道这么多了，可是……如果我说的话能让大家都相信的话……"

翡翠仰起脸喊道。

或许是错觉，湿润的眼睛里，好像有闪亮的泪花飞溅。

的确。通过灵视，在某种程度上已经缩小了怀疑范围。

说不定可以提醒学校和警方，注意观察三年级女生。如果那么做，菜月或许不至于殒命。可是这些话是毫无根据的，谁又会当真呢？

这样沉重的责任，为什么偏偏要由她一个人来承受？

"为什么你要将别人死去的责任统统背负到自己的身上呢？"

这就是城塚翡翠。她向来如此。

她一直在为之前的一系列案子自己没能尽到最大力量而悔恨。

"我……"翡翠咬着嘴唇，眼眉低垂。被泪水打湿的长长睫毛微微颤抖。香月凝视着她。

"老师，你不明白的。你不知道这种被世上所有人拒绝、被所有人反复否定的痛苦……"

她的手抬起，如痉挛一般，开始抓自己的身体。

"总是这样，总是这样。你是错的。你不对头。你生病了。但是，只有我知道真相。我本来，是拥有挽救她们的能力的……"

翡翠缓缓抬起脸。

她紧咬双唇，浮现出不自然的笑容。每一次眨眼，翠绿的眼眸里都有泪珠滴落。

"可是，我什么都做不了……总是什么都做不了啊！我只是一心想要帮助别人而已呀。只是想要证明自己没有错！只是想让别人知道我没有说谎！所以我必须用自己的力量来证明！可是，可是在最最关键的时候……我眼睁睁地看着朋友死于非命……"

香月静静地凝视着翡翠，那哆哆嗦嗦的嘴唇——她悔恨地咬住嘴唇，拼命想要笑出来。

他开始思考城塚翡翠这个女子。他想象着她幼年时代经历过

213

的痛苦。不被任何人相信，经常被人冷眼相待的少女，默默将帮助别人当成自己的使命——如果不这么决意，恐怕精神上难以支撑得下去吧。为什么自己拥有这种能力？少女需要一个理由。她一定真心相信，只要去帮助别人，就能融入这个世界吧。

"全都怪我。都是因为我，被诅咒的血脉……是的……把我……如果把我杀掉，就没事了。如果是因为这血脉遭受的报应，我今天就该死！我这种……这种毫无价值的人……"

夏天一起去游乐园的时候，翡翠曾经对香月这么说过。

一场无法避免的死亡，已然悄悄来到了她的身边。

那是被诅咒的血脉带来的，绝不会失误的预感。

从翡翠的能力来看，这个预感多半是真的。

话虽如此——

香月将翡翠拥入了怀中。

他将手放在翡翠背上，抱紧了她温热的躯体。

手指穿过凌乱的黑发，轻轻地抚摸。

"老、老师……？"

声音好像愣住了，搔动着香月的耳朵。

"你说自己没有价值——你想错了。你在战斗，一直在战斗。我都看在眼里，你并不是什么都做不到。"

"可、可是……"

"我不会去别处，我不会离开你，我会相信你，直到最后一刻。我要成为你的力量。我会一直陪着你。"

香月轻轻松开手，盯住翡翠的脸。

一双美目带着困惑，回视着香月的眼睛。

"所以现在，就请为她哭泣吧。"

翡翠的脸皱了起来，变得泪眼婆娑。

"我真的好想……和她更加……亲近一些……"

"嗯。"

"好想一起拍照片啊。还要一起聊天。还要一起聊好多、好多……"

接着，她开始放声大哭。

好像一个孩子，揪着香月的手，大颗的泪滴像断了线的珠子一样滚落，哇哇地哭了个痛快。

现在，怀想着藤间菜月，哭泣吧。

"但是明天，要开始战斗。"

香月温柔地轻抚着翡翠的背。她的指甲深深地扣进了香月的衣服。

他就像下了一个决心似的说：

"有些事情，只有我们可以做到。"

*

在搜查本部所在的辖区警署内，香月一行四人聚在了一间小房间里。

钟场，虾名，当然还有翡翠。今天的翡翠，表情举止比以往看起来更加凛然干练。翠绿色的眼底里藏着坚定的决意，她正对冷静叙述案情的虾名侧耳倾听。

"首先，是藤间菜月的推定死亡时间，根据解剖的结果，搞清楚了更精确的时间段，是十七点到十九点之间。死因，和之前的案子一样，凶器也是一致的。没有性侵痕迹，未能采集到疑犯的DNA。不过——采集到了指纹。"

这个结果令人意外。毕竟凶手在过往案件中都没留下过痕迹。

"是从被害人的肌肤上提取到的。遗体的上臂附近。我们认为是凶手捉住她手臂、想要剥她的衣服时留下的。"

"指纹，可以从皮肤上提取到？"

翡翠好像对此略有吃惊。

"是，如果状态好的话，偶尔可以，"虾名翻看手中的笔记，答道，"这一回留下来了，堪称奇迹。指纹与她家人的不符。"

"不过，"钟场在一旁插嘴，"若是和大作家的剧本一致，也就是说凶手是和被害人熟识的女生，那这就无法成为决定性的证据。只要说是和被害人戏耍打闹时摸到的，就万事大吉了。"

"是啊，"香月点点头，"但是，如果可以通过指纹盯上嫌疑人，就可以监视其行踪来收集证据。但问题是，收集相关人员的指纹会有点困难吧？"

凶手在将被害人带到杀人现场之际，没有遭到任何反抗。毫无疑问，这是熟人作案。武中遥香与凶手曾并肩而坐，而北野由里则被带到了人迹罕至的荒凉建筑工地，这都是和凶手关系特殊的表征。而与这三人有共通联系的人——

虾名说道："今天早上开会的时候，我也陈述了意见。就现在而言，和这三个被害人共通的关系人，是莲见绫子对吧？她担任图书委员，从而与北野由里相识，而摄影部活动又和武中、藤间两人有接触。"

话说回来，很有可能还有其他人和这三人有接触，只不过香月等人不知道而已。搜查本部的成员想要找到这个人物，可是在学校这样一个封闭环境内探求人际关系非常花时间。对被害人的手机通话记录进行的排查结果显示，似乎未曾与可疑人物通过话。恐怕凶手是在学校内直接与她们搭话，然后将其带出校园，从而避免留下证据。

"我们的方针是优先以莲见为嫌疑人进行侦察，但是，仅仅凭'与凶手的侧写吻合'这一点是不能随便拘捕的，毕竟现在不存在任何实打实的证据。而且媒体会大肆报道，对方是未成年人，所以警方的管理官相当慎重。也许和莲见的父母见面交流，让其自愿提供指纹会比较好吧？"

"关于此事，我还有点疑虑，"香月说，"最开始，我也是怀疑和凶手侧写一致的莲见绫子的，但是现在又有点不确定了。"

"请问是出于什么理由呢？"

"这个嘛……不好意思，能不能让我先查看一下菜月同学的电脑？"

"嗯，请便。我还把一些其他可以用于调查人际关系的东西也借来了。"

长条桌上，已经放着不少经菜月父母允许的接受警方调查的私人物品。今天香月他们的主要目的，就是调查这些东西。

香月将笔记本电脑从塑料袋里拿了出来，启动电源。幸好，电脑没有设置开机密码。接着，他开始寻找可能保存着照片的文件夹。

很快他就找到了想要找的东西。

这个文件夹很郑重地被命名为："Haruka"①。

这就是本属于武中遥香，但被菜月误操作拷贝到自己电脑上的照片。

"请问你在找什么？"

"我还不知道。希望照片里有人出现。"

假如莲见绫子不是真凶，那么她们一定还与其他的高三女生有接触。而这些照片里，一定藏有揭示这种关系的线索。香月仔细地翻看着照片。在一旁的翡翠也将身体凑过来，认真地盯着电脑屏幕。

遗憾的是，照片里全都是小径风景，几乎没有人物照。

可是——

"老师……这张照片，不是那个地方吗？"

翡翠说。

"啊。"

照片上拍摄的，正是那个废弃的建筑工地。武中遥香所拍摄的照片一向没有什么小女生趣味，反而非常喜欢拍摄小街小巷、电线杆甚至墙壁，等等，这个工地也算是该风格的延长。彩色照

—————

① Haruka，即"遥香"的日文读音。

片上，那个临时板房质朴而荒废的质感被表现得淋漓尽致。可是，问题在于——

"这是……原来是这样啊。"

"怎么了？"

钟场和虾名站起身，一脸疑惑地盯着屏幕。

"啊，"虾名说，"这个……这里没有梯子啊。"

"是的。我们去查看现场的时候，这个临时板房上架着一把梯子。可是，在这张去年拍摄的照片里，梯子并不存在。"

"你的意思是说，是凶手把梯子摆在那里的吗？"

"现在还不能下结论，但如果是这样，我的假说就成立了。这样啊……这样一来，莲见绫子恐怕真的不是凶手……"

"到底是怎么一回事？香月先生，你为什么觉得莲见不是凶手？"

"我最开始这么想的理由，主要是因为菜月同学的玩具相机。"

"玩具相机？是那个凶手把胶卷拿走了的？"

"对，就是那台玩具相机。假如是凶手将相机的胶卷拿走了，那么凶手一定打开过那台相机的后盖。可是，LOMO 相机的后盖不是一按按钮就能打开的，而需要拉动机关。假如是毫无知识背景的外行，恐怕很难打开。而且就算打开了，取出胶卷又要经过一番折腾。如果想要把拍到一半的胶卷强行拉出，卷在胶片轴上的胶卷会断裂，从而残存在相机内部……你们也查看了相机里边，对吧？"

"啊，是的，胶卷取得很干净，没有留下破碎的底片。"

"想要在底片不破碎的前提下取出胶卷，需要对胶片机具备一定程度的了解才行。"

"所以，为什么凭这个就说莲见绫子不是凶手呢？"

"她可是完全没碰过胶片机哦，石内老师说的。她用的是数码相机。现如今的高中生知道如何操作胶片机的属于凤毛麟角。"

"但是，难道没可能是假装不会吗？石内老师只是自以为是，其实她是会一点的，也有这种可能吧？甚至也有可能，虽然没碰过，但知道一些理论知识之类的。"

"你说得对。如果是在菜月出事之后如此自称倒也罢了，但在我们谈话的时候，她没有理由要伪装。不过你说的可能性还是存在的。所以我当时的想法停留在'她有可能不是凶手'。但是后来我又找到了新的证据，在我看来，她不是真凶的可能性大大提高了。"

"新的证据？"钟场眉头紧锁着问道。

"就是这把梯子。假定凶手动过这把梯子，那么很自然就要产生疑问：她为什么要这么做？这是把梯子，当然是为了上到高处才用的，凶手是想要上到临时板房的屋顶去。"

"爬到临时板房的屋顶？为什么？"

"请仔细回想一下。在另外两个案件的现场，都有一处比较高的地方。公园里有滑梯，还有攀爬架。"

"凶手爬到了那上面吗？"

"到底是为什么？"

两个刑警目瞪口呆地问道。

香月还没开口，一旁的翡翠打破了沉默，轻轻地说：

"莫非是……想要拍照吗？"

"拍照？莫非，凶手拍了遗体的照片？"

"是的。我认为这个可能性很大。我猜，凶手将被害人横放在长椅上，将其衣物弄乱，并拍成了照片。凶手可能为了构图，也从近距离拍摄了照片。但是想要拍摄全身照，上到高处是最理想的。所以她移动梯子，上到了临时板房的屋顶。而拍摄下来的照片，就是这个连环杀手拿走的纪念物品了。"

"但是老师……"翡翠有点困惑地问道，"这为什么可以成为莲见同学不是凶手的另一佐证呢？"

"你好好回忆一下。在第一个杀人现场，残留有一处奇怪的痕迹。滑梯附近有一条细细的线，延伸到长椅的方向。"

"那个难道不是小孩子画出来的线吗？"

钟场问道。香月摇了摇头。

"我如果早一点意识到就好了。其实我也有过好几次经验——那是镜头盖从滑梯上滚落时留下的痕迹。"

"镜头盖——你是说单反相机镜头的盖子？"

"对。那玩意儿掉落的时候，会滚得老远。凶手一定是想要从滑梯上拍摄遗体，取下长焦镜头的盖子之后失手滑落了吧。镜头盖从滑梯上滚落后，画出一道直线。单凭这一点痕迹并不能查出凶手，凶手觉得，将其擦除可能反而会留下脚印，故而没有处理。的确，至今为止没有人注意到这个痕迹。"

"这又如何可以成为排除莲见绫子的理由呢？"

"可以成为。莲见绫子的爱机，是镜头和机身无法拆分的单反相机。请注意，既然凶手是在滑梯上将镜头盖弄丢的，那就意味着她极有可能是在滑梯上打开了镜头。当然，凶手在地面上也对遗体进行了拍摄，那时候肯定也打开了镜头盖，并将其放在了口袋之类的地方。在这之后，凶手想要在高处摄影，于是爬上了滑梯。这时候镜头盖当然是关着的，因为镜头盖是从滑梯上滚落的，所以滑梯上一定有过打开或关上镜头盖的动作。那么你们觉得，为什么会在滑梯上将曾经打开过的镜头盖重新盖上又取下呢？"

"是因为更换镜头吗——"

钟场好像明白了，嗓门里憋出一句。

"对了。在滑梯上拍照，需要将标准镜头更换为长焦镜头。这时候就有必要盖上、取下镜头盖了。然后凶手失手将其滑落。可是请注意，她的单反相机，镜头和机身是一体的，不能更换镜头——"

"即便如此……"虾名小心翼翼地说，"即便无法更换镜头，镜头盖也有可能不小心掉落呀。上滑梯的时候身体是前屈的，镜头盖有可能从口袋里滑落出来。"

"对，我也思考过这个可能性，但回想起来，其实是不可能的。莲见绫子拍摄翡翠小姐的时候，我观察过她使用的相机。那台相机上，机身和镜头盖之间连了一条挂绳。所以，镜头盖掉落的可能性微乎其微。"

"有没有可能是在第一个案子之后，为了防止掉落而系上的呢？"

"去年摄影部的合影里面，也有她相机的影像。所以至少从去年起，她就一直在使用防止镜头盖掉落的挂绳了。在其他部员拍摄的莲见绫子的照片里，不论哪张照片，拿的都是那台相机。所以，她同时拥有其他相机的可能性很低，手上这台对于高中生而言性能已经足够好，我不认为她会在犯案时使用别的相机。"

"原来如此……我理解了，虽然并不是百分之一百。"

"嗯。"

香月也只是觉得，她并非凶手的可能性极高而已，但并不认为可以完全将她排除在嫌疑人之外。她说不定碰巧知道后盖的打开方式，又碰巧完整无缺地抽出了胶卷。然后，在犯案的时候，碰巧使用的是完全不同的一台相机。可是，碰巧会如此集中地叠加吗？

确实，如此凶残的凶手，有必要将其尽早绳之以法，但也不能用并不确实的证据进行审问和逮捕，这样会伤害到一个少女的名誉。

"光是进行推理，但又没有其他的嫌疑人，这岂不是搜查工作的倒退？"

"你说得是。如果能找到别的和三个被害人有共同接触的人物就好了……"

香月摸摸下巴，从自己的包里掏出一册 MOLESKINE 笔记本。在这种时候他还是更喜欢非电子化的操作。他写下了三个人简单的关系图，试着分析她们的接触信息。

第一个被害人，武中遥香，摄影部。美化委员。课后上补习班。

第二个被害人，北野由里，藤间菜月的同班同学，图书委员。放学后直接回家。

第三个被害人，藤间菜月，摄影部。广播委员。

"先找到两人共通的事项，然后再找第三个人与她们的关联就可以了，但……"

"这样看来，北野由里怎么分析都很离群啊，"翡翠说，"其他两个人都是摄影部。"

"是的。如果莲见绫子是凶手，那么三个人正好可以串起来了。我觉得，应该还有我们没有发现的关系存在……"

"有没有可能她们在高一的时候曾经是同班同学，或者曾经上过同一所初中之类的？"

"她们去年不是一个班，"虾名翻阅着笔记，回答了钟场的问题，"三个人都是从附近的初中升学来的，但各自的学校也都不同。而且三个人都没有在外面打工。"

不是同班，也不是同班级委员，初中母校也不一样。

归根结底，三个人里只有两个人的兴趣班一致。

会不会有什么细节被我们忽略了？

"那个——"

翡翠忽然弱弱地说。

"你们有没有查过……照相馆？这个怎么样？"

"照相馆?"

"嗯。那个……老师你刚刚说，要从三个人当中两个人的共通项开始找……所以我想，除了摄影部的活动之外，两个人的共通项是不是还有照相馆呢……"

"照相馆……有道理……"

香月深吸一口气。他的脑子一直在学校里打转，没能跳出框框。

菜月说过，她误将存有遥香照片的 CD 拿回了家，两个人冲洗的是彩色照片。在学校的暗房里只能冲洗黑白照片，如果想要冲洗彩照，必须委托照相馆，所以两个人去的应该是同一家照相馆。菜月说过，她在学校附近的照相馆里买了那台 LOMO。接下去，只要能找到北野由里和那里的关系——

钟场微微点头，虾名立刻掏出智能手机，开始查阅什么。

"嗯——这所高中附近的照相馆，我来搜搜看。"

稍过片刻，虾名叹道：

"香月先生……恐怕是中了。"

虾名将手机画面递了过来，三人一齐注目。

屏幕上的照相馆信息里，店铺招牌大而醒目。

藁科照相馆。

藁科这个姓氏可不多见。

香月回想起藁科琴音的领巾颜色。

她是三年级学生。

"翡翠小姐，你立功了。"

这个就不能用偶然来解释了。

"这样，全都说得通了。"

*

香月和翡翠还有虾名一起造访了薹科琴音的家。

她家就在薹科照相馆的二楼。大概是因为生意清淡，她的母亲在外边兼了一份小时工，而父亲则要一直照应着一楼的店铺，寸步不离。她父亲对一行人的来访颇为讶异，但三人说是在寻找可疑男子的目击信息，从而顺利见到了琴音。

在狭小的客厅里，香月和翡翠两人落座，虾名选择了站立。他们对面，坐着的是身穿校服、一脸惊讶的琴音。她似乎很镇定，还给三人端来了大麦茶。

"其实你和武中同学，还有藤间同学，关系都不错吧？"

香月问道。琴音皱起眉头，稍微想了想。

"怎么说呢，她们经常来我家店里，而且在学校也说过话，但我们相互之间不知道联系方式。她们经常会向我请教胶片机的一些小窍门。"

"你也喜欢摆弄相机吗？"

"是啊。我家是开照相馆的，不免会受到影响。现在我的精力主要放在课外活动上，所以，对照相不是那么认真投入。"

"我上大学的时候，加入的也是摄影同好会哦，"香月像是闲谈一般提到，"你该不会也有单反相机吧？"

"算是有吧。是我爸爸让给我的旧型号。"

226

“哎呀，真是让人羡慕呢。我第一次摸单反，还是大学三年级的时候，靠打工好不容易存了点钱。”

“话说回来，前天的十七点到十九点之间，你是在哪里呢？”虾名发话了，“也就是藤间菜月可能的死亡时间。你有没有看见她，或者注意到什么可疑人物呢？”

“没有，我放学之后就直接回家，一直待在家里。”

“那时你爸爸妈妈在吗？”

“不在。我一个人在家……这算是被询问不在场证明吗？”

琴音略作惊讶之色，眯起眼睛盯着虾名。

“不不，只是走个形式。每个相关人士我们都要问的。”

虾名笑道，在小本本上记下了什么。

“今天差不多就这样了，如果你还想到什么，请和我联系。”

虾名掏出名片，递给琴音。

琴音站起身，接过了名片。这时，翡翠忽然惊叫一声：“哎呀！对不起，都是我不好！”

装了大麦茶的杯子被翡翠碰翻了，茶水流了一桌，不仅如此，还把她自己的紧身裙弄湿了。

“哎呀呀呀呀。”

“没事吧？”

琴音问道。

“可以帮忙取点擦的东西吗？”

香月请求道。琴音马上转身到厨房，取来一条毛巾，慌忙递给了翡翠。就在这时，香月将放在桌上的虾名名片调了个包。

"唉，对、对不起。我可真是，太粗心大意了……"

翡翠接过毛巾，擦拭着裙摆和沾湿的大腿。

"我也很想帮忙，可惜只能围观。"香月开了个玩笑。

"老师可真、讨、厌。"

好像连丝袜都弄湿了，翡翠眼帘低垂，脸上晕红一片。

这是他们事先商量好的戏码之一。

但当时的计划只是在桌面打翻茶水，并无弄湿裙子的计划。

"那个，我可以借用一下洗手间吗？"

翡翠站起身说道。

"可以的，就在那边。"

"不好意思。"

翡翠一脸抱歉地说着，向洗手间走去。

"哇！"

这下子，恐怕是天生粗心的才能自然发挥，她的身体一个踉跄，差点撞上琴音，琴音赶紧扶了她一把。香月盯了她一眼，意思是你没事吧？翡翠羞羞地回瞪了一眼，很快消失在了洗手间方向。

"真的是……挺奇怪的人。她不是刑警吗？"

琴音不可思议地朝厕所望去，喃喃道。

"啊，是啊，这个，准确来说应该是搜查顾问，发挥自己的专业知识来帮助我们。"

"今天不上课，你还穿着校服啊。"

"啊，是的，"经香月一问，琴音温和地微笑，"我打算出门来

228

着，但挑选衣服实在太费神了。高中生其实都差不多的，还是校服看起来比较可爱。"

等到翡翠从厕所出来，三人便离开了藁科家。原来刚刚翡翠借厕所，是将打湿的丝袜脱了，现在两条美腿露在裙下，看在眼中分外诱人。

走在半道上，翡翠气鼓鼓地瞪了香月一眼。

"老师，你是不是觉得我做事冒冒失失的？"

"没有没有，完全是按照剧本来的精湛演技。"

"是啊，沾城塚小姐的光，指纹采到了。虽然在法庭上用不了，但如果指纹一致，说不定可以成功逮捕。假如逮捕令批下来，还可以对家里进行搜查，防止发生更多的案件。"

"能那样是最好了……"

这算是没有办法的办法。因为如果请求对方配合提供指纹被拒绝，就万事休矣。如果知道自己成了警方怀疑的对象，对方可能会警惕并且销毁证据。于是，他们首先尝试了这个策略。就算是管理官，因为对方是未成年也有所忌讳，但有了指纹这个证据，就能进行更大胆的搜查了吧。

"我回到警署之后马上就开始比对。老师你们怎么说？"

"我们……是哦，虽然稍微晚了点，但可以一起吃个午饭？"

他们和虾名在警署门口道别。香月发动停在此处的车，开往一家在网上查到的西餐厅。那个馆子虽然不大，但有点时代感，颇有情调。香月和翡翠二人在那里吃了顿稍晚的午饭。菜单上有蛋包饭，但这次翡翠没有点。

刚吃完饭，虾名的短信就来了。

"一致。"

"看样子，我们的任务到此结束了。"

香月将手机屏幕给翡翠看。

翡翠微微一笑。

"是吗？"

距离安心，路途还远。

失去的东西，实在是太巨大了。

香月也很后悔。如果那时候和菜月交代了实情就好了。如果当时告诉她，是在找一个被害人都认识的三年级学生，毫无疑问，她会说出薬科琴音的名字。当时，香月等人顾虑校方的反应，只借口说是在搜寻校外可疑人物的信息。而少女们因为并没有被问及，所以也没有说出关于薬科琴音的事情。

这是超乎想象的事情。

杀人魔，就在自己身边。

或许明天，自己就会被杀害。

谁都想象不到。

香月望向翡翠。

她看起来有点恍神，回望香月，脑袋歪向一侧。

"老师？"

"没什么，"香月嘴角一弯，"我在想，真是一对好看的眼睛啊。"

"咦？"

翡翠睁大了双眼，盯住香月。

一刹那，她的脸腾地红了，低下头去。

长发的间隙里，探出一丁点儿耳朵尖，那里也成了红色。

"那个……老师，"翡翠的十指在桌上扣紧并慌张地乱动，好像想要换个话题似的，"过一会儿，要不要去公园？和菜月……我想，和菜月道个别。"

"好啊。"

于翡翠而言，死者的意念存在之地，不是他们的坟墓或尸骸所在地。人的意识，在死亡的瞬间就会烟消云散，并就此停滞——她曾经这么说过。

人的魂魄，存在于何处呢？

自从遇见翡翠，香月曾就此建立过他的假说。魂魄，是不是依附于空间？魂魄可能是一种存储在与这个世界相位不同的空间内的信息。如果要打个比方，可以说和通过网络将重要数据保存在云端的形式类似：人的魂魄存在于异次元，而人的大脑仅仅是接收信息，并对其进行处理罢了。所以，如果人死了，大脑腐烂，就不能再读取信息，魂魄也随之停止活动。但是，翡翠的大脑，却可以持续接收到别人难以读取的信息。就好像在调节收音机的旋钮时，收到了一个谁都听不见的广播节目，并将那丢失的信息读取出来——

两个人来到了藤间菜月殒命的那个小公园。

现场的警戒线已被拆除，如果说还有什么可以佐证这里曾经发生过惨无人道的杀人事件，大概只有攀爬架旁边供着的花束了。

翡翠在来的路上去了一趟花店，买了一束百合花。

她将花束放在地面上，双手合十。

香月也效仿之。

漫长的静谧后，他睁开眼，只见翡翠一面用一只手按着风中凌乱的头发，一面望向自己。

"菜月……"香月问道，"她上天堂了吗？"

"我不知道。"

翡翠眼帘低垂，静静地摇了摇头。

"天堂，真的存在吗？"

灵媒姑娘抬头望向被夕阳渐渐染红的天空，伤感地叹道。

"还是希望它存在吧。"

两人就这么伫立了片刻。

翡翠按住脸侧的头发，流露出严肃的神色。

她仰望着天空，看向的又是哪一个方向呢？

香月正想招呼她回家之际，翡翠从手袋里掏出了手机，开始回复一封邮件。

"怎么了？"

"没什么，是阿真……千和崎。她说在家里等我……大概有点担心我吧。"

"你和千和崎小姐的关系真不错呢。"

"是的。我孤身一人来到日本，她是我最老的朋友，也是她一直鼓励我，说应该用我的能力帮助更多的人。"

翡翠的神情看起来有点落寞。

"但是，我那时候还不怎么相信他人。有很多人，只是盯上了我继承的遗产，所以蜂拥而至。所以那时候我怀疑，她也是类似的人，我花了挺长时间才打消了顾虑……"

说着说着，翡翠的眼神又飘远了，似乎有别的事在扰乱心神。

"翡翠小姐？"

"老师……这样真的是完结了吗？"

"什么？"

"我有一种不祥的预感，心绪不宁……"

"是怎么一回事？"

香月刚问出口，就有人打通了他的手机。

是虾名。

"什么事情？"

"啊，香月先生，对不起！是这样的，我们把藁科琴音跟丢了！"

"跟丢了？"

"我们派人跟着她，但被甩掉了！我们得到信息说一个摄影部员——那个，名字叫吉原樱的，和藁科琴音走在一块儿！"

"那是在什么地方？"

虾名说了一个地址。那是一条商店街，距离香月他们的所在地大约十来分钟路程。

"我们正在召集人手去找人！如果你们有什么线索的话——"

"明白了，我们也帮忙去找。"

香月挂断电话，望向翡翠。可能是听见了话筒里虾名焦灼的声音，灵媒姑娘睁大了双眼，抬头望向香月。

"老师……"

"藁科可能发现我们在怀疑她了。如果她抱着被捕无疑的念头，想要最后再享受一次杀人的快感的话……"

香月抬腿欲奔，但又停下了脚步。

"不对，乱找一通也毫无意义啊。"

虽说这里是城市郊外僻静的社区，若不搞清楚藁科琴音的目的地在哪，寻找也是徒劳无功。

"再找不到，吉原同学就要……"

翡翠发出了哀痛的喊声。

"翡翠小姐，你尝试和吉原取得联系。"

"电话打不通……"

藁科准备杀害吉原樱。

毫无疑问，一定还是打算在人迹罕至的地方用勒脖子的方式杀害，就像过去的几次一样。

"或者是公园，或者是空地，没什么人经过的地方……"

香月打开手机，开始搜索周边的地图。

地图上信息太少了。难以分辨哪里是空地，哪里是住宅。

他把地图切换到卫星模式，将周边放大继续寻找。

不行，这一带几乎是农村，偏僻的地方实在是太多了……

要怎么样才能……

"菜月……请告诉我。"

香月一惊，回头望去。

只见翡翠跪在地上。

那是藤间菜月化为冰冷尸体倒地的地方。

"翡翠小姐，别这样——对你的负担太大了！"

香月意识到了翡翠想要做的事情，慌忙跑到她的身边。

他抓住她的手腕，想将其扶起来。

"可是！"

翡翠一脸要哭出来的表情，怒吼道。

"强行将菜月召唤出来，她也只会诉说自己临死前的痛苦！她并不知道薰科现在所在的位置啊！"

"那你告诉我，要怎么办才好？让我再次眼睁睁地看着朋友被杀死吗？"

翡翠甩开香月的手，十分愤怒。

"这个——"

然而现在，两人都无能为力。

警方应该在申请许可，通过薰科琴音的 GPS 信息追查她的行踪吧。但是那太费时间了，恐怕来不及。

还有什么可以用来推理的材料吗？

要怎么办……

"香月老师。"

"嗯？"

翡翠的声音突然欢快了起来，香月抬头一看，只见她正望向自己。

他觉得有些奇怪。

甚至有些错觉，觉得面前的是另外一个人。

刚才的悲痛表情一扫而空。

翡翠的脸上带着温煦的笑容，看着香月。

她的脑袋偏向一边，温柔地笑着。

接着，她抬起一只手。

仿佛在指明方向。

"那边，是发现遥香的公园。请救救小樱。"

香月仿佛被电击了一般，全身为之一震。

"你……"

"现在小樱的姐姐在帮忙，但好像拖不了多久。"

香月将视线收回到手机屏幕上。

武中遥香被杀害的公园，距离这里确实不远。如果开车去，五分钟之内可以到。

"我，不怪老师。"

翡翠笑了，带着一丝哀愁。

一阵冷风吹过。

"等等——"

香月刚想伸手，翡翠的身体忽然软倒了。

他慌忙将其抱住。

"翡翠小姐！"

她眼睛闭得紧紧的，小声呻吟。

香月晃了晃她的身体，翡翠伸手按住太阳穴，眉头紧锁。

"老师……？"

"没时间了。你走得动路吗?"

翡翠看起来有点恍惚,但身体好像并无大碍。香月牵起她的手,奔向停在一旁的车子。

"老师?"

翡翠好不容易跟上,气喘吁吁地问道。

"藁科琴音的所在地搞清楚了。我们快走。"

两人坐上车,发动引擎。就连等待翡翠扣上安全带的时间都显得那么漫长。没时间了。现在,说不定藁科琴音已经按住了吉原樱的脖子……

香月拜托翡翠给虾名警官拨了个电话。

他将电话调到免提,一边猛打方向盘,一边喊道:

"虾名先生!是发现第一具遗体的那个公园!藁科琴音在那里!"

"明白了。不过香月老师,你是怎么——"

"详细过程之后再和你说!总之赶快!"

挂断电话,香月仔细地确认路径,怕不小心开错了路。

他踩下油门,一心祈祷着不要碰上红灯。

"拜托了,一定要赶上……"

坐在副驾的翡翠,两手紧握着手机喃喃道。

"我只希望,谁都不要再死了……"

被泪水沾湿的双眸,紧紧盯着手机屏幕。

她的手指仿佛飞起来一般。香月嘱咐她,多给吉原发几次信息,只希望她能尽早察觉。但是,少女并没有应答。

播撒死亡的，被诅咒的血脉。

难道说翡翠的能力，就是以此为代价吗？

的确，一起起死亡纷至沓来，但这并不是她的错。

然而这一次的案子，应该还有挽回的余地。

"求求你了……"

就在他又一次听见祈祷声之际，公园出现在眼前。

香月以一个粗暴的动作把车靠在路边，没有朝向入口，而是从树丛中间钻进了公园。他的视线向四下一扫。

在滑梯的附近，一个少女被另一个少女推倒在地。

藁科琴音骑在吉原樱的身上，勒着她的脖子。

香月大吼一声。

藁科琴音头也不回。

她好像已经完全沉浸于绞杀之中。

她的侧脸，看起来好像透着愉悦的神情。

乐在其中。

杀人，是愉快的。

看着别人痛苦，是舒畅的。

香月几乎可以从她的表情里感受到这样的感情，不禁微微发抖。

背后传来翡翠悲痛的尖叫。

被藁科压在身下的吉原樱看起来一动不动。

藁科琴音紧盯着因痛苦而扭曲的少女的脸，鼻尖几乎碰上鼻尖，仿佛要亲吻上去一般。

香月飞奔过去，抓住蘽科琴音的肩膀，顺势将其拖倒在地。

正在享受杀人过程的少女陷入了狂怒。

她爆发出一股异乎寻常的力量。

香月好不容易才将其制服，把她的手控制住。

搏斗似乎进行了好一阵子，又好像是在一瞬间结束的。

"小樱！小樱！"

伴随着警笛声，翡翠呼喊着少女的名字。

香月将哼哼着的少女按在地面上，喘了口气。

穿西服的男人，还有穿制服的警官们跑了过来。

香月看向翡翠。

只见她抱起倒地的少女，拼命呼唤着。

"小樱！小樱——"

香月看到少女抬起了手腕。

一面痛苦地咳嗽，一面想要解开缠在脖子上的凶器。

"老师……"

翡翠抬起头。

尽管两颊已经被泪水打湿，但那翠绿的双瞳里好像流露出了希望，熠熠生辉。

少女虽然呛咳不已，但好像没有失去意识。

"太好了……赶上了……"

翡翠哭得满脸是泪。

"太好了……太好了……还活着。太好了……还活着……"

翡翠无比怜惜地将少女的身体抱在了怀里。

239

*

香月史郎透过单面镜，向狭小的室内张望着。

即便被钟场警部严厉的目光审视着，少女依然若无其事地微笑着。

就这么微笑着。

她几乎不回答任何问题。

少女上学的书包里，装着单反相机和交换用的镜头。吉原樱平安无事。也许是凶器缠上脖子时，她的手指滑入了凶器和脖子的间隙，救了她一命。她立刻被抬上救护车送到医院，性命并无大碍，所以对她进行了简单的问话。琴音和小樱是同一所初中毕业，两人交换过联系方式。琴音和她说，想要拍摄追悼武中遥香的摄影作品，想请她帮忙，小樱便跟着琴音去了那个公园。刚到公园时，两个人聊了一会儿关于武中遥香的回忆，但等到一个坐在长椅上打了好一会儿电话的女性一离开，琴音便突然扑了上来。据说琴音在和小樱聊天的时候，不住地往打电话的女性方向张望，她很可能就是在等待这个目击者离开的时机到来。

刑警向小樱询问了那个女性的外貌特征，得到的回答如下：

"那个女的，好像电话信号不好似的，通话途中似乎断了好几次，在那儿折腾了好一阵子，最后终于接通，打完之后才离开公园。学姐……突然动手是在那之后，所以，那个人应该什么都没看见。"

假如，那个女人很顺利地接通电话并走出了公园，会怎么样呢？如果薰科琴音更早一点勒住了小樱的脖子——香月很有可能来不及救下她。

小樱的姐姐，似乎是在冥冥之中做了些什么——

翡翠说过，吉原樱身上，附着一个好像守护灵一样的东西。

这种事情真实存在吗？

有可能是真的吧。

人的意识，一定会残留在某个地方。

那个地方，也许并非我们所在的世界。

但是，那也许是一个伸手可及的地方吧。

人们期盼着能够指尖相触的一刹那，以这个信息活在世上。

"香月。"

门开了，钟场探出脑袋。

"不肯开口吗？"

香月透过单面镜，望着里面的少女。

她百无聊赖地，用一只手梳着自己的头发。

"你也听到了，她讲，只愿意跟你说。"

"为什么是我？"

"这个我可不知道。"

香月协助钟场解决过不少案子，但还没进过审讯室。

钟场答应了琴音的要求。香月点点头，走进了审讯室。

坐在室内的少女仰起脸，露出一丝笑容。

藏在眼镜片后面的眼睛，仿佛看到了一只猎物，眯成一条缝。

香月和她相对而坐。

接着，他盯着琴音，说道：

"杀害武中遥香、北野由里，还有藤间菜月的，就是你吗？"

"对，"琴音笑着答道，一脸得意，"是我用领巾勒死的。"

少女穿着的仍是那件水手服，但胸口没有领巾的踪影。

她用自己随身携带的器物，绞上了少女们的脖颈。

当时缠在吉原樱脖子上的领巾，发现了因多次杀人而磨损的痕迹。有些是手指抠出来的痕迹，有些是强力撕扯的痕迹。上面无疑能采集到少女们的 DNA。她一定没有清洗过，香月想。

那是一个连环杀手的勋章。

"为什么要杀她们？"

"有件事我特别在意。"

"是什么？"

"我有点好奇，可爱的女孩子被勒死的时候，脸是不是也会变得很难看。"

少女展开了长篇大论。

看得出她憋了很久，特别想有人来倾听。而现在终于可以向别人展露自己做过的事情了。带着这样的神情，蘽科琴音说道——其实更像是咏唱出来——

"你知道的，大家都说，人被勒死的时候，脸会变得不堪入目，对吗？面部淤血，眼球突出，舌头外露，简直不忍看。所以我就有点好奇，到底会变成什么样？即便是可爱的女孩子被勒住脖子，是不是也都会变得一样难看？我自从意识到这个问题，简直夜不能寐。"

"所以……你尝试了一次？"

"是的。做了一次之后发现，简单得惊人。不出所料，可爱的女孩子的脸也会变得不堪入目啊。实验成功了，我的猜想是对的。这个还挺重要的吧？设立假说，做实验，验证假说……然后呢，我觉得这个场景值得入画，所以拍了照片。对了，我所有的作品都存在相机的存储卡里，请务必欣赏一下。我很想早点给谁看看，心急火燎的，想听听别人的感想。"

少女兴奋地说着，一面探出身子。

"北野，还有藤间……都是出于同样的理由？"

"没错。对了，我的相机呢？"少女环视室内，"你可得好好看看哦。我拍得相当好。"

香月叹了一口气。

"是忍不住了，所以杀了她们吗？"

"是的，想多实验几次。不光是可爱的女生，也想试试比较朴实的，还有长得不好看的女生，增加一点种类。但是，大家基本上都是变成差不多的脸呢。死了之后，人就变得相差无几了。我觉得，这个有点哲学的意思。"

"你决定杀吉原……是不是因为觉得自己被怀疑了？"

"对。我尽量努力不被抓到，但觉得有可能快到头了。反正，我也不想继续应试备考，就算上了大学也没什么想干的事情，但我有更加重要的实验和作品。你知道，学校的老师不也这么跟我们讲吗？高中生活只有三年而已，为了不留遗憾，要尽力去做自己想做的事情，对吧？就算被捕了，很快又能出来，想做挑战也就趁现在了。"

少女眼神闪动着说道。

她的两颊泛红，明显非常亢奋。

就好像一个认真做了功课，等待老师表扬的孩子。

这番话她一定憋了很久很久，一直想一吐为快。

这个梦想终于成真了。

"你为什么不对钟场警部说，而是要对我说呢？"

"咦，这个——"

少女一脸讶异。

接着，她皱起眉头，好像在思索。

"我觉得吧，你说不定可以理解我。"

"我才不会理解。"

香月的回答似乎令少女大受打击。

她露出的表情，仿佛一个告白被拒的小女生。

她瞪着香月，接着低下了头，喃喃地说道：

"本来，我最后是想拿那个美女来拍作品的。名字叫什么来着？和香月先生一起来我家的，绿眼珠的人……"

琴音抬起头，窥伺着香月。

她一定想知道那人的名字。但香月没有回答。

"那个人，真是好漂亮啊。我从来没见过那么漂亮的女孩。很可爱，但好像又不平常。和香月先生你一样，搞不清楚心里在琢磨什么，有一点点可怕。如果那个人被勒死的话，脸会不会也变得很难看？香月先生，你也想看看吧？真想试试看啊……美丽的脸蛋也会丑陋地膨胀，流着口水，嘴唇翕动，口吐白沫……真的好在意啊……她身材也不错，剥光了拍照，应该不错。"

香月站起身，默默走出了审讯室。

钟场从旁边的房间里探出头。

"下面我来接手吧。应该会说了吧。"

"嗯。"

香月觉得疲惫不堪。

他走在警署的走廊上，四周正因为连环杀手的落网而变得忙忙碌碌。

走廊里放置的沙发上，坐着一个女子。

香月在她面前停下了脚步。

应该是太疲倦了吧。

城塚翡翠睡着了。

她背靠在沙发椅背上，好像随时都会歪倒下来。

香月坐在了她身旁。

翡翠的双唇间长吁一口气，身体一歪，将脑袋搭在了他的肩头。

好像暂时还不会醒。

香月凝视着翡翠睡着的脸，伸出手指，拨弄了一下盖在光滑肌肤上的一缕乌发，又擦拭了一下她的眼角。

——那里湿了一片。

那时，翡翠抱起少女的身体哭泣着。她一面哇哇大哭，一面抚摸着少女的头发，直到救护车赶到现场，连声说着：太好了，太好了。

她挽救了一个少女的生命，这毋庸置疑。

回想起来，这个案子令人毛骨悚然，但她救了人这事确凿无疑。

翡翠嘤咛一声。

白皙的脸蛋上微带红晕。

正在喘息的双唇，湿润饱满，看起来分外娇艳。

一阵滚热的冲动涌起，但香月硬生生地将其压住了。

他希望能看到她的笑脸。

香月先生，你也想看看吧？真想试试看啊……

他的耳朵里响起少女的低语。

琴音的动机，似乎是纯粹到极致的好奇心，但却不为这个社会所容。

从某种意义上来说，这说不定可以称为一种悲剧。

因为，人是无法控制自己的冲动的。

长长的睫毛静静地分开，翠绿的双眸惊讶地张望，她看见了香月。

"老师……"

大概因为香月紧盯着自己，翡翠有点不好意思地垂下了眼帘。

"说不定——"

香月说道。

"真的会有天堂哦。"

翡翠有点摸不着头脑，眨着眼睛。

即便是灵媒姑娘，也会有不知道的事情。在刚刚发生的共振瞬间，翡翠好像失去了意识，所以她完全不清楚，香月是如何知道琴音她们所在的地点的。

那时候的菜月，看起来好像并不痛苦。

她脸上带着明亮的笑容。

人的魂魄，到底在哪里呢？

如果人死了，意识又将归于何处？

不知道的事情实在太多了，但只要知道有些事情在触手可及之处，那就足以成为一种救赎。

如果死亡就是一切的尽头，那也太让人不甘了。

香月站起身，向翡翠伸出手。

"回家吧？"

"好……"

灵媒姑娘露出柔和的微笑，握住了他的手。

"Scarf" ends

间奏 III

　　鹤丘文树决定了，要以城塚翡翠作为实验对象。

　　做出这个决定，需要漫长的深思熟虑。他经历了种种逡巡不决，也经历了对欲望的抵抗。权衡风险的天平不断摇摆，可以说他的日常几乎都在为此烦闷苦恼了。他盯着她的照片，在泛滥的欲望里挣扎，甚至为她的可爱长吁短叹。她是一个完美的素材。无论如何，都想拿来做实验……但是，他也预感到，这是一条不归路，故此几度踌躇。他的内心也存在着抵抗，想要继续享受这平稳的日常。

　　可是，命运已然宣告来临。

　　所有的条件，都在推着鹤丘向前迈步。

　　没错，这就是命运。

　　没办法。

　　风险很大，很有可能被捕，所以更要谨慎行事。

　　如果顺利，就能解决所有的疑问，这样实验就可以结束了吧。

　　这是他的预感。

　　在此之前，鹤丘物色实验对象的时候，使用的主要手段是通过社交网站。前一段时间，有一家知名化妆品社区网站发生了用户信息泄露事件，而鹤丘早在该事件暴露之前，就通过暗网搞到了那个用户信息列表。列表上除了邮箱地址，还有用明码保存的密码。不得不说，在现如今这个时代，把没加密的用户密码存在数据库里，这种安全管理实在是太粗疏了。

只要掌握了邮箱和密码的组合，就可以以此获取各种各样的信息了。对于网络安全意识比较低的人而言，很多时候会用同一组邮箱和密码注册多个账号。更不必说，化妆品交流社区的用户群绝大多数是女性，从使用的品牌、发布的评论里的照片上，还能推断出她大致是个什么样的人。

这样，再摸到其他的社交网站去，假如发布的照片刚好合鹤丘的意，那他就会继续探寻对方的住址。漂亮的女生，往往更倾向于在网上贴自己的照片。如果她们使用过邮箱服务或购物网站，那么真实住址亦可轻而易举地获得。

还有些其他手段，比如说，伪装成其他人物甚至是女性，在社交网络上与目标接触，获得进一步信息。这种网上的交流，只要最后弄到对方的密码，登录上去将数据删除，就很难留下证据了。当然，服务器上或许还存有备份，但警察察觉到这一点的概率微乎其微。在绑架实验对象时搞到对方的手机，删去浏览历史和 APP，就连她们曾使用过该服务的痕迹都可以清除干净。在绑架的时候，不关闭手机的电源，而是只调到飞行模式的用意也就在此了。只要不关机，使用实验结束的女人的指纹就可轻易解锁。为了以防万一，用手机连上没设置密码的无线网登录网站操作就可以了，根本查不到鹤丘身上。日本的警察在网络犯罪方面的知识实在是太匮乏了。

但是，这一回采用的手段，和历来的手法大异其趣，所以有必要比往常更加小心谨慎。于警方而言，探知他踪迹的可能也是相当之高。

然而，只要下定了决心，事情便推进得异常顺利。

他之前担心的一直在她身边的那个障碍，现在也因为某种意想不到的幸运而排除了。虽然有必要进行一些事后处置，但等到用翡翠进行实验之后再考虑也不晚吧……

不错。

这个时刻，终于来临了……

鹤丘俯瞰着横陈于自己面前的翡翠。

她一面摇着脑袋，一面蜷起身子，想要尽量离他远一点。

仿佛一只毛毛虫。

"救、救救……"

嗓子里，挤出一点因恐惧而颤抖的声音。

她爬行着。

"救救我……救命……！"

翡翠扯破喉咙大叫起来。

"救命！来人啊……！救救我……！有人吗……！"

她泪流满面，不停拼命地喊叫着。

"没用的。谁都听不到的。"

"不要啊啊啊啊啊……！"

翡翠将身体蜷起，用脚乱蹬。

她像毛毛虫一样在地板上爬行着，试图与鹤丘尽量拉开距离。

但是，这样是没可能逃脱的。

"救命……请救救我……"

那美丽的容颜已经因泪水和恐惧扭曲，被捆绑的娇小身躯，也只能像毛毛虫一样无助地滚动着。

"老师，救救我……"

但这个恳求，已经不可能实现了。

她的手机被调成飞行模式，并且切断电源已经有一阵子了。

假如说有人能知晓她的所在地，那就只能仰仗超能力的帮助了吧。

好像故意要挑起她的恐惧似的，他拿着刀子走近了几步。

有可能是终于意识到逃不掉了。翡翠闭上了嘴，好像想要强制镇定上下翻腾的心脏似的，深吸了一口气，说：

"你、你……你是个恶魔……"

虽然湿漉漉的双眼仍然泪水长流，但她的态度坚决，紧盯着对方。

"你就是这样，骗取了好多女子的对吧……？"

美丽的牙齿咯噔咯噔打战，但她仍然一鼓作气地说道。

"但是，但是……你、你绝对会被抓住的！就算我被杀死在这里，还会有很多和我一样不会轻易放过你的人！就算你、你、你没有留下任何证据，总有……总有一天，会有人揭开你的面具……！"

即便是如此坚决的抗议，也没能在他的表情上读到任何回应。她也许终于明白，抗争是没有意义的了。这将是最后的抵抗。

刀锋高高扬起，翡翠闭上了眼睛。

251

"差不多了，我要杀了你。"

有什么东西发出巨响。

对方走近她，抓住了她的肩膀。

鹤丘反手握刀，挥向被绳索绑住的翡翠。

翡翠的腹部、双腿都被绳索捆住了。

不论怎么动弹双脚，都无法逃脱。

这就是死亡吗……

他将刀尖抵在了翡翠的胸口。

终章　对阵杀人魔

香月史郎应承下了那个妇人的委托。

他要揭开闹得满城风雨的连环杀人魔的真面目。

为此，钟场和翡翠的协助不可或缺。

香月马上和钟场正和取得了联系。首先，必须知道警方对杀人魔的信息掌握到了什么程度。

见面地点，照例是那家咖啡馆的卡座。

"因为我没有加入特搜，所以信息都是二手的。相关资料嘛，好说歹说是拿出来了，但只能在这里看，拜托。"

钟场将合起来的文件放在桌上之后，如此说道。香月深施一礼。

"太谢谢你了。"

"你为什么突然又对这个案子感兴趣了？"

在此之前，他们也聊过关于这个连环杀手的事情。但是，仅限于钟场耳闻的一些小道消息，香月对此并未深究。

"有死者家属找到我，拜托我来查，她好像很悔恨。"

香月将文件捧在手中翻开。

若是侦探行业，那么就应该根据保密协议隐去委托人的信息。但是，香月只是一介作家，只不过偶然协助钟场，同时运气颇佳地破了一些案子。可是，自从认识了能通过透视发现事实的翡翠

253

之后，这种偶然几乎变成了必然。这个冬季降临之前，从凑巧被卷入的案子，到钟场特意来征询意见的案子，几乎都由香月和翡翠并肩解决了。

而钟场，似乎也觉察到了这种变化的缘由。

"我啊，可是从来不相信通灵啊，超能力什么的，不过……我觉得你的意见可以参考，只要能抓到那个混蛋，这种违规的事情我都愿意做。"

"明白了，钟场先生，你可是个就算上帝犯罪，也敢给他戴上手铐的人呐。"

香月此言一出，钟场显得有点不高兴。

但是这一次——城塚翡翠的灵视恐怕难以发挥作用了吧。

"依旧是难以判明杀人现场吗？"

"是啊。完全没有头绪。凶手将被害人绑架后，带到了其他地点杀害，然后又用车把遗体搬运到山林或农田等避人耳目的地方丢弃，几乎没有遗留物。被害人的年龄和外貌有相似之处，但也仅此而已。从交际关系上也搜索不出什么所以然。抛尸现场分布很散，附近几乎都没有设置监控摄像头——估计凶手是有意选择的。真是个难缠的对手，简直像亡灵一般。"

香月注视着资料，仔细阅读着。

有一群大学生前往群马县山中的废弃医院，打算玩试胆游戏，结果在废墟中发现了一具被抛弃的女尸。那是一处玩试胆游戏的圣地，在废墟摄影爱好者之间也颇有名气，香月也曾造访过。但是，平时几乎无人出入，所以尸体被发现的时机较晚，已有相当程度的腐烂。司法解剖的结果显示被害人已经死亡三个月以上。遗体旁不要说遗留物了，连衣服都不留寸缕，给判定死者身份造成了巨大困难。最终，通过对比牙齿咬痕，和一个春天失踪的女大学生对上了号。

遗体的腹部被利器刺伤，虽然不是致命伤，但应该是因此失血过多而身亡。遗体的手腕和脚腕可见捆绑留下的痕迹。凶手将被害人衣物脱光后，用刀刺入其腹部，然后拔出，接着便耐心等待对方失血而死，大概就是这样——这是搜查本部的看法。没有发现被害人受到性侵的痕迹，也未能检出凶手的DNA。

一开始，警方按照怨恨杀人这条线进行搜查，但是梳理被害人的交际圈并没有找到有力的线索。根据手机在最后一段时间发出的微弱信号，只能推断出被害人被凶手绑架有可能是在晚上回家的路上。凶手在绑架成功之后立刻把被害人的手机电源关闭了，导致警方无法进行追踪。

第一个案子的搜查有一段时间毫无进展，大家都觉得陷入了困境。

第二个被害人的遗体是在枥木县的山林中被发现的。据推测，凶手是从山路上把死者的遗体抛了下去。距离死亡时间已有一个多月，和第一个死者一样，没有随身物品，没有遗留物，在判定身份上花了很长时间，最终搞清楚了，也是一个女大学生，之前也提交了失踪人口调查申请。在交际关系上的排查毫无进展，而杀害手段与在群马发现的尸体一致，警方认为很有可能属于在日本比较罕见的连环杀人案，就此成立了一个新的特别搜查本部，确立了相关办案方针。

"可是查来查去，都查不出什么证据。"

凶手在绑架过程中小心避开了监控，并将尸体遗弃到人迹罕至之处，其踪迹实在难以捉摸。

"这小子很狡猾，对警方的侦查手段也很熟悉。可以说是非常用心地将我们能用得上的侦查手段一个接一个地都化解了。难以想象这种罪犯真的存在于世上，太变态了。我不光是说他作案手段变态，而是说连续作案这么多次，居然能不留下一丁点痕迹，真是太变态了。"

警方探员们只能继续进行单调的调查和面谈，就在这时，第三、第四具尸体相继被人发现了。被害人的相貌有类似之处，而凶手是如何探知到她们的信息，成为侦查工作的关键之一。

"被害人基本都是女大学生，或是二十岁出头的公司女职员……而且，所有人都是一个人住。"

"是的，所以她们的失踪人口调查申请的提交都会慢一拍。如果是在职员工，在五一黄金周之类的长假期间被绑架，谁都不会注意到她遇难了。这大概是有预谋的。"

"若是如此，那关键就在于凶手是怎么获知目标信息，并对其进行筛选的了，对吧？"

"不少被害人有社交网络的账户，有可能是从那里泄露了自己的隐私，但我们没有发现相关的痕迹。并非所有人都在网上贴出了自己的真人照片或是家庭住址之类的。"

"那么，也就是说还有其他不为人知的联系喽……被害人好像以住在东京的女孩子为主啊。哦，也有埼玉和神奈川的。"

"称得上是共同点的信息只有：几个被害人的家附近几乎都没有监控摄像头。凶手可能在事先踩点时都查看过了。"

"谨慎得近乎偏执啊。首先找到合口味的女性，打算下手之前，若是在踩点的环节发觉监控摄像太多，就会悄悄收手找寻下一个目标……真是可怕的自制力。"

"是啊。然而，这类犯罪的共同点也显现了：犯案的时间间隔越来越短。"

钟场所言不差。

两次犯案之间的间隔，从最开始的一年，逐渐变成了半年一次，数月一次。而最近的半年之中，已经出现了三具尸体。

"大概凶手作案越来越娴熟，愈发抑制不住自己的欲望了。有可能还有隐藏的被害人，只是尚未发现……"

"是啊，这小子估计要露出狐狸尾巴了。这人很聪明，而且他也自知很聪明。就是因为这样，最近的两个案子，他改变了作案手法。"

"作案手法？……真的吗？"

香月翻到倒数第二个案子的资料。

被害人的失踪时间是初夏。

刚好是香月和翡翠初识的时间。

"被害人的身体在淋浴间，或是别的什么地方被仔细清洗干净了。我们从皮肤上检出了漂白剂的成分。"

"因为是夏天，恐怕是担心自己的汗液沾上去吧？"

"不知道。但是在此之前，也不是没有在夏天犯过案。"

"一方面难以抑制杀人的冲动，一方面又在隐蔽证据上慎之又慎……"

香月又将手中的资料翻到了最新的一件案子。

尸体发现地是秩父县的一座山里。这次尸体发现得很早，堪称奇迹。被害人的推定死亡时间，刚好是香月他们在处理女高中生连续绞杀事件的那几天。

日子是藤间菜月被杀的前一天。

苦涩的回忆重现眼前。

"怎么样？有没有什么发现？"

"这个嘛……"

香月摸摸下巴，将之前在水镜庄讲过一次的对凶手的侧写，又说了一遍给钟场听。但他估计，类似这种程度的分析，搜查本部的负责人肯定已经一清二楚了。

"如果再加上一点的话，我觉得'拔刀后耐心等待被害人失血而死'这种猎奇的手段，有一点进行某种仪式的色彩。"

"仪式？你是说像邪教那种？莫非是想召唤恶魔什么的吗？"

"钟场先生会觉得奇怪，但这对凶手而言可能是很重要的事。敬拜恶魔有些极端了，但很有可能是真心相信这类事物的人。"

"哎，可就算有了凶手侧写，嫌疑人还是成千上万啊。可能可以缩小到东京市内，但总不能去把住在东京的、持有驾照的男性——叫来讯问。"

"和上次的绞杀案一样，可不一定是男性哦。毕竟没有性暴力的痕迹。"

"是哦……"

钟场一声叹息。

"还有就是，能够如此大费周章地踩点什么的，凶手可能没有正式工作吧。"

香月合上资料，递还给钟场。

"都记下了？"

"嗯。"

"厉害啊，"钟场笑了，站起身，"要是有什么发现和我联系。"

"我会努力试试的。"

香月目送钟场离去，端起杯子喝了一口已经冷透了的咖啡。

与此同时他陷入了缜密的思索。

凭现在所知的这些信息，以城塚翡翠的灵视能力，能不能锁定嫌疑人呢？

比方说，在水镜庄的那次，她能够通过凶手灵魂的气味来辨别嫌疑人。但是，藁科琴音的案子里显示得很清楚，对于毫无罪恶感的人，她的"嗅觉"是发挥不了作用的。这样一来，能起效果的，只有灵魂共振这个现象了，可是，这又只能在被害人死亡现场才能实施。据翡翠说，被杀死的人，其魂魄当场云消雾散，并就此停滞。魂魄并不附着于尸体，也不游荡在墓地。翡翠可以嗅出的，只是留在死亡现场的残留气味，因此，若没找到杀人现场，就无法产生共振现象。

结论就是，现在而言，城塚翡翠是无法找到嫌疑人的。

香月史郎这么认为。

*

香月史郎站在一条少有车辆经过的山道上。

刚到傍晚。他在这里待了三十分钟，一辆路过的车都没有。

香月将车停靠在护栏边，这条路不窄，所以他觉得就算有其他车要过，也毫无问题。

而城塚翡翠站在不远处。

冬天的风，轻轻吹着她柔顺的长发。

今天，她穿了一件很显肤色的米色大衣。

一开始，她想要跨过道路护栏，尽量靠近抛尸现场，但香月还是将她劝住了，毕竟万一失足滑下去可不得了。凶手就是在这里将尸体朝着护栏外丢下去的。尸体掉落之处并不远，而且又挂在了一棵显眼的树干上，故而被发现得比较早。

翡翠睁开紧闭的双眼。

接着，她一脸无奈地望向香月。

眉毛梢弯垂下来。

"怎么样？"

香月朝她走去，问道。

翡翠摇摇头。

"抱歉，什么都没有感觉出来。"

"也是死马当活马医了。这边根本不是案发现场，也是没法子。"

"还有什么别的能帮上老师的地方呢？"

"你已经帮了很大的忙了！"香月耸耸肩，"这个案子和你的能力有点不匹配。哎，要是知道杀害地点就好了。"

"是啊，"翡翠点点头，"被害人都是年轻的女性。如果可以知道案发地点，应该可以发生灵魂共振，就算一个人也好……"

"在抛尸现场果然是什么都读取不出来啊。"

"似乎是这样。没帮上忙，真是抱歉……"

香月找翡翠商量这件事时，她这么说过。

所谓的共振现象只能在事故现场或杀害现场发生一说，只不过是翡翠自己总结的经验而已。

关于灵魂的法则，并无人向她解说，所以谁也不了解真实情形如何。万一她总结的这个规律是错的，在抛尸现场也能发生共振……翡翠如此说道，向香月提出想要去抛尸的现场看看。

而且，灵魂确实存在于这个世上——这种灵体能被翡翠感知，比如地缚灵、背后灵、哭丧妇，还有水镜庄说不清道不明的气氛，尽管其规则也不明朗。虽然希望渺茫，还是有一丁点可能，被害人当中有一个成为了这类存在，并且徘徊于抛尸现场——翡翠这么解释。但是，在这类情形中，这些灵魂往往是出没在自己死去或埋葬的地点，所以，他们这次又扑空了。

今天他们已经转了四个抛尸地点。

她一定是精神保持高度集中的吧？

翡翠看起来已略显疲态。

"太阳快下山了。今天差不多就这样，先去吃晚饭吧？你有什么想吃的吗？"

"嗯……"

翡翠看起来一脸歉疚之色，但稍微思考了片刻，便换上了开朗的表情，说：

"那我想去高速的服务区吃饭。阿真和我说过，在那里可以吃到很多好吃的东西……可以吗？"

"嗯嗯……当然可以啦。"

香月笑道。

既然是带着美貌的大小姐出去吃饭，当然是想在高级点的餐厅共进晚餐，但既然翡翠这么要求了，自然也无法回绝。一路开过来，经过的服务区里边有一处还挺有人气的。那里好像是以重现江户时代的街景为主题的，翡翠看了一定开心。

于是香月载着翡翠，向目的地奔驰而去。

"哇……有武士吗？武士在哪里啊？"

果不其然，翡翠两眼放光，雀跃不已。

"哈，我觉得武士应该是没有的吧……"

"啊，那是不是哪里躲着忍者呢？"

香月有一点后悔：如果带她去日光一带，说不定她会有更加可爱的反应。据翡翠说，她很少出门，在这种地方用餐也是头一回。不知是不是天生体质的缘故，她刚一进入餐饮广场，就显得有点身体不适。她不爱出门也是有道理的吧。能够感知灵魂的气味——在这样的地方，形形色色的气味川流不息，扑面而来，因此她的神经也一定负担很重，身体承受着更多压力。车开在路上的时候，她也可能不经意地触发共振现象。

262

香月想，至少需要一个理解她的人，陪伴在她左右。

用餐过程中，翡翠一直保持着愉快的表情，但吃完之后，她变得沉默寡言起来。一问，说是头疼了。香月带着翡翠准备回车上去。不过忽然，翡翠说想吃"软雪糕"了。

"软雪糕？噢，你是说冰淇淋？"

香月朝翡翠指着的店面看去，弄明白了她的意思。

"对对对。是哦，日语的话，是叫冰淇淋吧？"

"盛在蛋卷上边的，叫冰淇淋。你看，那儿写着呢。"

"啊，果然……不好意思，有时候我会混淆。"

"今天虽然挺暖和的，不过没想到你冬天还吃冰淇淋啊。"

"不好意思，"翡翠露出楚楚可怜的表情，"我就是想在这种地方吃一回。"

"不必道歉啦，"香月笑道，"如果这样你能舒服点的话。"

香月买了一个冰淇淋，递给翡翠。座位那里人满为患，所以两个人站在了稍远些的地方。一开始是打算回车里的，但翡翠说想呼吸外边的空气。香月站在一边，凝视着贪婪地舔着冰淇淋的翡翠的侧脸。

小舌头从明艳的粉唇间探出，舔着雪白的冰淇淋。

"好吃吗？"

一问之下，翡翠抬眼看向香月，嘻嘻一笑。

"嗯，很好吃噢。老师要不要来一点？"

她一面说，一面天真无邪地将手里的冰淇淋递了过来。

"这个，"香月苦笑，"那我吃一口。"

"好，老师张嘴，啊——"

实在有点太羞耻了。

香月按捺住心中的思绪，张口在递过来的冰淇淋上咬了一小口。

冰淇淋白色的表面上，残存着一抹粉红。

那是翡翠口红的印迹吧。

她好像没注意到。

好久没吃冰淇淋了，入口极甜，又极冷。

两人四目相对，香月不知怎么，笑意涌现。

翡翠也嘻嘻笑着，好像有点不好意思。

吃完冰淇淋，两个人喝着热饮料，有一搭没一搭地聊了一会儿。

香月将两个空饮料罐丢到垃圾箱之后，回到翡翠身边。这时翡翠开口了，说得很慢，表情带着几分落寞。

"老师……我想多了解一些关于老师的事情。"

"关于我？"

翡翠的视线投向停车场里的车辆，继续说道。

"老师你……是不是曾经失去过很重要的人？除了仓持小姐之外。"

"你为什么会这么想？"

"是气味。"

翡翠望向香月，一脸惆怅。

"我第一次见到老师的时候，就有感觉了。这个人，失去过重要的人，并且一直背负着这个伤痛而活着……我能感觉到。"

接着，她略一鞠躬，说了句"不好意思"。

"我经常这样，就算自己不想，也会在不经意间知晓身边人的秘密。所以，大家都不大愿意和我深交，会避忌，敬而远之。我很怕这样的情形，很怕……所以有时候会选择不将自己感知到的事情都说出来。关于老师你的事情我也……假如老师自己不提，我是不会触碰这个话题的。可是……我总是很在意这件事，如果我能帮上什么忙的话……"

翡翠将头扭向一边，低垂下去。

"不，我说得不对。应该说……我作为一个知晓秘密的人，却对此缄口不言，这个罪恶感压得我透不过气来了，这是我自己自私的感情。有点不舒服吧？被知道了不想让人知道的事情……"

"其实，也算不上是什么值得保密的事情噢。"

香月长出一口气，笑了。

翡翠还是一脸抱歉，朝香月瞟了一眼。

"就是事情本身比较无趣……但假如翡翠小姐愿意听，我可以说说。"

翡翠的脸色一亮。

"好呀。"

"是我小时候的事情，差不多快二十年前了。"

香月把手插到大衣口袋里，望向暮色昏沉的天空。

"我有一个大我很多的姐姐。准确地说，是没有血缘关系的姐姐，她是我父亲再婚对象的孩子……对当时还是小学生的我而言，突然就多了一个长我十岁的姐姐。她很温柔，又好看，一开始我很抗拒，和她保持着距离，但很快，我对她就变成了一种类似仰慕的感情。"

香月的手在口袋里攥成了拳头，好似要捏碎当时的感情。

"那时候我还在上小学。我的姐姐被匪徒刺伤，去世了。"

翡翠那边传来一阵响动，好像屏住了呼吸。

"我只离开了她一会儿，事情就发生了。当我发现她的时候，她还有气。可是，她在最后的时刻到底想说的是什么呢……是疼痛，还是痛苦，还是别的什么呢？……我没听清楚。在那之后，我一直都很后悔。当时的凶手，也一直没有落网。我现在写侦探小说，帮助钟场警部追查杀人案……对犯罪侦查如此热心，可能是受到了当时那件事情的深刻影响吧。特别是这个案子，里面的被害人……和已然不在人世的那个人，年纪几乎相同……所以，可能我有一些感同身受。"

他静静地、深深地吐了一口气。

接着，他回头看向翡翠。

他笑着说：

"你看，我说是个没趣的故事吧？"

然而翡翠双眉拧在了一块儿，嘴巴扁了起来。

好像是马上就要哭出来的样子。

她闭上了眼睛。

接着，也长出了一口气。当她翠绿的眼眸重新睁开的时候，笑意又回来了。

"老师，我要抱抱你。"

"咦？"

香月略一迟疑，翡翠害羞地笑了。

她张开双臂，做出迎接香月的姿态。

"别不好意思。遇到困苦的时候，我可以抱抱你。这个最有用了。我寂寞的时候，阿真也会抱我的。"

这两个能一样吗……香月不禁暗想，笑了出来。

"你笑什么啊？"

翡翠嘟起嘴，有点不高兴了。

"没什么……我又不是小孩子了。"

"你怎么这么说……难道我是小孩子吗？"

翡翠垂下手，气鼓鼓地说道。

香月本想说"我觉得你是孩子呀"，但又生生咽了回去。

接着他说。

"明天开始，我会一个人继续查案。"

"咦……？"

"说到底，接受这个请求的人是我。我不能再依靠翡翠小姐你了，况且现在完全没有眉目。追查杀人魔这事，很难保证没有危险发生。"

"老师……"

翡翠一脸哀怨地说。香月继续说道。

"我总有些不祥的预感。今天你帮了我一天，已经是感激不尽了。"

翡翠低下了头，微鬈的长发有气无力地垂下来。

"老师……莫非是想让我离这个案子远一点吗？"

"嗯，"香月点点头，"恐怕，翡翠小姐你所感觉到的那场无法避免的死亡，就是指这一次吧。我不认为那个预感一定会成真，我希望那只是错觉，但我也不能无视它的存在。你继续追这个案子，很有可能被杀人魔盯上，所以还是避开为好。假如预感就是命运本身，那么为了和它对抗，只能走在它的前面。在你被命运吞噬之前，先找到凶手就可以了。翡翠小姐，你已经付出很多努力了，接下去，我会一个人追查下去。"

翡翠低头不语，聆听着香月的这一番话。

最终，她喃喃道：

"老师你……你是在为我担心呀。"

"是的。"

"我可能是一个又贪婪又愚蠢的人。虽然知道终局将要来临，但却想要继续保持这段关系，直到没有回头路可走。我衷心祈祷，想象中的未来最好是全然错误的，但又知道寄希望于此是愚蠢的。但是，即便如此——"

她向着香月走近一步。

接着，好像心意已决，呼出一口气，说道：

"我……真心地，想要为老师出一份力。"

她的眼帘低垂，睫毛在微微颤动。

翡翠没有看香月。她躲避着视线，一口气说道：

"老师对我来说就是一道光。以前，我一直都觉得自己的能力是一种诅咒。但是老师让那个不能帮助任何人的我，感受到了光明。你相信我……拯救了我。你让我觉得自己的能力一定是有意义的……我能这么想，都是因为老师你啊。"

香月觉得心中一痛。

他不说话，盯着翡翠。

她抬起头。

润湿的翠绿双眸，映出香月的影子。

"对于老师来说，我可能就是个小孩子。就算是这样，我也想为老师出力。就算是难以避免的命运，我也愿意在你身边——"

香月终于忍不住了，他将翡翠拥入怀中。

好似将她冰凉的身体包裹一般，紧紧地抱着。

"在我看来，"香月在她的耳畔低语道，"你总是那么痛苦、寂寞。"

"老师……"

他感觉到，她的手搭在了自己的背后。

那是一双多么温柔的手掌呀。

翡翠说：

"我会……抱紧你……"

那双纤细的胳膊，稍微加了点力。

隔了一会儿，香月感到怀中温热了起来。

接着，他捉住翡翠的肩膀，让两人的身体稍稍分离。

翡翠抬起下巴，看着自己。

眼神迷离。

翠色的双眸合上了。

湿润的双唇。

那是美丽的，诱人的……

他吻了上去。

好像有一丝冰淇淋的甜味，那大概是错觉吧。

两个人笑着，上了车。

引擎发动。

车内的空调还没暖起来，但两个人的身体都热乎乎的。

香月开口了。

其实这句话他犹豫了很久。

他为之苦恼了好一阵子，但似乎，机不可失。

"其实，我有一处别墅，距离这里一个小时左右。"

"哦？真的吗？"

翡翠两眼圆睁，盯住香月。

"话虽如此，只是父亲的遗产罢了。因为有些回忆，也不好卖掉，所以还保留着。有时候我想要集中精力写作，会把那里当成工作室。不过房子如果老是不用，也会年久失修的。"

翡翠的脸朝向香月，不太好意思地瞟向香月。

"如何？为了明天的侦查活动养精蓄锐，要不去住一晚？"

翡翠低下头。

她的双手握成拳头，好像有点紧张地放在膝盖上。

"好……"

声若蚊鸣。

真是可爱到了极点。

香月好不容易忍住了迸发的冲动。

汽车飞驰。

许久，车内陷入沉默。

"千和崎小姐……好像说是回老家了对吗？"

"啊，是的。听说她家里有亲戚去世……回北海道去了，一周左右。"

"这样啊，那刚刚好。"

"嗯，是啊，"翡翠自语道，接着扑哧一笑，"我还没有告诉阿真呢。"

"不能给她发信息哦。她可是很敏感的。"

可能是因为朋友比较少，翡翠和香月在一起的时候极少摆弄手机，坐在副驾上的时候也许是例外，但那时候也总是会事先询问：我能查一下信息吗？以免显得不礼貌。这大概是家庭教养的关系吧。只要愉快的交谈能够继续，她是不会掏出手机的。

聊天继续着。

就这样，梦幻般的时间流逝而过。

香月偶尔瞥一眼翡翠，翡翠也回看着他，羞涩地笑。

即便是普通的闲扯也能引得她嘿嘿地笑个不停，那对翠绿色的眼睛火热地盯住香月。

他们半路遇到堵车，稍微耽搁了一些时间，但终于平安抵达了香月的山中别墅。下车后，可以发现周围已经没有一丝人造的光亮了。附近没有称得上建筑的房屋。虽说没有路过吊桥之类的地方，但环顾四周，这实在是一个上演"封闭空间"剧本的绝妙舞台。即便惨剧反复上演，也不会有人发觉的吧。

香月催着翡翠，步入了山庄。这幢别墅是两层小楼，并不大。在玄关脱了鞋，香月从翡翠手中接过大衣，挂在了衣架上。今天翡翠穿着一件有淡淡丝光的粉色衬衣，披着件稍大的外套，看起来比平时要成熟些。

香月招呼她走进客厅。

客厅的灯没有开，只有玄关的旧灯泡射出的光线。

"老师，电灯……"

她刚刚走进室内没几步，身体就被人从后面抱住了。

已经难以忍耐下去了。

"啊，老师……"

香月搂抱着翡翠的躯体，好像在确认那精致的骨架一般。他将脸埋进柔软的头发里，吸着她后脖颈甘甜的气息。

"翡翠。"

香月呼唤道，与此同时，开始揉搓并没有反抗的身体。

翡翠好像怕痒似的，伸手遮挡着耳朵和脖颈，但并没有阻止香月的动作。

"嗯……老师……不行啊……在这种……地方……"

他贪婪地嗅着甜美的气息，一面舔着奶油蛋糕般白嫩的脖颈。手掌心里感受到衬衫衣料舒适的质地，而胸罩的形状与硬度，正向香月昭示着隐藏在那后面的坚实存在。

但是，不行。果然，这还是……

"哎呀，嗯……呵呵……老师你真是的……"

香月吻上翡翠的右耳垂时，传来了轻轻的笑声，掺杂着困惑与娇媚。他抚弄丝袜的手，被翡翠的双腿夹住了。她的身体，发生了稍许的扭动，一次，又一次。

接着，她的身体僵住了。

她好像终于注意到了一些什么，身子僵直起来。

"啊……"

声音里不带一丝娇媚，只是一个惊愕的感叹。

她的全身仿佛被恐惧笼罩，香月鼻尖所触的肌肤，都起了鸡皮疙瘩。

"老师，这里是……"

翡翠好像喘不过气来一样，说道：

"这里，是什么地方……为什么，会这样……"

"果然，你还是感觉出来了啊。"

香月的鼻尖离开了翡翠的后颈。

为了防止她逃脱，香月将双手按在了她震颤不已的双肩上。

"什、什么啊……老师，这里是……"

"有气味残留，还是说发生了共振呢？喏，死了十多个人了，应该能有所感应吧。"

"老师……？"

翡翠战战兢兢地扭头看向香月。

香月浮现一丝微笑，对着愕然的她说道：

"翡翠，你真的是太可爱啦。所以，我实在忍不住了。"

翠绿色的眼睛瞪得大大的，里面藏着恐惧的影子。

"是我杀的。已经拿十多个人做了实验。无论如何，都想用你试一次。"

"骗人……"

她的身体颤抖着，香月的掌心能感觉到，她似乎随时就会晕倒。

"骗人……骗人的吧，老师？"

翡翠的嘴唇歪斜，看起来好像是要勉强挤出笑意。

她大概相信，只要像平常一样露出无邪的笑容——

香月就一定会以笑颜来回应。

"真不是骗你。"

香月将翡翠的胳膊拧过去，不顾她的痛苦呻吟，将双手反剪，让其跪在了地板上。她几乎没有抵抗，只是嘴唇发青，微弱地震颤着。他用一旁桌子上准备好的绳子将其双手绑了起来。

"老师……这、这可不好开玩笑……会、会生气的，我……"

"不是开玩笑哦。"

好像受到惊吓的小动物，眼眶里漾着的泪水在滚动。

看着这一幕，香月的胸口仍是心痛不已。

但是，自己实在是按捺不住了。

香月将翡翠推倒在地板上。

她发出一声低低的哀叫。

香月抓住对方的肩膀，令其仰面朝天。

他还想多看看这令人怜爱的表情。

"你看，这下子总信了吧?"

香月取出刀子，将锋利的刀刃一晃。

在晦暗中，刀刃反射着从玄关照进来的微弱光芒，闪了一下。

"你骗人……"翡翠激烈地摇着头，长发凌乱，缠在了脸颊上，"你骗人……你快说是在骗我啊……"

"我一直没法对你说真话，这让我好心痛。"

香月好像终于吐出了胸中的一口闷气，长叹道。

"可是，我还是无法战胜自己的欲望。"

翡翠颤抖的双唇张开，想寻找合适的词句，但顿挫了多次:

"老、老师……是老师你……杀、杀的……?"

但这个问题，不必从他口中得到答案，翡翠似乎已经知晓真相。

大概她已经嗅到气味了吧。

她已然明了，香月的话中没有罪恶感，也没有谎言。

他只是平平淡淡地陈述了事实——

对翡翠而言，这是比什么都重要的证据。

"没错，是实验，不得不做的哦。"

泪湿的翠绿眼眸痛苦地闭上。

"你骗人……骗人啊……"

白皙的面颊，被溢出的泪水打湿，留下几道痕迹。

"这一定是、做梦……骗人的! 骗人! 骗人! 骗人骗人骗人骗人!"

翡翠扭动身体，好像耍赖的小孩般喊叫道。

香月只是站在一边，盯着这一切。

胸中隐隐作痛。

但是，他也变得更加亢奋了。

"不会疼的，"香月的气息变得粗重起来，"只是用刀扎一下嘛。"

"骗人……骗人。你在骗人！骗人！你骗人！你在骗我对不对！"

"我在做实验。搞清楚是疼还是不疼。"

"不要……"

翡翠盯着香月的眼睛，眼神飘忽起来。

她一面摇着脑袋，一面蜷起身子，想要尽量离他远一点。

仿佛一只毛毛虫。

"救、救救……"

嗓子里，挤出一点因恐惧而颤抖的声音。

她爬行着。

"救救我……救命……！"

翡翠扯破喉咙大叫起来。

"救命！来人啊……！救救我……！有人吗……！"

她泪流满面、不停拼命地喊叫着。

"没用的，谁都听不到的。"

"不要啊啊啊啊啊……！"

翡翠将身体蜷起，用脚乱蹬。

她像毛毛虫一样在地板上爬行着，试图尽量与香月拉开距离。

但是，这样是没可能逃脱的。

"救命……请救救、我……"

那美丽的容颜已经因泪水和恐惧而扭曲，被捆绑的娇小身躯也只能像毛毛虫一样无助地滚动着。

"老师，救救我……"

但这个恳求，已经不可能实现了。

她的手机被调成飞行模式，并且切断电源已经有一阵子了。

假如说有人能知晓她的所在地，那就只能仰仗超能力的帮助了吧。

香月好像故意要挑起她的恐惧似的，拿着刀子走近了几步。

有可能是终于意识到逃不掉了。翡翠闭上了嘴，好像想要强制镇定上下翻腾的心脏似的，深吸了一口气，说：

"你、你是……你是个恶魔……"

虽然湿漉漉的双眼仍然泪水长流，但她的态度坚决，紧盯着对方。

"你就是这样骗取了好多女子的，对吧……？"

美丽的牙齿咯噔咯噔打战，但她仍然一鼓作气地说道。

"但是，但是……你、你绝对会被抓住的！就算我被杀死在这里，还会有很多和我一样不会轻易放过你的人！就算你、你、你没有留下任何证据，总有……总有一天，会有人揭开你的面具……！"

即便是如此坚决的抗议，也没能在他的表情上读到任何回响。她也许终于明白，抗争是没有意义的了。这将是最后的抵抗。

刀锋高高扬起。翡翠闭上了眼睛。

悔恨、痛苦、哀怨……

她咬着嘴唇，喘息着，叹息着，眼泪肆意流淌。

"呜呜呜……啊啊啊啊……啊啊啊啊……"

城塚翡翠的预感，真的是准确无比。

这，就是无法避免的死亡。

她似乎很久以前就接受了自己的命运，但是从来没有想过，会是这样的一个结局吧？

他朝泪珠扑簌的翡翠说道：

"不用怕，我不会马上杀你，还有事情要你帮我做。"

翡翠不知道有没有听见香月的话，依然垂泪不已。

"我要你帮我降一次灵，请帮我召唤出我的姐姐。"

翡翠有气无力地摇摇头。

"救救我……告诉我这一切都是假的……"

可能折磨得有点太狠了。

是不是精神出问题了？

自己刚刚一下没控制住兴奋的劲头。

"我有事情要问姐姐。如果能问到结果，不杀你也可以。"

对这句话，翡翠显露了有限的反应。

"啊，唔……"

她肩膀微微一动，头颈无力地抬起。

其实他很想和翡翠一起活下去。

他对翡翠的怜爱是出自真心。两个人保持着甜蜜的关系，并且合作破案——这样的未来其实也不错。也正因为如此，香月才苦恼万分。他一直在思考，有什么办法可以不必杀她？他觉得翡翠不会察觉到自己犯下的罪行。如果可以抑制住自己的欲望，不杀她，那是最稳当不过了。她和之前的被害人都不一样，她和香月有一重特殊的关系，如果有一点不慎，就可能被警察盯上。

然而，香月终于还是没能抑制住自己的欲望。

想用她进行实验，还需要她帮助降灵。

而且，即便这次忍住了，总有一天，她还是会因这份可爱而死。

香月抓住她的上臂，强行将她拖了起来。他拖着她走了几步，拉开餐桌的椅子，让她坐下了。桌子上面放着打印出来的翡翠的照片，那是在水镜庄的烧烤聚会上偷偷拍下来的。尽管照片的背景里拍到了一点别所的身影，但翡翠的笑容被完美地记录下来，那是香月的得意之作。

翡翠仿佛已经放弃了生的欲望，放弃了一切抵抗。她的双肩耸动，不断抽噎着。伴随着她的抽泣声，香月拿出几根新绳子，将她的脚腕和腰部绑在了椅子上，以防万一。虽然她看起来不像有反抗的力量，但还是小心为上。正是这样近乎偏执的警惕，才让自己有了这么多次的实验机会呀。

接着，香月隔着桌子，俯视着翡翠。

“要做降灵，必须知道名字对吧？”香月问道，“名字是鹤丘阳子。死去时二十一岁，遇害现场就在此处。如何？能行吗？时间隔得有点久了，但还是希望你试试看。”

然而，翡翠一言不发。

头颈低垂，掩住了面容。

"我知道你很震惊，"香月按捺住焦灼的情绪，"但还是希望你能快点。对我来说，现在就好比面对一桌令人垂涎的珍馐，真不知道自己能忍耐到何时……"

他笑了，再次晃了晃手中的利刃。

翡翠还是没有回答。

只是低着头。

紧接着，香月听见了一种奇怪的声音，不禁令他愕然地锁住了眉头。

呵呵呵呵呵……

是翡翠发出的声音。

她在笑。

"呵呵……呵呵呵呵……"

是精神终于崩溃了吗……

被自己所信赖、给予自己救赎的人所背叛。

毫无疑问，这给她心灵带来的冲击实在是太大了。

香月心生怜悯，想要看看她的表情，结果一窥之下，他的背后升起一阵恶寒。

翡翠正凝视着香月。

那对翠绿的眸子与他四目相对。

没来由地，他心里一阵发毛。

怎么回事？

翡翠在笑。

但她不仅仅是在笑。

她的眉梢弯垂，好像遇上什么困扰似的皱着眉头，却露出了得意的笑容。

香月感到某种奇怪的不适感，心神不定。

这表情，是怎么回事……

果然还是精神崩溃了吗？

即便如此，也还是……

"呵呵呵……嘿嘿嘿……呵呵，啊哈……"

怎么形容呢？这种笑法，就好像她看到了什么滑稽透顶的事情，那种抑制不住的笑——

"Iced coffee" again

在阴影中，香月史郎为了掩饰自己的不安，正在来回踱步。

他摸了摸手里的刀子。没事的，他安慰自己。武器在我手里，没什么好害怕的。说起来，自己到底在怕什么？她人在咫尺之外——双手双脚都被绑住，捆在椅子上动弹不得，即便现在她毛骨悚然、得意的笑声不绝，那又如何？——自己绝对没有心生胆怯的道理呀。

话虽如此，香月史郎心中还是萌生了某种近乎恐惧的感觉。

"你在……笑什么？"

城塚翡翠什么都没有回答。

只是颤着娇小的双肩，吃吃地笑着，好像碰到了什么搞笑至极的事情。她望着香月，眼中带笑。

"有什么好笑的？你疯了吗？"

翡翠抬起脸，看着香月。

她的眉梢还是弯弯地垂下，一脸无可奈何。

"你是不是觉得，我因为被老师背叛之后过于震惊，失魂落魄了？"

"难道不是吗？"

在微弱的光线下，刀刃闪过一道寒光。

如果香月面前的是他所认识的那个城塚翡翠，那么，她应该会缩起身体，胆怯起来。

然而翡翠却没有怯意。

她依旧笑着，让人心里毛毛的。

这好像不是翡翠。

简直像是，有什么……

"你不是翡翠？降灵已经开始了？"

翡翠又笑了。

"哈哈！呵呵……"

"有什么好笑的！"

"不，没什么，"翡翠强忍着笑意，摇摇头，"话说回来，老师，你能不能把我手腕的绳子解开？你是想让我帮忙召唤你姐姐的灵魂对吧？这样子的话，我可集中不了精神。"

香月俯视着胸有成竹地微笑着的翡翠，有点打不定主意。

他需要翡翠帮忙降灵。这确实需要集中精神，捆绑可能有些碍事了。他犹豫了一会儿，但觉得没什么好怕的。两人体形相差很大，自己还持有武器。即便遭到抵抗，也可以瞬间反制成功。腰部和脚腕的绳子不解，就不会有问题。

有必要害怕吗？

对手是那个只会露出天真无邪的笑容的翡翠呀……

"那好吧。你可老实点，别打歪主意。"

香月用刀割断了她手腕上的绳子。

翡翠抬起重获自由的手腕，理了理头发。

接着，用手指擦净了脸上的泪痕。她转动脑袋，在旁边的窗户上审视了一下自己的样子。

"啊，化的妆可能都花了吧。今天化的是淡妆，应该不会特别明显……"

香月哑口无言，只是盯着她。

她为什么在这里还要在意这种事情？

翡翠好像才注意到香月在盯着她，抬头望向他的方向。

"对了对了，你刚才说的——确实呀，一般来说如果知道亲近的人是连续杀人魔，那肯定是会大惊失色的。"

"难道说……被你发觉了？不，那不可能——"

香月的思路现在有点混乱。

不，不可能的。就在刚刚，她还那么惊惶来着。

她没可能发现自己的罪行，一丁点可能性都没有。

因为，翡翠的能力——

"你能通过灵魂的气味分辨出凶手……但是遇到像我这样，对于杀人毫无罪恶感的人，这种能力是派不上用场的。我确实注意到了这个风险，但藁科琴音那次，证实了这个猜想——"

翡翠又笑了。

笑得前仰后合。

"哈哈！啊哈哈哈，哈哈哈哈哈哈！"

香月还是头一次看到她这样高声大笑。

她被绑在椅子上，笑得身体前屈，摇头晃脑。若不是被绑着，恐怕她真的会笑倒在地。

"啊啊，太好笑了，怎么这么好笑……老师啊，你是真不知道忍笑有多难！"

"有什么好笑的！"

"很遗憾，我没法召唤出老师姐姐的灵。所以，老师你本来的计划是达成目的，然后顺便将我玩弄杀死，现在有一半已经失败了哦。"

"你瞎说什么？不听我的话，我真的会杀了你的！"

"我说了嘛，办不到。"

"为什么！"

"因为……"

翡翠扑哧一声，好像又忍不住要笑出来。

她用手捂着嘴，一面说，一面肩膀剧震。

"啊，实在是，太好笑了……这么久以来我一直忍得好辛苦啊，老师。所以说，现在这会儿，就让我痛痛快快地笑一回，难道不可以吗？"

呵呵。

嘿嘿嘿。

唔嘿嘿嘿嘿……

"有什么好笑的！"

"因为，因为就是不可能啊，降灵什么的……你莫非一直都信了？"

"信什么！"

香月完全没明白她说的话是什么意思，反问道。

"我不是说了嘛——"

灵媒姑娘娇小的肩膀笑得直抖，脖子晃动。

暗夜里，翠绿的眸子闪闪发光。

"你是一直相信，我是个货真价实的灵媒？"

香月史郎看出了翡翠嘲讽的态度。

"你说、什么……"

莫名其妙。

香月哑口无言地盯着这个女人。

心脏因为慌乱已经敲起了小鼓。

他稍退了一步，远离正在讪笑的翡翠。

"你是、什么意思……"

"召唤你姐姐的灵魂？这种事情我怎么可能做得到？因为我是

个假的灵媒师呀。"

"你在说什么……"

真的是莫名其妙。

突然讲这种话是什么意思？

肯定是因为受刺激太大，失心疯了吧……

或者说，她是想要巧言诡辩，寻机突破危局……？

"胡说八道……你的能力是真的！"

"只是老师你这么相信罢了。"

"是真的！"香月叫道，"在这之前，你都用了灵视能力对不对？使用了让人难以置信的力量，和我一起破了好多案子呀！"

"也许是那样吧。"

不管他怎么恫吓，翡翠都保持着冷静。

不可思议的冷静，同时，好像换了个人似的，发出嘲讽的笑。

"但是，那些真的称得上是难以置信的力量吗？"

"你胡说什么……不……都是真的。你……对了，你第一次向我展示灵视，是在仓持结花的案子。你靠灵视说出了她的工作对吧？这还不足以证明吗？"

"我刚才不是说过了吗，那都是骗人的把戏。"

"骗人的……？"

翡翠看着愕然自语的香月，不禁摇摇头，叹了口气。

接着她闭上碧绿色的眼睛，十指交叉，作出一个仿佛祈祷的姿势，以平静的语调说了一段话。

她是用流利的英语说的，所以香月花了好一会儿才意识到她是在说什么。这话好像在哪里听过。等到他猜到这大概是哪里的引用时，翡翠已经睁开眼，用日语将同样的内容复述了一遍："假如略去中间过程，仅仅把前提和结论告诉听众，便会引发令人惊叹的效果，当然，也是一种哗众取宠的效果……"

这，莫非是……

这段话是阿瑟·柯南·道尔的短篇小说《跳舞小人》中夏洛克·福尔摩斯所说的。

翡翠的嘴角微微上翘，她伸出一只手，拢了拢波浪长发。

"那好吧。看样子老师还不服气，那么我就特此解说一下，作为一个小节目。毕竟我要被杀掉了，至少让我先坦白罪行吧。"

她竖起了一根食指。

她挥动着那根手指，如舞弄着指挥棒，洋洋得意地说了起来。

"仓持小姐在按响我住处对讲器的时候，口齿非常清晰，而且充满自信，这在年轻女孩子里并不多见。在见面谈话时我也注意观察了，她坐姿端庄，礼仪非常好。而且，她很明显习惯于化妆，习惯于日常被人审视，可知她是在公司等社会组织里积累的经验，而且活学活用了工作中学习到的东西。比方说，模特、演员、主持人、空姐。或者是公司、购物中心、大商场的前台，又或是银行柜员……"

一边说着，翡翠的手指尖一边在自己的长发末梢打着圈，绕啊绕。

香月听着翡翠的话，目瞪口呆。

什么？

这家伙到底在讲什么？

"但是，看她走路的姿势，可以得知她并非模特或女演员。而且口齿也不是特别伶俐，虽然长相可爱但网上也搜不到她的名字，所以也不大像是女主持人。话说回来，我记得和老师你提过，我手头还是很宽绰的，这世上花钱买不到的东西，还真是意外地少呢。"

"你在……"

翡翠继续说个不停，好像一个正揭开恶作剧谜底的小女孩。

"老师，我在自己住的那处公寓上做了一笔投资，稍微改造了一下。公寓入口、门厅、电梯……等地都有拾音器，一直通到我的房间。仓持小姐按响对讲机，与我们对答如流的时候，老师你在一旁说了句'真厉害'，对吧？我就思索了一番，为什么是'真厉害'？是说演技高超？口齿清晰？也就是说，日常的工作和这一类相关吧。因为已经排除了女演员的可能性，所以不是说演技。而配音演员呢？她的声音又算不上有特色。我猜会不会是呼叫中心的工作，但这又和在人前亮相的要素冲突。最终，我觉得可能还是大公司或是百货商场、购物中心的前台吧，而且不是那种合同工，是受过正规培训的前台小姐，或者是银行柜员。另外，那一天是工作日，所以普通大公司或银行的可能性较低。就此，我推断她是商场或购物中心的前台小姐。"

翡翠的食指停下了，卷在她指尖的长发腾地一下松开弹起，又落在了她的肩膀上。

香月惊得说不出话，只是呆呆地盯着这一幕。

"居然有这种事……"

香月长出一口气，仿佛在掩饰内心的忐忑。

"不会的……这实在是……"

"这个嘛，就算我猜错了，其实也没关系。只要根据对方当时的反应，说出第二候补选项就可以了。我当时还想会不会是旅游巴士的导游小姐。但那天运气很好，一下子就中了。毕竟我做了不少年，屡试不爽。"

"那，猜中我是作家……"

"你坐电梯上来的时候，仓持小姐不是说了吗？你作为推理小说家，对灵异现象是持否定态度的吧——"

记忆在香月脑海里复苏。

是的，好像确实有过这样的对话——

"窃听……？"

"这是最简单又高效的手段。"

"不会的……"

香月身体一晃，几乎要跌倒。他使劲摇了摇头。

"但是，你还用灵力触碰了结花的肩膀和手。"

"那只是很普通的魔术罢了。"

"魔术？"

"就是变戏法呀。这是很常见的现象，有好几种手法。通过观众自身的发言，诱发出某种心理上的感应，很有趣的。有机会的话，老师你也可以查一查噢。"

不可能的。

这是诡辩……

"那也太牵强了……不，你的能力是货真价实的。你现在想靠这套说辞蒙混过去罢了。你是不是觉得一旦降灵成功，就会被我杀掉？所以你骗我说自己不会！"

翡翠看着香月，眼神中带着一丝怜悯。

无可奈何之感又出现在她的眉梢，粉色的嘴唇撇了撇。

翠绿色瞳仁充满怜悯……

"没错！是真的！如果全都是假的，要怎么解释一系列的案件？仓持结花的案子，是你召唤出她的魂魄，靠其中的信息揭开的真相。对了，还有在刚刚发现尸体的时候，你靠灵魂的共振，就发现小林舞衣的眼镜掉落了！是刚发现尸体没多久的时候噢！你那时候还不知道小林舞衣的存在，而且也不知道她戴着眼镜！这全都是靠灵魂共振，召唤出结花的魂魄之后才知道的吧！这就是证据！"

"啊哈哈哈哈哈哈哈！"

这又引发了一阵大笑。

翡翠捧腹大笑着。

"别瞎闹了！"

香月走近她，一把抓住了翡翠的衬衣领口，提了起来，五指施力，几乎要将布料扯碎。

翡翠停住笑声，只是冷冷地盯着香月。

"哎呀，冷静一点，不然，我的指甲缝里会残留下你的皮肤组织哦，老师。"

翡翠的手指尖摸上了香月的手腕。

香月心中一悚，立刻抽回了手。

翡翠整整衣襟，说道：

"真是没办法。"

她撇了撇嘴。

眼里流露着怜悯之色，嘴上带着嘲讽的笑容，说道：

"是冰咖啡啊，老师。"

"冰、咖啡……？"

"真是的，一点都没搞明白啊？老师你还是推理小说作家呢。埃勒里·奎因之类的总读过吧？"

"冰咖啡又怎么了？难道说，因为喝剩的咖啡滴落了一些，所以就猜测凶手是朋友？简直胡闹，在当时的情况下，完全无法获知那个冰咖啡是什么时候做出来的。和警察最开始的结论一样，有可能是将没喝完的咖啡丢在了桌子上。一方面她懒于收拾屋子、洗东西，一方面她也说经常会做多剩下来——"

他的话被翡翠打断了。

一对闪着理性光芒的眸子直直地仰视着香月。

"没错。关于洒在地上的冰咖啡，老师你说得完全正确，警察也分析了仓持小姐胃里的成分，里边并没有冰咖啡，所以也认为那是之前喝剩下的吧。这个确实不能算错。因为如果假设是闯空门的犯案，那就必然是她一回家就和凶手碰了个脸对脸，肯定是没有时间做冰咖啡的，这两者是有矛盾的。"

那个甜美而娇弱的声音，吐出的词句严丝合缝。

"但是，注意哦——胃里没有检出冰咖啡，只能证明，'她没喝冰咖啡的可能性比较大'这个事实而已。这并不能否定仓持小姐被杀害时，她做了冰咖啡的可能性。而且，可以佐证她泡了冰咖啡的证据，明明就在现场放着嘛。"

"哪有那种东西……"

"现场不是有水滴吗？看到之后，我就开始思考那到底是哪儿来的。一开始，我想到的就是：冰块。"

"冰……？"

翡翠用拇指和食指作出一个环状。

大概是想表达"冰块"这个概念。

"老师你可能完全将其当成'哭丧妇'的泪痕了吧？但是，其实我根本没有说过那是泪痕哦？那怎么看都是冰块融化之后留下的痕迹。"

翡翠笑着，继续说道：

"我们先假定，那个水滴是冰块融化造成的吧。你知道冰咖啡是怎么做出来的吗？仓持小姐是用手冲滴滤做的哦。也就是说，是速冷式：首先制作一杯普通的滴滤咖啡，然后放入大量的冰块，急速冷却。将刚做出来的咖啡从分享壶中倒入玻璃杯，然后再加入冰块，就好了。案发现场不是掉落了玻璃杯吗？就是说可以假设，是盛有冰块的玻璃杯摔落到地面，里边的冰块掉了出来。你记得我们发现遗体前一晚的气温吗？那天夜里非常凉爽。如果是较大的冰块，很有可能即便融化也未能完全蒸发，而是变成微小的水滴，残留在地板上。"

翡翠用挑衅的眼神盯着香月，两手十指相对，如祈祷一般。

"就让我们假定如此，继续下面的推理吧。假如地板上曾经残留有冰块，也就意味着仓持结花在她回家之后、到推定死亡时间之间，做了滴滤的冰咖啡，因此，冰咖啡本身不可能是之前喝剩下的。当然，也有可能，她在之前做好的咖啡里加上冰，然后端了出来，但速冷式冰咖啡的关键在于新鲜度。仓持小姐自己也说过，那样味道会变差，而且家里连保存用的容器都没有。端出之前制作的冰咖啡本身，从心理到物理上都有障碍，因此可以得出结论，冰咖啡是当晚现做的。"

香月俯视着娓娓道来的翡翠。

这家伙在说什么？

"综上，若假定她在推定死亡时间之前做了冰咖啡，那么就和闯空门的盗贼犯案说产生了矛盾，需要进一步探讨。那好，就假设这样的情形吧：她并非一回家就被袭击，而是在做好冰咖啡，正准备喝的时候，偶然碰上了闯空门的盗贼。这同样有缺陷。为什么？因为在一片黑暗的屋子里是无法做滴滤咖啡的。而盗贼则更不可能盯上一间亮着灯、还飘出咖啡香气的屋子。那是不是还有这种可能：盗贼其实已经闯入了屋子，他感觉到有人回家，于是躲在了其他房间，而仓持小姐完全没注意到屋里有人，并做了滴滤咖啡呢？这同样不可能。我不认为她会无视大开的窗户，悠然自适地开始冲咖啡。基于此，在那个时间点，只要注意到冰块的存在，就可以轻易地否定掉闯空门犯案说了哦。"

翡翠一脸轻松地耸了耸肩。

"可是……可是……就算是这样……你怎么可能确定真凶？有可能犯案的，除了朋友，还有工作伙伴，还有差点成为跟踪狂的西村……还有其他很多人啊……"

"没错，这就是接下来需要思考的问题了：仓持小姐是自己一个人喝冰咖啡，还是和别的人一起喝？她现在已经被杀了，所以毫无疑问，事件发生当时，房间里肯定还有其他人在。如果凶手不是翻窗而入，那么就是和她一起从门口进来的了。也就是说，仓持小姐自己将凶手领进了门。那么老师，你还记不记得，仓持小姐说过这样一句话？'一次只做一杯的量有点困难……我其实对咖啡因有点敏感，但老是做多，喝不完会剩下。'从这句话来判断，仓持小姐恐怕做了不止一杯冰咖啡而是两杯，也就是两个人的量。观察她的服装，显然是刚刚回到家，还没有卸妆，只脱去了外套，并没有更衣。刚下班回家，正是疲倦的时候，会特意去做一杯挺费事的冰咖啡来自己喝吗？你也知道，冰咖啡里边的咖啡因含量其实比普通咖啡更多。她是咖啡因敏感体质，如果是马上就要睡了，何必要大费周章去做一杯含有咖啡因的饮料？她第二天早上还安排了事情哦。然而，如果没打算睡觉，而是准备和什么人一起熬夜的话，那就有一定的理由花费这个精力了……就算她是想做给自己一个人喝的，只做一杯如她所言比较困难，那么分享壶里应该还残留有剩余的咖啡。可是，现场的咖啡分享壶并没被放入冰箱，而是空空如也地被丢在了厨房，所以，可以否决'只做了一人份'的可能性。这也就意味着，仓持小姐当时是和某个人一起喝了冰咖啡——"

"不对，等等……我记得现场只有一个玻璃杯……"

"这个暂且放在一边。话说，老师你还记得吗？仓持小姐给我看过的房间照片。我当时觉得没准能派上用场，但没想到会成为推理的材料。我不知道老师你有没有看到——有一张照片拍到了四人餐桌。她当时很不好意思，因为东西都没收拾好。靠外面的椅子收拾干净了，而靠里面的、朝向东面墙壁的两张椅子上都堆放着杂物。而遗体被发现的时候，现场的状况与照片一致。她最终还是没能把那里收拾干净吧。也就是说，这不会是凶手伪装出来的现场。我们不能被虚假的线索所欺骗，对吧？"

"那……你到底，想说什么……"

"假定仓持小姐是和凶手两个人喝了冰咖啡。那么，凶手是何等人物？跟踪狂？公司同事？上司？这类人会在晚间造访，然后进屋？不大像吧。我们暂且假设他们会进屋吧。仓持小姐会费工夫冲泡冰咖啡，并且与跟踪狂共饮？这很难想象，但我们可以假设这一切发生了。总之，是一个关系亲密的，或是不怎么亲密的人来做客，并且和她一起喝了冰咖啡。那两人会在哪里喝呢？"

"在哪里？"

"难道会站着喝吗？"

翡翠笑嘻嘻地摊开手，耸了耸肩，带着一脸嘲笑的表情。

"这个……"

"一般而言，会坐在椅子上：坐在桌边，把杯子放在桌上，在椅子上落座。那么，一定是在这个椅子和桌子吗？在她的起居室里，其实有两个候补场所，对吗？一个是四人餐桌，一个是放在电视和圆形矮桌前面的沙发。好了，我们先假定他们使用的是四人餐桌。然而，餐桌靠里边放着的两张椅子被杂物占据了，这可用不了。那么只能坐在靠外面的两张喽？亲密地并肩而坐？好像一对男女朋友？和跟踪狂或者上司？不可想象——"

翡翠快言快语地说着。

灵媒姑娘一面用手指卷着自己的发梢，一面展开了缜密的推理，连珠炮一般，气势上完全占了上风。

"我们假定，她是迫于情势要和访客谈话，出于某种理由做了冰咖啡，那么在招呼并不那么亲密的人落座时，要是我的话，肯定会收拾掉椅子上的杂物，与其面对面坐下。但是，她并没有这么做。于是，剩下的选项就是沙发了。那个沙发是比较窄小的双人沙发。一坐下，两人就会紧靠着。这意味着，不论两人坐在哪里，凶手都是和她亲密地并肩而坐的。从这些可以看出，凶手和仓持小姐的关系相当亲密，即便是对个人的身体空间有一定程度的侵犯，也都在容许范围之内。这样的话，莫非是恋人？我觉得这也不可能。老师你也知道的，仓持小姐喜欢你。那次仓持小姐去我那里时的表情和动作，乃至注视你的眼神，可以说非常明显了。既然已经有了意中人，却又在深夜和其他男人并肩，我认为这不符合她的性格。我也不是没有考虑过，莫非老师和仓持小姐其实已经发展成了那种关系，但老师你第一眼发现遗体时的震惊并非演技，不似作伪，所以我将这个可能排除了。这样，剩下的嫌疑就是女性了。她大概是和比较亲近的女朋友一起，打算弄过夜派对来着。"

香月感到一阵眩晕。

他惊愕不已，握着刀的手松弛了下来。

"若是关系那么亲近的朋友来访，应该会选择坐在沙发上而不是餐桌——很难想象这是一个并肩面壁的派对——两人应该是面对电视落座的吧。好了，这下就有个怪事了：沙发前面有张圆形矮桌，老师记不记得，那下面铺了一张地毯？两人在电视前的沙发上并肩而坐，将盛着冰凉咖啡的玻璃杯放在圆桌上。然后，两人因为某些事争执起来，争执愈发激烈，最终变成了吵架……可能有推搡，有撕扯，真是好可怕。然后呢，玻璃杯掉在了地上……摔碎了？好像有点奇怪吧……"

说到"碎了"的时候，翡翠两手举起，将竖着的食指和中指弯了弯。这是一个表示双引号的动作。她歪歪脑袋，戏谑地耸了耸肩膀。

"玻璃杯从矮桌上掉落到柔软的地毯上，会碎吗？一般不会碎的吧，怎么考虑都会觉得奇怪。那么，杯子又是怎么碎掉的呢？"

"你，难道说……"

"会不会是两人在争执之际，将杯子丢出去的呢？那样的话，冰块和里面的东西会扩散得更远。可是，杯子是在四人餐桌边上碎掉的，简直像是故意从四人餐桌上丢下去的呢。的确，从那个地方掉落，杯子的破碎就显得平淡无奇了。那附近有什么来着？对了，是仓持小姐的遗体吧。凶手故意做了些手脚，让杯子看起来好像是从四人餐桌上掉落砸碎的。那凶手的目的又是什么呢？玻璃杯碎了，又有什么好处呢？很简单，这会产生细碎的玻璃片，可以将类似的什么东西混进去。聪明人会把树叶藏匿在什么地方？日语是怎么说的？藏木于林？切斯特顿曾经写过：如果有人想要藏匿一片枯叶，他一定会准备一座枯木林子。换句话说，可以推断凶手是把什么玻璃制品弄碎了，而打破杯子，则是为了隐匿那些碎片。"

翡翠伸出食指和中指，按在自己的额头上。接着，故作讶异地一歪脑袋：

"哎不对啊，这还得好好琢磨一下。若是不能弃之不顾的东西，将其捡起来回收不就好了，真是奇怪啊。她为什么不那么做呢？当然是因为，她做不到喽。比方说，在视力很差的情况下，想要将飞散在地上的细小物品——捡拾起来，可是异常困难的。就算觉得全捡起来了，说不定还有微小的碎片残留。凶手非常不安，于是故意将玻璃杯摔落，砸得粉碎。这样一来，其他的小碎片都会被当成是玻璃杯的一部分……再然后将自己留在玻璃杯上的指纹擦去，放入水池，打开窗户，将现场伪装成闯空门，为了不留下指纹再借用厨房的橡胶手套开门离去，证据就消失了。而水滴痕迹为什么又距离稍远一些呢？有可能的情形是，她在视力极差的情形下走路，脚尖踢中了掉在地上的冰块，令其滑到了桌子下面……"

翡翠的十指再次——相触，做成一个祈祷的姿势，停了下来。

灵媒姑娘抬脸望向香月，脖子一歪。

"综上所述，可以得知，凶手是与仓持结花相当亲近的女性，而且戴着眼镜。"

"你……你……难道说……那时候就……在刚刚进到她房间的时候，就想到了这么多？"

"是呀。老师呢？没搞明白吗？"

"什……"

香月嘴都合不拢了。

居然。

在那么短的时间里？

翡翠就能进行如此程度的思考？

"然后呢，我只需要引导老师，得出这个结论就可以了。从仓持小姐的行事历可以得知，当天打过电话的小林就是凶手。如果我对仓持小姐的交友关系稍微熟悉一点，说不定在杀人现场就能说出凶手的名字了呢。我想你已经明白了，关于哭丧妇的事情，都是我胡编的。而关于水滴，则是所有人家里都会发生的现象，一问之下，很多人都能回忆起来。这算是一种巴纳姆效应①的变形吧。仓持小姐碰巧有所感知，帮了我的大忙。这些水滴主要来自空调，或是观叶植物。还有，长发的女性洗完澡之后，也很有可能在不经意间从发梢滴落水珠。或者是她制作冰咖啡的时候，拿冰锥凿开冰块，冰的碎片飞溅出来……不过，还真是出乎我意料呢，哭丧妇居然能衍生出那么一大堆话题。老师你还琢磨出一个哭丧妇定律，甚至颇为洋洋自得呢。我当时忍笑忍得真是，好辛苦好辛苦……"

---

① 人们很容易将笼统的一般性人格描述代入到自己身上。

翡翠掩口吃吃而笑，肩膀抖动。

香月依然沉浸在震惊中，但还是争辩道：

"但是……结花那时候确实为哭丧妇而烦恼啊……你怎么解释？"

"是这样没错，"翡翠摆摆头，"她可能算是个容易被暗示的女孩子吧。据说，她开始梦见哭丧妇，是在去了命理师那里之后才发生的，可能是因为受了某种暗示，才做这样的梦吧。再或者……"

翡翠用食指指尖支在下巴和嘴唇中间。

"说不定真的有灵异现象存在……但是，我是对灵力毫无感知的体质，所以也不明白，不过无所谓了。灵异现象存在与否，都不能构成放弃逻辑的理由。"

"你……到底是什么人？"

这家伙到底是什么来头？

她是谁？

城塚翡翠，何方神圣？

"你问我吗？"

翡翠笑了。

"我是灵媒啊，只不过是个骗子罢了，究其本质，也是一个魔术师……在当代日本，'读心师'这个词也很流行吧？就像硬币魔术师玩弄手中的硬币，纸牌魔术师操弄纸牌，我操纵的是人类的心理……"

"什么，魔术师……"

"所谓的灵媒，就是从魔术里化生而来的。而魔术呢，又是从灵媒中诞生的。"

"你做这些到底有什么目的……"

"因为我对老师很有兴趣啊。我第一次见到你的时候，就觉得这个人不简单，一定藏着某种不能为我所知的秘密。我很擅长读心术的哦。你的身上，有杀人犯的味道。"

"所以你……莫非都是为了试探我吗？"

"没错，就是为了揭开你的面具。我觉得，如果老师你就是那个不留任何证据的连环弃尸案的凶手，就很有必要好好地观察一番。如果能引导你来杀我的话，那就十拿九稳了，唔，但实在没想到会被这样绑起来有点大意了……"

翡翠眼珠滴溜一转，好像在为自己的失策而害羞，她吐了吐粉嫩的舌头。

"怎么可能……不，不会的。再怎么样，你所做的事情，没有超能力是不可能办到的……"

"真的不可能——吗？嗯，我很理解老师你想要相信那种事情的心情。现在不是很流行某些特殊设定的推理小说嘛。然而，就算一丁点超能力都没有，也可以实现不可能的事情，展示魔法或超能力，这就是我们魔术师的本事啊。"

翡翠的嘴角上扬，用食指点了点自己的太阳穴。

"话虽如此，这些奇迹都是在想象里——在观众的脑海里——发生的幻象。这么一说，可能和写推理小说还有点类似呢。要说有什么区别的话，那就是我们是在日常中对其进行实践，仅此而已——"

"胡说……"

"一个优秀的魔术师，会精心构建一条道路：引导观众令其相信魔法存在的道路。我称其为：通向相信灵异现象之路。你想不想知道在这条路上，我都做了哪些看似不可能的表演呢？"

香月瞪着翡翠笑意盈盈又充满挑衅的眼睛，略带困惑地回顾起两人相识以来发生过的种种往事。

"魔术中最关键的并非戏法本身，而是如何展示戏法。比方说，我和老师第一次碰面的时候，我扮演的是戴着假面的城塚翡翠。当人亲自揭开谜底、发现秘密的时候，总是不会去深思，是不是还有更深一层的迷局或是秘密，真是愚蠢啊。那次老师碰巧发现了在车站前被几个男人搭讪而慌乱的我。于是老师便很偶然地知晓了，'城塚翡翠'其实戴着一层假面这个秘密。那个带有神秘感的翡翠是假装的，其实她本人对于自己的超能力时常苦恼困惑，是个笨拙但又可爱的孤独女子……这样一来，老师便毫无根据地觉得，我这个人没有更多的秘密了。"

"那都是……算计……吗……？"

"魔术里的这种心理小技巧是不是也可以挪用到推理小说上呢？先提出几个比较简单的谜题，故意让读者自己解读出来，然后引而不发，让故事继续进行，最后展示出完全不同的答案，或是揭示出最大的谜底。"

翡翠举起双手，在空中轻快地舞动着，说道：

"一个优秀的魔术师不会举起空空如也的手，然后说'我什么都没有拿哦'。而是仅仅展示空着的手，让人留下印象。与被动说明的事情相比，人们更愿意相信自己主动获得的信息。就好比，老师曾经向我提出要求：猜猜我的工作是什么，对吗？你当时一定做梦都没有想到，我正等着你的这句话吧？"

"那也是被诱导的吗……"

"魔法，只有在适当的时机施展出来，才可称其为魔法。除此之外，为了建立你与我之间的信任关系，我还下了不少功夫。为了引起你的共情，从而对我这个人物有感情投射，我调节了关系间力量的强弱，形成一种老师可以支配我的关系——对了对了，让你可以从我的能力中分析出逻辑，也是其中一环。人是很容易相信有一定说法的依据的。比如将读心术说成是'灵异'，就不如将其说成'心理学'相信的人多，对不对？人们会在其中寻找自己相信的事实。"

俯视着带着坏坏的微笑、洋洋自得发表高见的翡翠，香月发出了一声无力的呻吟。

"不会的……不可能的……就算是这样……那你怎么解释，这段时间以来我们破的案子？难道说，和结花那时候一样，都是你一眼就看穿了真相，然后假称是灵视的结果，诱导我去解决案子？"

"正是如此呀。"

她一脸天真无邪、呆愣愣的表情。

好像说的是件无关紧要的事情。

灵媒姑娘答道。

"那好……夏天的时候，在水镜庄发生的那个案子也是……"

"啊，那可真是美好的回忆啊。那我下面就讲讲那个案子呗？关于我是怎么对那个案子进行'灵视'的——"

"Grimoire" again

香月史郎产生了一种错觉，仿佛自己周遭的世界正在分崩瓦解。

他紧紧握着刀柄，好似捏着一根救命稻草，给自己开始晃动的双脚加了把劲。

与此同时，他紧盯着那个面露得意之色、侃侃而谈的灵媒姑娘。

城塚翡翠。

她还是举着一根食指，把它当作指挥棒似的挥动着，说道：

"我来稍微梳理一下那个案子的概要吧。我和香月老师，受推理小说家黑越笃老师邀请，造访了水镜庄。我们享受了烧烤派对，端着红酒谈笑风生，度过了一段令人愉悦的时光。我们还试图找到异象的真相，像玩试胆游戏一样，真是个美妙的夜晚呀。"

翡翠扑哧一乐，露出了和年龄相称的年轻女孩的笑容。

"那时候，真是有点搞笑啊，就算是喝了点酒，居然也熬到了后半夜，专心致志地等待灵异现象发生……嗯，感觉自己简直成了脑子不好使的女大学生。那时候，老师可真是……啊，真是好笑。你弄得自己手足无措，莫非，你是处男？"

翡翠伸手掩住嘴，以一种优雅的姿态笑了起来。

但她的嘴角上翘，浮现的是某种难以言说的恶意。

"我那时候也很辛苦哦。我都非常震惊，自己的演技为何那么浮夸。如果从女性的眼光来看，肯定一眼就能看穿我是演的，但几乎所有的男性都吃这一套，真的很奇怪。"

"那时……你在装醉？"

"那不是很明显吗？"

她的食指按在微笑的嘴唇上，慢慢滑到下巴，又顺着喉头一路下行。她扭动脖颈，接着，灵活解开了衬衣的扣子。她的手指扭动着，好似一只活物，扯开衣衫露出了雪白的肌肤。

"就这样，我尝试把自己弄得看起来美味可口，令人忍不住想下手，我觉得那样来得比较快。经过一段时间的积累，你终于咬钩了，回想起来实在是感慨万分呀。"

"你是说试胆游戏？但你……你不是从那个洋楼里感到了诡异的气息吗？"

"怎么可能。"

"但我可是亲眼在镜子里看到了蓝眼珠的女人啊！"

自称灵媒的姑娘笑了，双手连摆，仿佛在赶走面前的轻烟。

"这个么，说不定真的有灵异现象？你还有新谷小姐都亲眼看见了，所以那屋子里真的沾了什么不好的东西也很有可能，或许是老师自己吓自己。但我可是一点都没有对灵力的感应能力，就算真有什么不干净，也丝毫无法感知。说起来这传说也是，什么'黑书馆'……文明开化时期来到日本的外国魔术师？简直了，

305

又不是克苏鲁神话。房子被难以名状的恶灵所缠绕？这种事情你也信……？"

"那……那你是怎么进行灵视的？"

"我可不会灵视哦。"

"开什么玩笑！你在事发之后立刻就断定了，杀害黑越老师的是别所幸介！那时候警察还没有到现场，连指纹都没采集，你怎么就能断定？"

"哦哦，你说那个啊……"

翡翠一脸嫌麻烦的表情，眯起了眼睛。她将脸偏开，手指尖继续卷着黑发，说道：

"说起来还得和老师道歉，因为我说了谎。其实对于推理小说——尤其是日本的推理小说，我是非常热衷的哦。在我小时候，这甚至成了我学习日语的动力。老师你自己也是推理小说家，肯定知道日系推理中有一个类别叫'日常之谜'，对不对？"

"这和我们现在说的有什么关系……"

"很有关哦，"那对翠绿的眸子扫了香月一眼，"所谓'日常之谜'，我的理解就是描写在日常生活中出现的微不足道的、极小的谜团，以及解谜的过程，乃至解开后心理变化的作品群。我可是很喜欢这类作品的哟。"

这时，翡翠脸上浮现出一种聊到心爱的电影时的沉醉表情，继续说：

"然而在读者里面，有些人发出不满的声音，比如'算不得什么大不了的谜题''缺乏让人惊奇的要素''根本没有拼命推理的价值'等等……这个嘛，我也不是不理解啦。但这部分人是不是对世界太缺乏兴趣了呢？和老师你一样，对什么都不觉得好奇，坐等侦探亲口告知重要的线索，把重要的情节略过不看。"

"你什么意思……？"

"在我们所处的日常生活里，并不存在侦探。不会有任何人跳出来仔细嘱咐你：那里不大对劲，这个值得考虑，那个看起来怪怪的……我们在自己所生活的日常里应该去思考什么，应该觉得什么不对，都必须通过自己的眼睛来判断。你看不出哪里不对劲？问题太琐碎所以没有必要思考？不值得思考？真的吗？"

卷着黑发的手指停下了。

卷在指尖的头发松弛开来，倏地一下弹回了黑色波浪的尾端。

翡翠用那根食指按在自己的太阳穴上，说道：

"就算自己不想当侦探，我们也必须拥有名侦探的眼神哦。"

"好了，你到底想说什么啊！"

翡翠耸耸肩。

"我在说'黑书'啊。黑书到底去哪里了？"

"你是说……建起黑书馆的那个魔法师写的魔法书？"

"我不是讲了吗，这又不是克苏鲁神话，不要瞎扯。我说的黑书，是黑越老师的最后一部作品《黑书馆杀人事件》啊。那本书既然成了别所的犯案动机，那么称其为被诅咒的书、魔书也可以吧。好，我看到案发现场之后，产生的那个疑问就是：《黑书馆杀人事件》去哪里了？"

"去……哪里了……？"

香月不解其意，皱起了眉头。

"哎呀，你没明白？这可不行啊，老师你缺乏观察世界的眼睛。'观看'和'观察'是两回事哦。"

这又是夏洛克·福尔摩斯的话。

"你快给我讲清楚！"

"真的可以吗？"翡翠吐吐舌头，坏笑着说道，"老师，下面就是解答篇了哦，侦探面对不知道该如何思考的读者，指明值得注意的线索，并且提示了值得思考的问题：凶手为什么要这么做？线索已经全部给出了。和仓持小姐的案子一样，我目击遗体十秒钟左右，就确定了凶手是谁。如果这是推理小说的话，这里就是挑战读者环节了。好了，那么侦探到底是如何确定凶手的呢？手上拥有全部的线索，你能不能做出同样的推理呢？嗯，差不多就是这样吧。不过呢，这个案子已经解决了，似乎很少有人在已经完结的案子上向读者发起挑战呢。"

香月抑制住内心的惶惑，思考着翡翠话中的含义。

线索？

黑越所写的《黑书馆杀人事件》去哪里了？

那到底是什么意思……？

"别废话了，你给我说清楚！"

香月怒吼道。翡翠皱着眉头，伸手掠了掠头发，一脸不情愿。

"真的可以吗？由我来解说？你放弃独立思考的机会了？就这么翻页过去？"

香月无视她挑衅的语言，只是瞪着她。

"那好吧，下面就是解决篇。"

翡翠耸耸肩，又摆出了十指相触的姿势，挑衅地仰视着香月。

"请回忆一下烧烤结束时发生的事情。那时我们在客厅谈笑，家政阿姨森畑来探了探头，对吧。当时的对话大概是这样：森畑阿姨说，已经把黑越老师工作室的垃圾都清理掉了，然后还说，'我已经读了老师新出的书'。于是黑越老师就此想起这回事，把快递的包裹拿到了客厅。没错，老师说自己的新书《黑书馆杀人事件》的样书到了。接着，便把书分发给了我们。"

"那又怎么了……有什么地方不对吗？"

"那个快递包裹，是什么时候到的？正好是在我们烧烤的中途到的吧。我那时候还说了句非常呆萌的台词，什么'黑猫还会来这种地方呀'——同性要是听见了这句话，大概会反胃吧。那好，黑越老师将新作分发给我们的时候，在场的有几个人？我记得当时应该所有人都在。"

"几个人……？"

香月开始回想当时的情形。

除了自己和翡翠，还有黑越、有本、别所、新谷、森畑、新鸟、赤崎、灰泽……

"应该有十个人。"

"答对了，可以得一百分，"翡翠两手一拍，微笑道，香月瞪了她一眼，但她不以为意，继续说，"有十个人对吧。那时候黑越老师分配的书刚好人手一本。这可能是偶然的，但人数和书的数量恰好一致。"

"那又怎样……"

"你不觉得奇怪吗？称不上是谜题？不值得推理？哎，你不思考一下是不会明白的。我们的四周藏着很多不可思议的事情。通过自己动手，将其挖掘出来，才是推理最大的快乐。在这里，也藏着一个不可思议的事情呢。一共有十个人。但是很显然，发书的当事人没有拿书。如果这样书的数量刚刚好，那就说明黑越老师拿来的快递包裹袋里，有九本书。问题来了：老师，我不是作家所以不是很清楚，一般来说，出版社会邮寄几本样书到作家本人那里呢？是九本吗？"

"一般而言如果是文库本，就是十本。但是，根据出版社的不同也会有微妙差别……"

"是吧，各有不同对吗？但是，总不会是九本、十一本、七本之类的数字吧？册数达到一定数量之后，奇数册会导致很难打包。"

香月逐渐开始理解翡翠想说什么了。

翡翠伸开两手的手指，在空气中舞动起来，似乎是在表示十这个数字。

"那么好，我们首先假定寄到黑越老师那里的书一共是十本。这样一来，剩下的一本到哪里去了呢？嗯？好像也不对。再想想看，打扫过黑越老师房间的森畑，说的是'嘿嘿，我已经读了一点了哦，老师新出的书'……像是做了坏事而不好意思的讪笑。那么，这里森畑所说的'老师的新书'，毫无疑问就是《黑书馆杀人事件》了。那她是在哪里看到的呢？难道说，她在打扫老师房间的时候，看到桌上有快递包裹，就随随便便地将其拆开，从里边取出一本翻看着读了起来，所以才不好意思地讪笑？很难想象一个保姆会做这种事情。最合理、最有可能符合实际情形的，是这样：烧烤之际快递来了，黑越老师签收了包裹，并将其拿回工作室，开封，取出了一本新书。尽管烧烤派对刚进行到一半，但新书毕竟是自己的辛勤结晶，所以书到手之后想要拿出来一睹为快也是人之常情。黑越老师将快递包裹和自己的一册《黑书馆杀人事件》放在桌上，然后返回了派对——"

"也就是说，森畑保姆拿起来读的，是那本已经拿出来放在桌上的书？"

"这样设想的话，书的总数就是十本，矛盾解决，而且总数也是偶数，非常合理。乍一看，这本书存在于我们的视野之外，但那时候，第十本《黑书馆杀人事件》存在于黑越老师的工作室里。"

翡翠一边说，一边用手在空中描绘出了某种图形，好似演哑剧一般。大概是表示那本看不见的书吧——存在于虚空中的文库本。

"但是——"

啪，翡翠的双手散开，作落花缤纷状。

"我们发现遗体的时候，《黑书馆杀人事件》可并不存在于房间里哦——"

翡翠的脸上浮现笑容，做出了一个令鸽子凭空消失的魔术师般的动作。

"老师你也查看过现场。房间里有尸体，有凶器，有血迹，而其余物品，和烧烤派对开始之前毫无二致。桌子上面只有笔记本电脑和纸巾盒，还有一个小小的书架……"

"原来如此……"

没错。那个书架上面的书已经塞得满满当当，并不存在放置其他物品的空间。

"我不知道老师有没有注意到，但我可是仔细观察过血迹有没有飞溅到书架上。但那里毫无异状，也没有将书强行塞入的痕迹。说起来，黑越老师自己也说过，根本就不会把自己的著作放在那个书架上哦。"

一点也没错。

如果要把新书放置到书架上，就会导致要将原本在书架上的一本书取出来才行。但现场也并没有留下这本书出现过的痕迹——

"森畑在工作室发现新出的书，直至黑越老师去工作室取书，这两个时间点之间，没有任何人去过西栋。换句话说，没有人能从工作室里取出新书，也没有理由这么做。但是，当我们发现尸体的时候，工作室里却找不到第十本新书，这就矛盾了。"

这样啊……

本该存在的东西不见了。

香月没有发现这一点。

"从发现尸体到思考到这一步，我花了大概八秒钟。当时我睡眠不足，所以花的时间有点长，"翡翠继续若无其事地讲道，"好了，这样一来，认为新书是被凶手从现场拿走便是很自然的了。但那又是为什么呢？有什么必要将这本文库本带离现场呢？"

翡翠的双手再次在空中比画出一本文库本的形状。

她一面翻动着那本不存在的书，一面说：

"这里就轮到那个凶手留下的造作的痕迹登场了……在桌上用血涂抹出来的，卍字一样的符号。"

翡翠指尖跳动，在虚空中描绘出一个符号。

"香月老师和钟场警部说，那个记号并无意义，只是凶手消去对自己不利的证据的痕迹。这个解释基本是正确的。可是，假如想到桌上本该有一本书这个事实，是不是可以想得更加深入一点呢？"

"莫非，是放置书的痕迹吗……"

"嗯，答对了。再给你加五十分。满五十亿分，我就亲你一下吧！"

翡翠向香月晃晃食指，笑道。

"新书放在书桌一角。凶手殴打了黑越老师，血液飞溅到了新书上。基于某种理由，凶手不得不将新书带离现场。血迹呈放射状飞溅开来，假如其中一部分洒到了书上，书被拿走之后，洒落的血迹便不自然地中断，留下的空白会显示出那里曾放置过东西。凶手正是为了掩盖这个痕迹，画了一个没有意义的卍字符号……"

"但凶手为什么要特意将书拿走呢？有什么必要？"

"是哦，到底是为什么呢？"

翡翠又做了一个翻动书页的动作。

"书一般是这样翻开，这样阅读，没错吧？基于某种理由，凶手可能翻开过书的内页。这样，会发生什么事？凶手拼命想要擦除的东西，会不会印得到处都是呢？"

"指纹……！"

"老师你也很明白，指纹这东西很容易留在纸张上。更何况，若是翻阅了好几次的文库本内页，又会如何呢？封面就不必说了，内页沾上了指纹，几乎无从查找。难道要一页一页仔细地擦？那也太蠢了，倒不如将书拿走来得方便。"

别所杀害黑越的动机，是因为自己的点子被他私自拿去用了。

他去黑越工作室追究其责任时，一定会拿起屋里的文库本，翻开书诘问：这里是怎么回事？这不是我的点子吗？还有这里这里——这样的场景活灵活现地浮现在香月的眼前。

但是翡翠刚看到尸体，就立刻想到了这一切。

"好，下面就是最关键的了。我和老师一样，能大概判断出尸体的推定死亡时间。和老师一样，可以将嫌疑锁定在那三个人之间。这就意味着，三人中有一个在杀害了黑越老师之后施施然从我们面前走了过去。好了，在下面的讨论中，可以把有本先生排除了。"

"为什么可以把他排除？"

"因为有本先生没有必要冒着风险将那本书带离现场。"

"什么意思？"

"请好好回忆一下。我们在客厅谈笑风生的时候，有本先生和黑越老师曾一起去了工作室，为工作的事开了个碰头会。所以，

314

即便桌上的新书里沾上了有本的指纹，他只要辩称是那时候沾上的就可以了。他在大家面前跑过好几次厕所，很多人可以证明这一点，晚上如厕也没有什么不自然的。就算查出指纹，也不能成为证据。在这种情况下，根本没有必要特意将带血的书藏在身上，从我和香月老师面前经过。若是这么做，反倒会把衣服染上血，成为决定性的证据。"

"的确，有本那时候和黑越老师半途离开过……"

"嗯，那接下来，自然也可以将由纪乃——新谷小姐排除了吧？"

"为什么？"

翡翠露出嘲讽的表情，歪了歪脑袋："那时候老师不是还色色地打量了新谷小姐好一会儿吗？"

"喂！你还敢开玩笑？再不给我老实点……"

香月举起了手中的刀。

"别别，不要吓我。我可不是在拿老师开涮哦，我和老师差不多，都属于不大适合在社会中生存的人，所以不擅长在说话时照顾到他人的心情。我完全没有恶意哦，不好意思啦。"

"你给我讲清楚……为什么可以排除新谷？"

"如果是个男的，可以把文库本塞在裤腰后面，或者是肚子那里。只要假装肚子痛，揉着肚子，也许可以做到不那么引人注目。可是啊，新谷小姐穿的那个衣服，可就办不到了。"

"连衣裙……"

"没错，连衣裙是完全没法藏住文库本的。和男装不一样，也

315

没有扎腰带，所以不能插在肚子或腰部。要是穿了连裤袜说不定还有些可能，但正如老师你看呆了的那样，新谷小姐当时没穿丝袜。嗯，就算万一，她将文库本塞在内裤上，但后来她泡茶的时候弯腰曲背，还有和我们聊天落座时，仅凭那个轻薄的衣料，必然会凸显出某种不自然的形状——但这一切根本没有发生。老师当时也只是很单纯地感慨她的腰线美妙动人吧？"

香月咬住嘴唇。

原来那么多的提示就在眼前——

自己却全都视而不见，可这个小丫头——

"好，现在只剩下别所先生了。他是在场的几个人中，最不能让沾有指纹的书留在现场的人了。为什么呢？因为他从快递送来开始，直到派对散场回自己房间，都没去过厕所，而是一直黏在我的身边……啊，一直在看人家的锁骨，真讨厌。大概是所谓的锁骨控？这成了他的致命证据，也算是他的报应吧。他如果能辩解说，趁大家都没在意的时候去了一趟黑越老师的工作室，是在那时候留下了指纹——那倒也罢了，可惜这完全行不通。他留下指纹的时机，只在深夜杀害黑越老师的那个时刻才有可能——"

做完不逊色于名侦探的缜密推理之后的翡翠十指相对，宛如夏洛克·福尔摩斯，青翠的双目炯炯有神，直视着香月。

"老师你当时的推理逻辑完全是徒劳无功，生涩别扭。我想迎合一下老师的喜好，和哭丧妇那回一样将老师引向正轨，解决案子，于是还发挥了一下……哎呀，虽然最后的那个逻辑真是生硬，但好歹把范围缩小到别所一个人身上了。关于洗脸间的镜子呢，我觉得靠老师自己努努力总归可以得出结论的，所以一边收集信息一边随机应变了一番，我当时还真是捏了一把冷汗。不过，如果把这个案子当成推理小说，那可是很有意思的例子呢：究明真相的逻辑居然有两种。没错，仔细想来，通往真相的逻辑只有一个，世上并不存在这样的道理。这是个有趣的发现。我不禁开始猜想，这个世上的推理小说里，会不会在侦探所用的方法以外，还存在用隐藏线索确定凶手身份的作品呢？"

"你是怎么知道橱柜门上沾有指纹的？"

"啊，那个啊，那是趁老师和钟场警部两个人说话的时候，我去洗手间看了一眼鉴识科正在干的工作。我视力还不错，所以一眼就看见橱柜的镜子有一部分被擦干净，而上面沾了指纹。至于是谁的指纹，只要思考一下那里被擦拭并且沾上指纹的理由，就可以轻易推测出来了。我有一种特殊能力，那就是靠微笑让所有男性丧失责难我的意愿，自然鉴识科的人也没有责怪我四处乱看。"

"全都是演技吗……"

"对啦。这世界上怎么可能存在那种努力说自己没朋友的神经病女生？哦不，说不定也是存在的，但像我这样又可爱又漂亮的，怎么可能没朋友啊？"

她吐吐舌头，笑了起来。

翡翠将茫然若失的香月瞭在一边，呼地长出一口气，靠在了椅背上。

"好了，以上就是我在水镜庄杀人事件中实施的灵视详情了。

我讲累了，有点渴了。老师，能不能麻烦你给我拿杯喝的啊？"

"Scarf" again

香月史郎焦头烂额地在原地踱步。他尝试在脑海中梳理各种已知信息，好让自己镇定下来。

翡翠只是抬头望着焦灼的香月，脸上带着坏坏的笑容。

"这样的话……下面就是……女高中生的连环绞杀事件了，那又怎么说？那个案子到底是……"

"啊，那个案子啊。"

翡翠抬起下巴，表情难以捉摸，似乎勾起了苦涩的回忆。

"那个案子，怎么说呢……于我而言，可以算是个污点。我万万没有想到，藁科琴音会在那么短的时间内再次作案。这是我不大愿意提及的案子。还是聊聊别的案子吧？我们不是一起破了不少案子吗？还有不少选项呢。"

"闭嘴！在那次的案子里，我确信了，死后的世界是存在的……人的灵魂和意志在死后便会中断、云消雾散，但我觉得你可以接触到那些信息的片鳞半爪……而藤间菜月……在我看来，好像确实存在于那个中断之后的世界里。"

"哦哦，你说那个啊。"

翡翠抬起眼睛，凝视着天花板，然后一脸严肃地说：

"那是我的失策。虽说是不得已而为之，但扮演菜月这件事，就连我都觉得心中隐隐作痛呢。"

"那也是……演出来的吗……"

"这不是废话吗？"翡翠一脸怜悯之色，"死了，就消失了。菜月，已经不存在于任何地方了。"

"那……到底是怎么回事……不，算了，你给我从头说。我们一起到第二个案发现场的时候，用了灵视……你是怎么知道凶手的？"

"啊，就是我给老师亮了一下胸部的那次？"翡翠抬起手，五指轻摆，笑道，"虽然不够惊人，但还算有魅力吧？"

"连这个都是设计好的……？"

"显然啊。作为魔术师，我是不会做任何多余动作的。要是真有女生做出那么刻意的行为，首先要怀疑的就是她在演戏。老师你太不了解人类心理了。"

"那个时候……你是怎么推理的？"

"我给出答案没问题吗？这里和刚才一样，也是给读者的挑战——按照情形来说，现在是给老师下战书的时间哦。我到底是根据哪些证据建构逻辑的呢？老师偶尔也自己动动脑子好不好啊？"

"冰咖啡，黑越的新书……这次是什么？你到底关注了什么才推理出来的？"

"我这不是将思考的机会让给你了嘛。"

"别废话了，快给我讲！"

香月怒吼道。翡翠一脸肃然。

"为什么男的一激动就喜欢大声嚷嚷呢？"

灵媒姑娘叹了口气，摇摇头。

接着，她用挑衅的眼神看向香月，说道：

"是领巾啊，老师。"

"领巾？"

翡翠张开双臂，将左右手的食指大拇指捏成环，好像捏着什么东西的角，将其抖开一般。

"也叫三角巾吧。就是装饰在水手服衣领旁边的，那块可爱的布哦。"

"你是说藁科琴音使用的凶器对吗？"

"不对。准确地说，我的着眼点是北野由里遗体旁边掉落的那一条领巾。"

"有什么区别？"

翡翠夸张地瞪圆了双眼。

"哎呀，这可不行啊老师。不一样不一样，完全不一样，简直太不一样了呀。老师你连这个都没搞懂？"

线索是领巾？

从这里出发，要怎么样才能达成那个灵视……

翡翠的双手忙个不停，同时继续说着。

她耸耸肩，捋了捋头发，接着又将双手打开，演示给香月看——

"好，我现在把应该着重关注的线索告诉你。老师，从某种程度来说，这个有点像是悬疑小说里面的倒叙手法呢。读者已经知道凶手了，而且知道发生了什么事件，故而留下来的问题就是，

320

侦探要如何才能抓获凶手，这部分是最大的谜，通常在最后揭示令人意外的推理过程。现在的问题就是：我是如何进行那次的灵视的……如果是拍电视，这里就该转入暗场，进入向老师提问的桥段了。现在推理所需的所有材料都已经备齐了，美女灵媒师翡翠小姐，是如何以领巾为线索建构推理的逻辑的呢？你能推理出过程吗？这样——"

"自卖自夸就省省吧……快说！"

看样子，她是故意想让香月着急上火。香月举起刀尖恫吓，但对她似乎并无效果，翡翠还是耸耸肩膀，一脸无奈地说：

"我继续翻页喽，没问题吗？那下面就是解答篇啦。"

翡翠的食指又转了起来。

"听好了。本属于北野由里的领巾，掉在了她的遗体旁边。该关注的地方在于，这条领巾上踩着她自己的脚印这一点。警方搜查本部的人觉得，可能是她想逃跑，或是衣服被脱时想要抵抗，这才踩在了掉落在地的领巾上。可是，真的是这样吗？"

"有什么不自然的地方吗？"

"何止不自然，简直太不自然了啊。这是不可能的事情。我们来按照顺序捋一捋好了。哎，把我在一瞬间的思考向凡人进行说明真是个又费时又费力的工作啊，不过，老师和我交情不错，今天就算特别优待了。"

于是翡翠继续做起了刚刚抖开领巾的动作，她晃动着食指和拇指以外的三根手指，说道：

"掉在地上的领巾上踩着她自己的鞋印，这意味着，领巾落地的时候她还活着。换句话说，踩这个行为，发生在脖子被勒住之前，或者正在被勒的时候。人死了就不能再踩上领巾了嘛。很显然，搜查本部的诸位也是这么想的吧。凶手捉住了她，为了不让她逃跑，两人推搡起来，她的领巾被扯落……抑或是，凶手要剥她的衣服，故意将领巾扯下……唔唔，但这还是有点不对劲啊。如果是硬扯下来的话，领巾应该会落在稍远一点的地方。会被她自己踩上吗？如果凶手追上逃跑的受害人，一手扯下了领巾呢？那样领巾也还是落在稍远处比较自然。因为她想逃嘛，总不至于眼睁睁地看着领巾落地，自己还在原地纹丝不动，她应该会尽量远离才是。凶手既然力不从心地只扯下一条领巾，那么很有可能根本没能控制住她的身体。反过来说，如果抓住了她的身体，那又没有必要单将领巾扯下来。怎么想都觉得不对。"

"领巾就不能是在受害人抵抗、两人扭打的时候偶然落在附近又偶然被踩上的吗？我觉得很有可能啊。"

"嗯，我刚才说的是比较无趣的、无关宏旨的理论而已。"

翡翠耸耸肩。

"接下来，我要对水手服上的领巾究竟是什么东西进行一番考察。"

翡翠将两手拿着的看不见的三角巾晃了晃，继续表演着哑剧。

"这是一枚领巾。能看见吗？看不见的话，有点难懂。"

她将左手平摊，接着立刻轻轻握成拳头，然后开始向其中塞入看不见的布：她的右手食指朝左手里捅啊捅，好像在将那块看不见的布塞进去。

"好了，我来念个咒……"

右手的五指在空中舞动着。

接着，和刚刚的动作相反，她将手指伸到握住的左拳中，做出掏摸东西的动作——

一块鲜红的布从拳头里被抽了出来。

翡翠用右手将其扯了出来。

是一条红色的手绢。

"你是怎么……"

"有点小啊。真正的领巾应该还大一点，大概这么大——"

翡翠将手绢使劲一抖。

一眨眼，手绢变成了朱红色的领巾。

好大。她将领巾展开，两手捏着它的角。

和刚刚演哑剧时的动作毫无二致。

那块看不见的布，忽然变成了实物。

"这条领巾呢，和高中的制服是同一个厂家生产的。厂家的产品名称是'三角巾'，下面我就叫它三角巾吧。你能看到，这尺寸挺大的。底边长一百四十厘米，呈三角形，所以叫作三角巾。"

"你是从哪里变出来的……?"

"我刚才不是说了吗，我也是魔术师啊。这个是入门级别的魔术哦。"

翡翠不以为然地耸了耸肩膀。

"三角巾通常都是非常可爱地装饰在水手服的衣领处。怎么装饰？就是这样绕在衣领上，打结。"

翡翠将摇曳着的三角巾绕在了自己脖子上。

"于是这两个尖角便会垂在前胸，对吧。那么你应该知道，虽然都叫水手服，其实水手服有很多种类的。根据三角巾怎么打结，可以大致分类成两种哦。"

"两种……？"

"胸口的领巾扣环：一种有，一种没有。"

"领巾扣环？"

"一般来说，提起水手服，最容易联想到的大概是带有领巾扣环的种类吧？所谓领巾扣环，就是在领口处的一个环状布料，有不少还会缝上校徽什么的。带有扣环的水手服，戴领巾的时候，只要将三角巾的两个尖角穿过这里，就会被扣环束紧下垂呈丝带状了，很可爱吧？"

三角巾垂在衬衣的胸口，翡翠用拇指和食指比出一个圆圈，让领巾的尖角从中穿过。如她所言，红色的领巾如丝带般下垂着。

"这种类型的水手服，只需要将领巾穿过扣环就可以了，穿脱非常简便。但是，这世上还有好多水手服是不带领巾扣环的。这样，就不得不自己动手给三角巾打结了。就算只是打成蝴蝶结那样，也有许多种打法。据说，有些特别的打结方式只有在某些比较有历史的大小姐学校里上过学的人才知晓呢。我个人比较喜欢把领巾打成好像蝴蝶结一样的形式，唔，不过没有衣领没法完美重现，这次没法打给你看了，很遗憾。"

"你说的……和案子有什么关系？"

"哎呀呀，老师你还没明白？真是个难教的孩子啊。听好了，你记得菜月她们学校的水手服是哪一种形式的吗？请好好想一下她们水手服的领口。她们的高中，是将三角巾打成类似领带一样的形式。我在配合那个故作姿态的 cosplay 的时候，还特意提示了一下呢，她们的制服上可没有领巾扣环。"

"莫非……不对，如果是领带……"

"没错。明白了吗，像这种只是穿过领巾扣环的，确实如你所言，两人一旦推搡起来，或撕扯衣物时，很容易就被扯脱了。"

翡翠捉住胸口的领巾一角，用力一扯。倏一下，领巾从食指和拇指绕成的圆圈里穿过，从翡翠的脖子上落了下来。

"但是呢，但是哦。"

翡翠的手飞快地动着。她先将三角巾叠成带状，然后再将其绕在脖子上，在胸口打成了领带状。

"领带打好了。这是领带哦？男性日常都要打领带，应该都有概念的，领带的话，只扯其中一端，是不会轻易松脱的。打在水手服上的三角巾也是一样。抓住其中一端，用力拉扯，并不能将其解开。"

她伸手拉拉脖子上垂下的领巾，好似在享受勒自己脖子的快感似的。

"那么问题就是，为什么三角巾会掉落在北野由里的身旁呢？按照刚刚的理论，不太可能是凶手扯下来的。因为这不是强行拉扯就能扯得下来的东西。请想象一下：在推搡的时候，或者想要脱去对方衣服的时候，能解开这个领带吗？就算能办到，有必要去做吗？水手服上的三角巾，只不过是个装饰罢了，并不是说不解开就脱不了衣服，因此没有必要特意去解开这个领带。而且去帮别人解领带这回事本身就很难。假如一定要解，就得先拿住打结处，朝着特定的方向拉扯……对方是个正在反抗的大活人，我们暂且将能不能做到放在一边。假若真的解下来了，那么三角巾会以完美对折的形式掉在地上吗？没错，三角巾是以对折的形式掉在北野的遗体旁边的，就像我刚刚演示的那样。很难想象领巾是偶然松脱的，而凶手又毫无理由那么做，假如是有意那么做的，则需要奇迹般的偶然，但那样又和现场状况产生了矛盾……那么到底是为什么？为什么三角巾在旁边？"

"为什么会掉在旁边？"

"于是我思考了大概三秒钟：假如不是凶手解开的，那就只可能是被害人自己解开的。"

"北野由里自己解开了领巾……她为什么要那么做？"

"下面，就需要将几个疑点综合起来，进行多角度的思考了。首先，凶手使用的是布状的凶器，其详细信息尚不清楚；其次，凶手近乎偏执地想消灭证据，以至于给遗体剪了指甲；还有就是，在第一个案子里，可能是坐在长椅上的被害人，没有留下什么挣扎的痕迹。就像我和老师亲亲热热地实验过的那样，从正面缠上凶器，动作实在是过于可疑，一般来说被害人会逃开才对。当时，我们考虑过凶器是不是围巾，但第二个案子的凶器和之前一样，案子却发生在初夏，所以不大可能。那么还有什么东西既能和围巾一样成为凶器，又能从正面缠到脖子上也不令对方生疑呢？现在材料都备齐了，推理就很容易了。显然，可以联想到三角巾对吧？北野由里的遗体旁，正落着一条三角巾。没错，和替人戴围巾的动作一样，假如是做一个替人重新扎三角巾的动作，即便是从正面将其套在脖子上，也不会让人觉得奇怪吧？只需要说'由里啊，你的领巾歪了呢'，就可以让她自己解下领巾，然后主动说我替你扎，将其缠在她的脖子上……"

"但是……北野由里的三角巾，并不是凶器啊。"

"对，确实不可能。她的领巾上面踩上了自己的脚印，所以不可能成为凶器。警察肯定也查过那是不是凶器吧。可是，北野由里还是自己解下了领巾，但那又不是凶器，这很奇怪。为什么呢？还有什么情境会自己解下领巾，然后毫无戒心地让对方把这件凶器缠上自己的脖子呢？这里，又有一个重要的事实帮助我解决了所有疑问：领巾的颜色。"

"领巾的颜色……？嗯，确实，根据入学年度不同，领巾的颜色也不一样……"

"没错。我在去案发现场之前，在网上查询了一下学校资料作为预习。这是所谓的'热读术'①，很简单的技巧。薬科琴音的领巾是朱红色，菜月、武中遥香，还有北野由里的则是其他颜色——"

翡翠玩弄着领巾，若无其事地说道。

"年级不同，领巾颜色也就不同。也就是说，也就是说呢——"翡翠加快了语速，"也就是说，下面这种情况是可以成立

---

① 指事先对他人进行身份调查，比如户籍、职业等较容易取得的资讯，在有准备的情况下进一步解读对方。

的：'由里，我觉得你适合朱红色的领巾，要不要交换来戴戴看？我可以帮你拍照片。'"

到这里，香月终于看清了推理的思路。

"老师你费了不少时间才注意到，根据镜头盖的痕迹、滑梯、临时板房旁的梯子，还有被害人从属摄影部这些要素，而我早就发觉，凶手很有可能拍摄了遗体的照片。"

倏一声，翡翠解开了脖子上的三角巾。

接着，她将其叠成了三角形，还是捏着底边的两个角，展示着。

"三年级的领巾是朱红色，是女生们憧憬的颜色。我个人比较喜欢翠绿色，但既然是水手服，想扎一下朱红色的领巾也是人之常情。相互交换这件事，极有可能发生。女生嘛，很喜欢这一套的。好，按照这个思路，试试对第一个案件发挥一下想象力吧。凶手和被害人肩并肩坐在长椅上，提议说交换领巾。武中答应了，解开自己的领巾。凶手说我帮你系上，便将自己的三角巾围在了她的脖子上。"

翡翠将手中的三角巾折叠成领带状，然后将其绕在了假想的对手脖子上。

"我怀疑凶手是不是有从正面系领巾的技巧，但反正，最终目的是勒死对方，也无所谓了。武中同学说不定也对此抱有疑问，但顶多会觉得这人手很巧啊，做梦都不会想到自己会被勒死，所以也不会想要逃跑。如果从背后勒脖子，凶手会比较轻松，但从正面进行，可以看到对方的脸。我那时候还没有推测出凶手的动机，但若是连环杀手，想看着被害人的脸也不是不可能。好，凶手把武中同学勒死了。之后，把她的遗体放在长椅上，并将她解下来的领巾系回到她的身上——因为遗体躺在长椅上，所以系起来并不难吧。这个思路，没有什么不对劲吧？"

"难道说，就是为了这个才把她放置在长椅上？"

"这个嘛，"翡翠一歪脑袋，"那我就不知道了。可能也属于碰巧吧。接着就是北野由里之死了。凶手通过一样的借口，提出要和她交换领巾，然后用自己的领巾勒死了她。但这一次凶手有一处失算，那就是和上次不同，两人并非坐着而是站着的，在绞杀进行的过程当中，北野手上拿着的领巾落在了地面。估计是北野解开自己的领巾之后，觉得暂时不会用到，于是将其对折起来拿在手上了吧。可是，她被凶手勒住脖子之后，身体挣扎起来，踩上了自己掉落的领巾。在第一个案子里，武中可能是将取下的领巾放在自己的膝盖上，或者是长椅上。可是第二个案子有所不同，被害人只能自己拿着取下的三角巾，被勒脖子的时候自然会掉在地上。凶手可能没想到那么多，毕竟是孩子嘛。"

她耸耸肩，叹了一口气。

"因为三角巾被鞋印弄脏了，所以不可能像第一次那样照原样系回到被害人的衣领上去，太不自然了，说不定还会暴露凶器。所以，凶手为了制造假象，脱去了被害人的衣服。如果旁边只掉了一枚三角巾就很奇怪，但如果衣衫凌乱，就会令人想到是有人要脱她的衣服。作为一个小孩，这个脑筋动得还是挺快的。总之，假设凶手是以交换领巾的方式来实施作案的，整个剧情并无不妥——至今没有不妥，简直是严丝合缝，解释了很多事情。对了对了，凶手为何要给遗体剪指甲、执着地消除证据也得到了合理解释：凶手不仅仅是担心自己的皮肤组织有残留，更是担心领巾的纤维残留在被害人的指甲缝里。因为若确定了凶器，凶手的范围就缩小了。好了，现在犯案的手法确定了，剩下来就是凶手的筛选了。因为凶手和被害人有比较亲近的关系，所以一定是校内人士。可以进行交换三角巾的行为，所以仅限于穿水手服的女生。我也考虑过会不会是补习班上认识的校外人士——武中上补习班，北野却不然，所以还是同一所高中的女生吧，男生穿的都是立领校服嘛。既然是交换领巾，那么即可排除同年级的学生。北野是二年级，所以凶手必然是一年级或者三年级。武中被杀害时是上个学年，所以不可能是一年级学生。如此用排除法就可以得知，凶手是三年级的女生……"

翡翠的眼睛在黑暗中魅惑地闪动着。

她将三角巾折叠起来，直至变成手绢大小。

"上面我说的，就是当时灵视的内容详情了。唔，如果将这些说成是灵力感应所知，那我只需要讲一句话就好了，解释给凡人听居然要花这么多时间，真是好麻烦啊。我累了，喉咙好干啊。"

"你真的……在一瞬间就想出来了吗？"

"有些事情，比方说领巾的颜色，我当然会事先做功课咯，但是关于案件的详情，我是和老师一起听的。我也只是了解了凶手的大概范围，并没能精确到具体个人。我擅长的是那种更封闭的空间内发生的案件，应付这种范围广而且动机不详的神经病作案，对我来说还是有点吃力的。这和与老师做对手的苦战也差不多呢。"

香月沉默不语，紧盯着眼神浮现邪恶光彩的翡翠。

"可是，这真的是非常简单的推理啊。为什么谁都没注意到领巾呢？话说回来，男性对女性的服装大概都不是太在意的吧。对于男性来说，女装只有两类，一种比较性感，还有一种不怎么性感，对吗？搜查本部也真该增加一些女性工作人员，连老师你都没有注意到……不过，如果有那么一个对女高中生制服知之甚详的男性推理小说家……光是想象一下就觉得好可怕，老师你不属于那种变态，真的是太好了。然而，这是一个只要对领巾稍加关注就能轻易破解的线索，可不能拿不了解来做搪塞的借口哦？顺便一提，假如制服的领巾并非领带式打法，而是更流行的蝴蝶结式，推理的逻辑也同样成立。那种结乍一看好像和普通蝴蝶结一样可以轻易解开，但其实不然，甚至比领带式更难。如果是男性，说不知道打结方式所以难以进行推理，或许勉强说得过去，但这次的案子偏偏是比较少见的领带式打法，即便是男性也知道，可以说是非常公平的案子啦。"

"不不……你等等……那你怎么解释吉原樱的事情？那不是堪称奇迹吗？你是怎么确定蘩科琴音的所在位置，并阻止了她最后的犯案的？这难道不是证明了你是货真价实的灵媒吗？"

面对香月的咄咄逼人，翡翠眼中流露出失望，将脸偏过一边。

"老师啊，你还是很想相信啊，真的有点可怜呢。"

"如果你不是真的灵媒，那就把这个奇迹解释给我听！"

翡翠双手一摊，做了一个无可奈何的姿势，说道：

"关于是如何确定凶手是薰科琴音的，我和老师的心路历程没有什么不同。在菜月遇害之前，我也觉得莲见绫子有些可疑。但根据分析镜头盖，莲见绫子可能不是真凶，同时也缺乏决定性的证据。我当时比较乐观，觉得警方应该会在下一次犯案之前，通过已知要素锁定凶手。哎，真是让人伤心啊。"

翡翠表情凝重，低下头去。

她抚弄着手中叠好的三角巾，继续说道：

"因为我的大意，让好不容易交到的朋友死去了。一个年轻的、前途无量的少女。我愤怒了，于是我想，我也要不择手段了。"

"你那时候的泪水，是真的吗？"

"这个怎么说呢？"翡翠依旧低着头，耸了耸肩，"我觉得自己至少是比老师有点人性吧。那算是我大大的失态了，但我不能就此消沉。就算是失败，也要将其变成下一次的教训。城塚翡翠就算摔了个跟头，也不会空着手站起来。我利用这个契机，加深了和老师的关系。说老实话，那天晚上我很不安，气氛搞得很甜美，我还在想，如果就那么顺势进入到上床的环节，要怎么办才好。毕竟那天我实在是没有心情。"

刚刚还在悼念少女之死，却又轻描淡写地说出了这么一番话。香月实在难以摸透翡翠这个女人的底细，不禁感到一阵寒意。

"你……到底哪些是演出来的，哪些不是，我实在搞不懂……"

"是啊，有时候连我自己都——"

翡翠长出一口气，抬起头来。

她露出一副落寞的表情。

"哎，话扯远了。虽然我们基本锁定了藁科琴音，但警方犹豫不决，所以我们实施了悄悄采集指纹的行动。对方是未成年人，而且没有任何明确的证据，这也是无奈之举吧。我们去了藁科的家，在那里，我发现尽管当天不用上课，她却穿着水手服——于是我担心她是要进行下一次作案了。穿上水手服，也许只是为了将凶器——领巾——藏在最安全的地方。但是，说她是马上要出门杀人所以穿上了水手服，这会不会是我想多了呢？也许如此，但我不容许自己重复失败。我想就算只有一点点可能性，也必须全力阻止她下一次作案。于是——老师记得我假装笨拙的事情吗？"

"你是说假装打翻茶杯吗……？"

"我是说那之后。打翻茶杯是事先和虾名先生还有老师商量好的脚本。再之后就是我的临场发挥了。我不是说了吗，没有一个行为是毫无理由的。我才不会毫无来由地脱掉丝袜、展示一下美腿呢。你记不记得，我在借用洗手间的时候踉跄了一下，撞上了藁科？"

"难道说……"

"那时我借走了她的手机，这可比偷手表简单多了。然后我就在洗手间里稍微摆弄了一下。密码就是生日，所以很容易就解锁了。"

"你是怎么知道藁科琴音的生日的……"

"随便一想的话，手法有十来种，那时我最先尝试的是藻科家的车牌号码。大家在选车牌号的时候，普遍会设成自己的生日，有孩子的家庭就是小孩的生日啦，这个国家的信息安全意识还是太差了。"

翡翠耸耸肩，继续说：

"还好，她用的不是苹果手机。除那之外的操作系统，App 安全性都比较低，可以通过网络安装我之前准备好的东西：可以查看邮件和通话记录，同时将位置信息发送到服务器的一个小玩意儿。这个方法容易留下证据，属于钓大财主、打算大捞一笔的时候才能用的手段，但这次菜月被杀了，我决定不再犹豫。"

"所以后来……你一直在追踪藻科琴音的位置信息？"

"我通过信息 App，知道了她和吉原樱取得了联系，很有可能是要去杀害她。有警察在跟踪，我稍稍放了点心，但不怕一万就怕万一。结果，警察还真的跟丢了，所以不得不跟踪 GPS 信息，阻止其作案。"

"不对……你一直和我在一起呀，而且几乎都没有看过手机，你是怎么……"

"是阿真啦。"

她面不改色地说。

"千和崎真是我的伙伴。分工是她负责跑腿收集信息，我则利用头脑和美貌。因为我美貌绝伦，醒目得过分了，所以实在不大适合上门查访，而她可是很擅长伪装的。"

"莫非那天在公园里打电话的女人……"

"对，就是阿真。我和老师在一起的时候，没法确认蕲科琴音的动向，所以都靠阿真通过她的手机在监视着动态。然后呢，她会持续地报告给我，用这个——"

翡翠竖起一根食指。

手指的指尖，指着她头顶黑发波浪的起点。

那里是她白皙的耳朵，微微冒出一丁点。

翡翠脑袋一侧，露出了耳朵。

耳朵里塞着一只白色的好像无线耳机一样的东西。

"和手机是配对的，所以可以听到阿真的报告。"

"什——"

香月哑口无言，盯着那个小装置。

"老师是不是动我的手机了？现在通讯中断了，不知道怎么搞的。"

翡翠看起来很困窘，愁眉苦脸的。

"你一直都戴着这玩意儿……不对，等一下，刚才我可没——"

"啊，你说刚才摸我身体的时候吗？哎呀，可真恶心啊。我情急之下，使了一个'Palm①'，把它藏起来了。"

"Palm？"

"不要在意，只是个魔术术语罢了。我怕耳朵被摸的时候会被发现，所以暂且藏起来，等到老师不在意的时候又塞回去啦。"

翡翠若无其事地说完，继续刚才的说明。

---

① 魔术用语，一般指在掌心藏硬币或扑克牌的技巧。

"言归正传。这个小工具的缺点是可以听，但是不能发出指示。所以我和老师在公园里的时候，拿出手机来发了封邮件，你还记得吗？那就是在给阿真回复。她报告说，藥科琴音带着吉原樱来到了武中遥香遇害的公园，要怎么办？于是我就跟她说，请她假装和人在打电话，尽量逗留在公园里。"

原来那时候就在自己的眼皮底下还进行着这么一番行动——

"接下来就是我不得不做的表演。无论如何，都得让老师知道藥科琴音所在的地方。如果犹豫下去，她可能会被杀掉。但是，在美女灵媒师城塚翡翠的设定里面，死掉的人灵魂只会停滞在当时，如果菜月知道藥科琴音所在地这种自己死后才知道的信息，岂不是很奇怪？但是在当时的情形下，只能让这个设定暂时失效了。碰巧，我还埋设了一条伏笔，就是吉原身后有守护灵这回事，也派上了用场。根据阿真收集到的信息，吉原有一个姐姐，在小时候就死了，我当时觉得以后说不定有用，于是跟老师提了一句。虽说这种事情以后用不着的居多吧，但我的习惯就是多多地撒种以备不时之需……我当时扮演了菜月，总算是把藥科琴音的所在地告诉了老师……之后你都知道的，老师驱车前往，为了避免迎头碰上，我在快到的时候发邮件让阿真离开了公园。但连我都没想到藥科琴音会在那之后立刻作案，从结果而言，那真的是一场惊心动魄的大戏啊。"

奇迹的真相，竟然是如此乏味。

香月呆立在原地，翡翠笑嘻嘻地抬头望向他。

死后的世界并不存在……

人死了，就到此为止了……

"以上，就是女高中生连续绞杀事件里我进行的灵视详情。现在你是不是可以承认这都是骗人的把戏了呢？"

香月站立不稳。

全都是虚构。

全都是演技。

连翡翠脸上浮现的亲切笑容都是……

"彼此彼此吧？"翡翠嗤笑道，"老师和我，都在欺骗对方，所以我可没理由受你的指责哦。"

"确实……是这样没错……"

但是，我——

"话说回来，老师。"

翡翠好像有点厌倦了似的，将手中的三角巾松开了。

红色的布忽忽悠悠落到了地板上。

"差不多该聊聊老师你的事了吧？我们也算是扮演过露水情缘的关系嘛，我对于老师为何要做这些事情也是很有兴趣的。你肯定也想有人来听听吧？我觉得，反正马上要被老师杀掉了，听听看经过也好呀——"

*

香月从餐桌旁拖出一张椅子，手撑在了椅背上。

他与城塚翡翠之间隔着一张桌子，居高临下地俯视着。

他觉得自己的思维猛烈地翻涌着，心脏因为慌乱而强烈地跳动着，闭上眼，连耳朵里都能听见血流的声音。

他的意识告诉他：危险。

快点杀掉比较好。

但至少，要做一次实验……

他捡起掉落在地的翡翠的包，在其中探寻。

他看了看翡翠的智能手机。当她在山路上寻找共振的时候，香月就在车里将她的手机取出，把它调成了飞行模式，并关闭了电源。现在，手机依然是关着的，她没可能与外部取得联系。

不会有事的……

至少，要进行实验。

要尽情地，享用她的肉体……

也就是说，要尽快展开行动……

"怎么了啊，老师？"翡翠笑嘻嘻地说，"你不肯和我说说自己的故事吗？"

"没那个必要！"

于是，翡翠稍微耸了耸肩，无奈地叹了一口气，说道：

"明白了。那么，动机什么的不必谈，你能不能告诉我，你是怎么选择被害人，又是如何将她们绑架来的？"

"这个你居然不知道？"

"很遗憾，世界上有很多事，不是用逻辑就能解决的。面对老师这种近乎偏执地消除证据的对手，我的力量非常有限，所以才有必要像这样舍身投入敌人的怀抱……但现在看来，真是输得很难看，我大意了。"

"你从什么时候开始怀疑我的？"

"这个嘛……我刚刚认识老师的时候，就感觉你藏着一些事情不能让别人知道。我很善于解读别人的微表情。但对日本人，我得稍微下一番力气。你和仓持小姐一起来访时我就觉得，这人一定有什么秘密，那种不想被我灵视的秘密。我很喜欢骗人，于是马上就决定：下一个目标就是你了。如果最终发现什么都没有的话那当然很好，就当是在实战中磨炼技术了。当然了，实战也有不少是可以挣钱的……但是，老师你看到仓持小姐遗体的时候……怎么说呢，我只感觉到了震惊和愤怒。"

"那有什么不对吗？"

"是啊。一般来说，会叹息，会悲伤。可是，老师见到遗体后是震惊的，显露的是'这可麻烦了'的表情。这是心理变态者的反应。如果拿小说来举例的话，就好像在阅读一个几乎没有任何心理描写、内心空洞无物的主人公的故事。于是我想，得对这个人再多加一些了解。之后老师和我谈论案情的时候，也只出现了愤怒的情绪。再后来我终于想通了，老师之所以愤怒，是不是因为被凶手赶超了？"

香月回顾那时候的心情，深深吐了一口气。

"是啊，要是早知道变成那样，还不如让我亲手做实验——可是，我和结花之间有明显的联系，我不想被警察盯上，所以基本上已经放弃了将她作为实验对象的想法。但她却……"

"你肯定很遗憾吧。与其说是哀悼她的死亡，不如说是在对自己的行为感到后悔。想要报复这个令自己陷入遗憾的凶手，差不多这样吧。"

"所以，你就开始怀疑我了吗？"

"没错。但是啊，我将老师和连环抛尸案的杀人魔联系起来，是在杀人魔后来的一次作案。那次的遗体处理手法，稍微有了些变化。"

"为什么……你会知道？"

"我怎么知道的不重要吧，"翡翠耸耸肩，"在此之前，杀人魔都是将遗体用塑料布包好后抛尸的。但从那次开始，他冲洗尸体，还用上了漂白剂。他本来就已经足够小心，尽量不留任何证据了，这次可以说是愈加慎重，在消灭证据上更卖力了。凶手为什么改变了行为模式呢？是不是更害怕被检出 DNA 了呢？如果是那样，就可以作出如下推理：凶手没有前科，所以即便有 DNA 被检出，也无法成为决定性证据。但是，会不会这个人在别的什么地方，出于某种理由，被警察采集了 DNA，所以才有必要小心地消灭一切证据……这个谈不上是多严密的逻辑，不过是推测和想象罢了。然而我发现，最近身边就有一个被警方采集了 DNA 的心理变态。"

香月叹了口气。

"虽然那只是案件相关人员的 DNA，属于非强制采集，采集后的基因信息不会被录入数据库，但警察在实际操作中会怎么做，谁也不知道，所以必须小心再小心……凶手之前都非常谨慎，因此更加不安了吧？所以他才改变了作案手法，注意尽量不让自己的 DNA 残留下来。从那时起，我就怀疑上了老师，尽量和你一起行动了。水镜庄那一次，老师你对凶手的侧写发表了一番完全错误的高论，还近乎拥护地称凶手不是性欲倒错者，这更令人起疑了。即便如此，我还是没什么像样的证据，因此只能像这样，自己化身为诱饵喽。"

"难道说，你自己讲的有关死亡的预感……"

"对，是一种简单的暗示。"

翡翠咧嘴一笑，说道：

"我知道，自己符合一系列案件的被害人形象。如果老师是凶手，总会想要杀我的。如果我事先和老师自陈，预感到了自己的死亡，那你一定会想：'肯定是被我杀死无疑。'我和老师之间有紧密关系，所以老师当然会犹豫不决，这是为了给你一点助推。"

"那……如果我不是凶手，你打算怎么办？"

"这个嘛……其实我暗自抱着一点小小的期望来着。直到最后的最后，被老师绑架之前，我都还没有百分之百地确信。我经常想，说不定搞错了。如果真是那样，那就顺势演绎一些浪漫情事，然后找个理由退出吧。如果能够两个人一起再多侦破一些案子其实也不错哦。没能实现，实在遗憾。"

"我……我对你的爱是真的。"

正因为这样，香月才会陷入苦恼。他真心觉得她很可爱，所以一直以来才忍住了泛滥的欲望。他一边害怕自己什么时候会露馅，一边祈愿两个人的关系能走下去。假如自己被捕，那就是好运用尽，或者是翡翠的超能力之功了。他经常思考，她的能力到底能不能锁定杀人魔的真身？带她到这个别墅来，也是踌躇再三，最后才下了决心。可是，翡翠的暗示给予了香月推动力，那让他觉得，如果这是命运决定的，继续忍耐也毫无意义。如果没有助推，说不定他还能压抑着自己扭曲的欲望，继续爱着翡翠。

然而，翡翠——

"果然吧，能够不迷上我的男人，还真是少之又少呢。"

翡翠居高临下地笑了。

她没有爱上自己。

尽管她纯真的双眼含着泪水。

尽管她的脸上笑容温柔。

那些都是狡猾的陷阱。

"嗯，可以理解，毕竟是我下的套嘛。老师你是爱我的，所以才想用我做实验吧？老师，可不可以听一听我的想象？谈不上是推理，但我多少也算了解老师的。"

香月眯起了眼睛。

他在逡巡不决：该不该给她讲话的余地？

现在，自己难以下手出刀，也许正是自己内心还有某种欲求，希望她能够理解自己。

"随便你。不过，你能知道点什么？"

翡翠伸出食指抵住下唇，说道：

"根据老师和我交换那个甜蜜的吻时所说的来判断，我估计得八九不离十了。看那时候老师的微表情，应该是没有说谎。你的姐姐，是被歹徒刺死的吧？连环抛尸案的被害者们，和老师的姐姐年纪都差不多。老师是不是在被害者身上寻找自己死去的姐姐的影子呢？这样一来，死因理应一样。抛尸案的被害者们，虽然身遭刀刺，但并非致命伤，都是刀子拔出后失血身亡。也就是说，你的姐姐必然也是如此吧。一定是在你的面前失血而死。"

"你说的没错……"

香月低下头，盯着黑暗中的刀刃。

翡翠并没有露出同情的神色。

相反，她愉快地笑了出来。

"那样一来，老师所做的实验到底是什么，我就很感兴趣了。如果只是目睹姐姐失血而死，应该不会变成心理如此扭曲的杀人魔吧？下面是我的想象了：我根据'疼还是不疼'这句话，构想了一段剧情。老师你的姐姐，是不是因为你拔出刀子之后造成的失血过多而死的……"

香月闭上了眼睛。

接着，他静静地叹了口气。

口中呼出的气体震颤着，消失在微寒的室内。"幼年的老师，一定是想要救她的。一心想着救人，拔出了扎在姐姐身上的刀。但是这却成了致命的行为。说不定只要不拔刀，等待救护车到来，姐姐也许还能得救。不，也可能在被刺中的时候就死了。对于老师，唯一的慰藉也许只剩下拔出刀子的时候姐姐是不是觉得疼……很疼吗？不疼吗？或者，是不是自己导致姐姐死了？杀死姐姐的是自己吗？你反复想确认的，是那时候自己的行为到底是否正确——"

香月的手握紧了刀柄。

幼年时的手感，在指尖复苏。

拼命的感觉。

拼上一切，都想要救她。

所以自己才把那东西拔掉了。

那个人的衣服被残暴的男人剥光，腹部插着一把可怕的凶器。

只要把那东西拔了，就一定能得救——他想。

鲜血喷涌，她因为剧痛而发出的惨叫，在耳朵里回响。

她的身体渐渐失血，最后，露出一丝温柔的微笑，说道：

没事的，不是文树君的错……

但是，真的是那样吗？

他没有丝毫自信。

那时候，她真的微笑了吗？

那会不会是他从自己的愿望里编织出来的、虚假的记忆呢？

姐姐是不是眼中笼罩着失望与憎恶，咒骂自己为什么要这么做呢？

就是因为你啊，我要死了……

到底怎么做才是对的？

到底怎么做……

她口中喃喃说了些话，这是确凿无疑的。只要一句话，就能重塑香月的存在本身。可是，她到底说了些什么，香月却不知道。

所以，有必要进行确认。

"老师虽然思考很理性，但好像很愿意相信死后的世界。这件事本身倒不稀奇，比方说柯南·道尔，还有哈利·胡迪尼，都是渴望着死后世界存在的人物。如果能和你姐姐对话，你一定想问问她吧？你想要确认，自己是不是没有做错，自己是对的。然而……在我看来，你只不过是被死亡魇住了，反复进行着永远不会有结果的实验罢了。"

翡翠的话语如同宣判词一样，冲击着香月的头颅。

"不是的……那是有必要的……"

他睁开眼睛。

翡翠正看着他。

用那个灵媒的眼神。

在黑暗中，翠绿的双眸藏着冷澈的光，仿佛看穿了香月。

"那是毫无必要的。老师的姐姐，是在你拔出刀子之后死去的。她肯定很痛啊。老师却不能接受这个事实，反而将这种混乱的怒火发泄在被绑架来的年轻女孩身上。你是个疯子。"

"你……"

"再进一步说，你虽然自称那都是实验，但实验本身其实都是无所谓的吧？幼年的你，看到赤身裸体、被刀刺中的姐姐之后，产生了倒错的性欲。你只不过是对那时候的兴奋难以忘怀而已。"

"不是的……！"

眉梢无奈地弯垂下来。

嘴唇歪着，好像在嗤笑。

好似是怜悯。

又好像是讥嘲。

翡翠笑着。

"不，正是如此。你用这个理由绑架年轻女子做实验，实际上是在发泄自己令人作呕的变态性欲而已。你这个平时都硬气不起来的卑劣变态人渣恋姐狂魔！"

啊哈哈哈……

耳中传来的是嘲讽的笑声，香月怒火迸发，粗暴地将桌子推开。

"闭嘴吧，我要杀了你。"

一阵巨响。

他走到她身旁，抓住了她的肩膀。

反手持刀，向着被绑住的她挥下去。

翡翠的腹部、双腿都被绳子捆着。

不论怎么挣扎，都无法逃出生天。

这就是死亡了……

他举刀向着翡翠的胸口刺去。

一声钝响。

刀尖，插进了椅背。

可是翡翠却消失了。

眼前不见她的踪影。

怎么回事……？

"哎呀，可真危险啊，我可讨厌暴力了。"

翡翠不知何时已经站在了椅子旁边，似乎抽身而出了。

怎么可能……

我明明用绳子捆好了的。

她做出一个弯曲双臂、手肘及腰，看起来很小女生的姿势，一蹦一蹦地离开香月。那条本该绑着她身体的绳子，轻飘飘地掉在了脚下。

香月低头查看椅子，只见本来绑在她腰间的绳子还留在原地。

"你是，怎么……"

"我不是告诉你了吗，"翡翠若无其事，"我既是魔术师，又是灵媒师呀。刚才有那么长的时间，连这种程度的绳套都解不开，那我不要混了。从捆绑状态下逃脱，在黑暗中捉人手脚，那可是我们的拿手好戏。"

"到此为止了……我算是知道你的危险性了。"

香月重新握紧刀柄。

刀尖指向悠然站立的翡翠。

"不过，老师，现在几点了？"

香月皱了皱眉。

他差点就要转眼去看手表了，但想到不能被对方所迷惑，所以没动。

但就在同一个瞬间，香月忽然发觉了一件事。

他浑身冷汗直冒。

"啊，老师在找手表吗，在我这里哦。"

翡翠不知从哪里摸出了香月的手表。

她将手表摇了摇，把表盘亮了出来："十一点三十五分了。我们在这里已经聊了五十分钟了。"

"你什么时候……拿走的?"

香月愕然地盯着自己的左手手腕。

本该戴在那里的手表不见了。

是什么时候……?

这可是手表啊。

这手表是怎么……

"我有点坏习惯。"

翡翠一面说,一面又掏出了一个东西。

香月陷入了恐惧。

翡翠手上是一部智能手机。

不是翡翠的。

而是香月的。

而且,那手机……

屏幕正明晃晃地亮着。

通话中。

"钟场正和"几个字闪闪发亮。

屏幕显示,通话时间已经过去了五十二分钟。

"你是在什么时候……"

不对……

香月摸了摸口袋。

口袋里确实有硬硬的触感,手机好像还在……

他慌忙将其找到,掏出来……

这什么啊……

口袋里装着的，是一个黑色的板状小装置。

上面有红灯不断闪烁。

为什么口袋里装着的是这个东西……

"是 GPS 定位器哦。为了以防万一放进去的。"

"你什么时候……"

香月发出了绝望的呻吟。

"什么时候重要吗？机会实在是太多了。三流魔术师，只能引发即时的现象，真正的魔术师，可是连时间都可以自由支配的哦。"

是我抓住翡翠胸口威胁她的时候……？

是我打算好好享用她身体的时候……？

还是在我们接吻的时候就……？

那样的话，自己……

早就已经……

"钟场先生，我已经玩厌了，你可以进来喽。"

翡翠对着手机说道。几乎与此同时——

随着剧烈的震动，几个全副武装的壮汉从玄关冲了进来。

香月已经完全失去了反抗的力气……

等他回过神来，自己已经被警官制伏，压在了地板上。

他还是没有搞清楚状况。

香月抬起脸，只见一旁是正俯视着自己的钟场正和。

"香月史郎——不，鹤丘文树——因你涉嫌八起尸体遗弃、杀人、杀人未遂案，现在对你实施逮捕。"

扭到背后的双手，被戴上了手铐。

什么啊……

这到底是……

"鹤丘文树（つるおかふみき）……啊，听见了明白，"翡翠两手一拍，"香月史（かおるつきふみ），再加上表示男人的'郎'，这样就是香月史郎了啊。算是易位构词的一种变形吧①。"

接着，翡翠朝向钟场，笑眯眯地说："钟场先生，不好意思时间有点久，但我把杀人魔交给你了哦，和约定的一样。"

"好啊，下面可要辛苦了。因为我把信息漏给了这家伙，所以估计是干不了刑警了，以后也照顾不了你了，得找个人来接班才是。"

"这家伙很狡猾的哦，虽然还没达到我的程度，所以被骗了也是情理之中呢。你还是不必太介怀。"

"这是、怎么、一回事……"

香月拼命把脸抬起，呻吟道。

翡翠俯视着香月，露出怜悯的微笑。

"哎呀呀，你还没反应过来？老师你是从什么时候开始以为只有自己一个人在协助警方查案的呀？啊，对了对了，在水镜庄的时候，对别所家里进行搜查，找到的并不是沾血的纸巾，而是消

---

① 易位构词（Anagram）是一种文字游戏，将组成一个词或短句的字母打乱并重新排列，原文中所有字母都被使用一次，构造出另外一个新的词或短句。在这里，鹤丘文树的名字读音假名（つるおかふみき）被重新排列为（かおるつきふみ），かおる对应汉字"香"，つき对应"月"，ふみ对应"史"。但作为人名，香月史郎的读音是こうげつしろう，所以是一个非常隐蔽的易位构词。

失了的第十本书。我为了不让你发觉这个推理的线索，于是拜托钟场警部告诉了你错误的信息。但如果你好好想想就知道了，纸巾嘛，只要在水镜庄的厕所里冲掉就可以了，没错吧？"

"你到底是什么人……？"

"这个嘛，老师你是推理小说家，为了向诞生了无数名侦探的推理小说表示敬意，我就这么介绍自己吧。"

翡翠俯视着香月，略一屈膝。

她伸出双手捏起裙裾，这是古典的屈膝礼。

"我是侦探。灵媒侦探城塚翡翠——就这么称呼我吧。我的工作是排除老师你这样的社会之敌。虽然我们以后不会再相见了，但还请记住我。"

"侦探……？"

香月愕然，嘴大张着。

钟场说："把他带走。"

香月被警官们强行扯起来拖离现场。

他默然无语，看着翡翠远离自己。

都是演戏……

全都是，为了骗我……

那么，灵异……

灵视……

死后的世界……

他看见了在一片晦暗之中的翡翠的眼睛。

露出无奈表情的下垂眉梢，摆出嘲笑姿态的粉色嘴唇。

"不对……"

香月微微沉吟。

还有很多事情根本没有得到解释。

居然说是在一瞬间就做出了推理？

这怎么可能。

对了……

难道不是相反吗？

她通过灵视知晓了凶手，之后只是从结果倒推，将逻辑拼凑起来而已吧？就好像，香月在水镜庄的案子里做的事情一样，为了配合真相，编排了一堆逻辑……

这个可能性不是没有。

不，肯定是这样的……

一定是这样……

翡翠，是货真价实的……

但是，答案到底在哪儿……？

那个真相，永远也得不到了。

他的脑海里，只留下了撇嘴而笑的城塚翡翠的翠色眼眸，直到永远——

"VS. Eliminator" ends

尾 声

千和崎真在宽阔的客厅里开动吸尘器，一边哼着歌，一边打扫卫生。

吸尘器的声音很安静，几乎不能干扰她哼出来的歌声。为了让角落里也不留一点灰尘毛发，必须边边角角都清洁到才行。两个女人一起生活，掉落的头发总会出现，不是这里，就是那里。

稍过了一会儿，她才注意到手机有来电声。

阿真将吸尘器停下，接听电话。

电话是想向城塚翡翠进行咨询的人打来的，说是想要知道自杀女儿心中的真实想法。但这个请求，还不能马上应承。

"是，很抱歉。老师现在身体欠佳，还在调养。不，现在还不好说要到什么时候……麻烦你再次跟我们联系……"

阿真从电话里都能听见对方无奈的叹息，她的心里也有些隐隐作痛。拒绝请求，预约延期，这已经是第几次了呢？

依赖着翡翠的人，比想象中多得多。

在从事这份工作以前，她可从来没有想象过会有这么多人。

可以说，人就是如此强烈地执着于死亡吧。

能够接受亲近之人的死亡的人，是幸运的。而做不到这点的人，就会在瞬间被悲伤吞没，不得不走上阴影笼罩的人生。虽说时间会治愈一切，但没有人知道到底需要多长时间。然而，对于这些人来说，城塚翡翠能提供一点微小的救赎。

人们到访此地，然后离去。

阿真曾经多次看见，那些人一身轻松、阴霾尽扫的表情。

当初她被强迫来帮忙，只觉得这个行为近乎诈骗，但令她最惊讶的是，翡翠在大多数情形下都不收钱。如果对方实在盛情难却，也会收下，但和自己的工资一比，就知道这生意完全是赔本买卖。自己曾经问过，为什么要做这种事？从翡翠那里得到的回答是：为了磨炼骗术。但是，如果那是真正的目的，磨炼好的骗术究竟要用在什么地方呢？

她抬眼望向静音的大屏电视，那上面的新闻节目果然还是在连篇累牍地报道着连环杀人魔被捕的消息。其实距离逮捕已有些时日，但随着不断有新的信息判明，这个话题还是在持续地引发热议。她把音量稍稍开大，只听见一个前警务工作人员正点评说，罪犯的伏法，是坚持不懈随访调查的成果。

一般人大概永远也不会知道在那坚持不懈的搜查背后，是互相欺骗吧。

阿真望向走廊尽头的那扇门。

她把自己关在房间里，已经有多久了？

有时候能听见她进出厕所的脚步声，问她要不要吃饭，也会传来“不要”的声音，所以，应该还活着。她接手这份工作以来，还是头一次碰到这样的情况。她正发愁应该如何应对。

她准备继续打扫，从走廊里传来了一阵响动。

“沁——”的一声，好像是使劲擤鼻涕的声音。

阿真感到有动静，于是将吸尘器拿在手上，屏息凝神地盯住门的方向。

稍过片刻，走廊一侧的门打开了。

许久没露面，城塚翡翠的鼻子红红的。

头发乱蓬蓬，一身睡衣看着非常俗气，眼睛还有点红肿。

"没事吗？"

被阿真这么一问，翡翠望向她，一脸呆滞。

"什么？"

"你眼睛鼻子都红红的。要不要我抱抱你啊？"

翡翠的大眼睛眨巴眨巴，答道：

"我这是花粉过敏。"

"我可没听说过你有花粉过敏啊。"

"今年头一回，隆重登场。"

"唔——就算是这样，你宅在房间还真够久的啊。"

翡翠把嘴巴噘了起来。

"和连环杀人魔的持久战终于结束了，让我休息一段时间又有什么大不了的？"

"你说得当然没错。所以，你休息好了？"

"嗯。刚才，警方发出了一个请求。某个孤岛的宅子里发生了杀人事件，他们想问问我的意见。案情听起来似乎是我擅长的类别。我准备明天就去现场看看。那个……阿真你也会来的吧？"

"当然是没问题……"

阿真发现翡翠的视线有一瞬间动了动，便注意到了她在看什么。接着，她用遥控器把电视关上了。

"遗憾啊，"阿真说，"他倒是你理想的华生呢。"

"不要开这种玩笑。"

翡翠瞪了阿真一眼。

"我可是从头至尾，都相信自己的直觉和观察的。我没有否定过那个男人是杀人魔的可能性。"

"是吗？"

阿真点点头，凝视着这个特立独行的年轻朋友。

可能是两人在一起生活久了。

最近她觉得，自己有点开始理解翡翠了。

这时，刚刚还在闹别扭的翡翠，忽然露出了可怜巴巴的表情，眉梢一弯：

"那个……阿真，能不能做点什么吃的给我啊？我肚子……"

阿真笑了。

"可以啊，你想吃什么？"

"如果可以的话，我想吃蛋包饭……"

翡翠大概也知道自己喜欢吃的东西过于孩子气了，所以每次点这个，都有点不好意思。

"我知道了，我马上去做，你去冲个澡吧？有点臭噢。"

阿真一面整理着她的头发，一面说道。翡翠鼓起腮帮子，尽全力抗议道：

"我又不是小孩子了。你对雇主是什么态度，还说我臭……你倒是说说看，谁是你的老板呀？"

"是是。我是被人捏住把柄、供人支使的下人啦，再也不会多嘴了。"

阿真一笑，翡翠便哼了一下，抽着鼻子，消失在了走廊里。

阿真想趁她去洗澡的时候打扫一下，于是进了翡翠的房间。

很久没进门，翡翠的房间一片狼藉。内衣大大方方地躺在地板上，床头柜上堆着将近十个布丁的空盒子——那都是从冰箱里不翼而飞的。原来如此，她是靠这些充饥的啊。小学生课桌一样的桌子上散落着扑克纸牌，有些掉在了地上。还有一本外文书，可能是蜗居期间她在读的，黑色封面上画了一只彩虹色的鸟儿剪影。据说是西班牙的魔术理论书的英译本，但阿真对这方面的了解几近于无，还是别碰为妙。她将四散的布丁盒子收拾进了垃圾袋里。

接着，阿真发现垃圾桶里有样东西，她停住了手。

关于城塚翡翠，阿真所知道的事情非常有限。

尤其是翡翠来到日本之前，在她长到十几岁之前的那段时间就更不必提了。

仅有一些碎片化的信息，只能凭借想象补全。

有些是仅限于臆测范围的假设。假设说，有那么一个才华横溢的诈骗师父亲，和一个从小就被灌输了各种技能的少女。少女的才能甚至比父亲发挥得更加优秀，但是因为过于年幼，不能明辨是非，对自己所做的事情没有任何的疑问，甚至觉得都是在帮助别人。少女，以及她父亲为中心的团体在美国成了一个带有宗教色彩的团体，积累了巨大的财富。直到某件事情东窗事发，那个父亲被联邦调查局逮捕——

从父亲那里解放出来之后，那个十几岁连普通恋爱都没谈过的少女，又怎么了呢？当她内心产生了是非观念之后，会不会对自己过往做过的事情有所悔恨——？

没有人告诉阿真，城塚翡翠与鹤丘文树的最后对决是怎样进行的。

她所抱有的，是对朋友的担忧，担忧她是否可以照常生活。

假如不戴上一张面具，是不是就难以战斗到底呢？

她真的是从头至尾，都相信自己的直觉和观察，没有一分一秒怀疑过自己是否错了？

她有没有祈祷过，自己想象中的未来，最好是错误的？

这些，都是阿真不负责任的想象。说是愿望，也未尝不可。就算她去询问，也一定会被翡翠否定吧。阿真很清楚，随随便便认为自己理解别人，是会吃很大的苦头的。

她的目光落在了垃圾桶里。

那里边，有一张游乐园的票根。

那是夏天，翡翠、阿真，还有香月史郎三个人一起去玩的时候留下的。

对于翡翠没去过游乐园这件事，香月非常惊奇，但阿真觉得，这话说不定是真的。在国外的时候不知道怎么样，反正在日本，能跟翡翠一起出去玩的朋友，也只有自己了。最近她的朋友变多了，有时候会盯着手机屏幕傻笑，但都还没到能一起去游乐园的地步吧。

她回想起那时候，翡翠像少女般兴奋不已的笑脸。

她思索了一下，为什么几个月前去游乐园的票根会在这个时候出现在垃圾桶里。

可能没什么特别含义。

但如果有意义呢？

"也太少女心了。"

阿真嘟囔道，将垃圾桶里的东西一股脑倒进了垃圾袋。

是的，需要换个心情。

因为明天还有别的案件，等着城塚翡翠发挥她的力量——

"Medium Detective Hisui" closed